Sabrina Heilmann

Shattered Smile:

Wenn ich perfekt wäre

Sabrina Heilmann wurde 1991 geboren und lebt heute mit ihrem Mann und ihren drei Felltigern in einer Kleinstadt in Sachsen. Sie begeistert seit 2014 ihre Leser:innen mit außergewöhnlichen und spannenden Geschichten starker Protagonist:innen.

Sabrina Heilmann

Shattered Smile: Wenn ich perfekt wäre

Roman

PIPER

Mehr über unsere Autoren und Bücher:
www.piper.de

Wenn Ihnen dieser Roman gefallen hat, schreiben Sie uns unter Nennung des Titels »Shattered Smile: Wenn ich perfekt wäre« an empfehlungen@piper.de, und wir empfehlen Ihnen gerne vergleichbare Bücher.

Warnung: Dieses Buch enthält potenziell triggernde Inhalte

ISBN 978-3-492-50477-5

Redaktion: Cornelia Franke
Satz auf Grundlage eines CSS-Layouts von digital publishing competence (München) mit abavo vlow (Buchloe)
Covergestaltung: FAVORITBUERO, München
Covermotiv: Bilder unter Lizenzierung von Shutterstock.com genutzt
Printed in Germany

Für all diejenigen,
die dazu stehen,
herrlich unperfekt zu sein.

Wir sind geboren worden,
um natürlich zu sein ...
und nicht perfekt.

Anonym

Playlist

Donne-moi ton coeur – Louane
Masquerade – Lindsay Stirling
Bad Child – Tones and I
Á l'autre – Louane
Schön genug – Lina Maly
L'odeur des joints – Hollydays
Don´t cry – Daisy Gray
No time to die – Billie Eilish
Underground – Lindsay Stirling
Artemis – Lindsay Stirling
Aimer á mort – Louane
Elements – Lindsay Stirling
Underdog – Alicia Keyes

Prolog

Leer.

Das hätte ich auf die Frage, wie ich mich fühle, antworten müssen.

Beschissen.

Das hätte ich sagen sollen, als man mich fragte, wie es mir geht.

Aber ich hatte geschwiegen.

Jedes Mal.

Weil ich immer schwieg. Weil ich mich niemandem anvertraute und gelernt hatte, dass Reden Silber war und Schweigen Gold.

Ich lächelte alles tapfer weg und führte stattdessen einen Kampf, den niemand sah. Ich quälte mich von Tag zu Tag, versuchte zu verstehen, was ich falsch gemacht hatte. Warum war nichts an mir genug? Und gleichzeitig alles zu viel? Was musste ich ändern?

Alles, was ich mir wünschte, war, dass sie mich nicht mehr wahrnahmen. Mir nicht mehr sagten, was ich alles *nicht war*, was ich alles nicht *sein durfte.*

Ich wollte unsichtbar sein.

Ich wollte endlich frei sein ...

... und dann würde ich vielleicht herausfinden, wer ich wirklich war.

Eins

»Ich kann ihr die Wahrheit nicht sagen, Maman.«

Die Stimme meiner Schwester hallte durchs Wohnzimmer und ich stoppte überrascht an der Wohnungstür. Leise schloss ich sie und hoffe, dass Odette mich nicht bemerkt hatte.

»Odette, ich verstehe deine Angst, aber bevor Candice nach Rom geht, sollte sie davon erfahren«, antwortete Maman. Ihre Stimme klang durch den Lautsprecher des Smartphones verzerrt.

Ich lauschte. Den Geräuschen nach lief meine Schwester aufgeregt hin und her, wie immer, wenn eine Situation außerhalb ihrer Kontrolle lag, oder ihr etwas über den Kopf wuchs.

»Wir wissen nicht, ob sie eine Zusage erhalten hat. Es ist zwar ein Schreiben von der Uni gekommen, doch dort könnte alles Mögliche drin stehen. Ohne diesen verdammten Brief, wüsste ich nicht einmal, was sie vorhat.«

Meine Mutter seufzte laut. »Odette, du hättest nicht in ihren Sachen wühlen dürfen, sondern abwarten, bis sie dir davon erzählt.«

Meine Schwester lachte auf, es klang seltsam traurig. »Also nie«, hauchte sie und mein Magen krampfte sich schmerzhaft zusammen.

Ich schlüpfte aus den Sneakers. Was für ein Geheimnis hatten Maman und Odette vor mir? Und warum sollte meine Bewerbung für ein Auslandssemester in Rom etwas ändern?

»Maman, wenn Can...«

Ich schlich in Richtung Wohnzimmertür, den Blick konsequent nach oben gerichtet. Plötzlich trafen meine Zehen auf einen Widerstand, der heute Morgen noch nicht dort gewesen war. »*Merde!*«, fluchte ich und meine Schwester verstummte schlagartig.

»Maman, ich muss auflegen. Ich melde mich in den nächsten Tagen bei dir.«

Odette kam in den Flur gerauscht und starrte mich aus ihren unergründlichen, eiskalten Augen an. »Candice.«

Stumm betrachtete ich meine sechzehn Jahre ältere Schwester. Ihr perfekt geföhntes Haar fiel über ihre schlanken Schultern. Die Arme hatte sie abwehrend vor der Brust verschränkt.

»Wieso bist du schon zu Hause? Hast du keine Vorlesungen mehr?«, fauchte sie.

Ich holte tief Luft und widerstand dem Drang, die Augen zu verdrehen. »Ich habe Semesterferien und war in der Bibliothek, um an meinem Aufsatz zu arbeiten. Das habe ich dir gesagt, bevor ich gegangen bin.«

»Wie auch immer.« Odette drehte sich um und marschierte zurück ins Wohnzimmer. Ich folgte ihr, während ich in Gedanken abwog, ob ich sie auf das Telefonat ansprechen sollte. Ich gehörte nicht zu den Menschen, die offene Konfrontationen mit anderen suchten. Abgesehen davon, dass ich oft schüchtern oder ängstlich reagierte, hatte ich heute keine Lust, mit Odette zu diskutieren. Das kam ohnehin viel zu oft vor.

»Gib mir den Brief von der Uni in Rom!«, forderte ich so selbstbewusst wie möglich. Odette hörte auf, die Umschläge auf dem Esstisch zu sortieren.

»Du hast uns belauscht«, knurrte sie. Das war keine Feststellung, sondern ein Vorwurf.

»Ich habe euch bis in den Hausflur gehört. Gib mir den Brief!«

Meine Schwester zog einen dünnen, weißen Umschlag aus dem Stapel und warf ihn mir vor die Füße. Ihr arroganter Blick schickte einen Schauer durch meinen Körper.

»Glaube nicht, dass ich einen Cent dafür zahlen werde! Wenn du so unbedingt von hier wegwillst, musst du das allein schaffen!«, zischte sie giftig. Sekunden später knallte die Wohnungstür ins Schloss.

Bisher hatte ich immer im Schatten meiner Schwester gestanden. Als ich Bestnoten mit nach Hause gebracht, den Kunstpreis in der Schule gewonnen und einen der begehrten Studienplätze am *Ècole spéciale d'architecture* bekommen hatte, bejubelten alle nur die erfolgreiche Newcomer-Designerin Odette Medeaux. Weil ich keine Miete zahlen und mir auch sonst keine Gedanken um Geld machen musste, ertrug ich es stumm.

Ich wollte mir die Wut nicht anmerken lassen, doch als ich mich nach unten beugte und den Umschlag aufhob, zitterten meine Finger.

Mein Blick fing das winzige Logo der *Universitá degli Studi di Roma* ein und mein Herzschlag beschleunigte sich.

Ich holte tief Luft. Obwohl ich so ungeduldig auf dieses Schreiben gewartet hatte, traute ich mich nicht, den Umschlag zu öffnen.

Als ich wenig später den schmalen Sandweg im *Jardin de la Nouvelle* erreichte, durchströmte mich sofort ein Gefühl der Befreiung. In die kleine Pariser Parkanlage, die an das Wissenschaftsmuseum *Palais de la Découverte* angrenzte, zog ich mich immer dann zurück, wenn ich mich nach Ruhe sehnte. Aber heute war es nicht die Ruhe, die mich zu meinem liebsten Platz in der Stadt führte. Sondern der Wunsch, den Brief allein für mich zu lesen. Er hatte die Macht inne, mein bisheriges Leben völlig auf den Kopf zu stellen.

Schnellen Schrittes erreichte ich die alte Steintreppe, die mir schon vor Jahren mein Herz gestohlen hatte. Glücklich sank ich auf die vorletzte Stufe und lehnte mich mit dem Rücken an das unebene Felsgestein, welches sie auf der rechten Seite eingrenzte. Dichtes Grün bot mir den Schutz, den ich suchte. Touristen tummelten sich lieber in den berühmten Parks, wie dem *Jardin du Luxembourg* oder in der schön gestalteten Anlage des *Louvre*. Ich hingegen gehörte zu den Menschen, die sich oft vom Trubel des Pariser Lebens zurückzogen und es bevorzugten, ihren Gedanken allein nachzuhängen. So oft hatte ich mich in dieser Stadt fehl am Platz gefühlt, hatte mich gefragt, wie ich in das Bild der französischen Leichtigkeit passen sollte. Denn die Vorzeige-Pariserinnen waren schlank, groß, atemberaubend schön und stilsicher.

Das komplette Gegenteil von mir.

Während der Schulzeit war ich eines der pummeligsten Mädchen gewesen und auch heute, mit zweiundzwanzig Jahren, stachen meine weiblichen Rundungen ins Auge. Mein Oberkörper und meine Arme waren nicht übermäßig dick, doch die Hüften waren zu ausladend und meine Oberschenkel zu prall, was meine schmale Taille zusätzlich betonte. Obwohl ich mein Gesicht mit den außergewöhnlichen, bernsteinfarbenen Augen hübsch fand, machten sich die anderen nur über meine Naturlocken lustig.

Meine Klassenkameraden hatten nie einen Hehl daraus gemacht, dass ich weniger wert war, nur weil ich ihrem optischen Ideal nicht entsprach. Tag für Tag hatten sie das Messer tiefer in mein Herz getrieben und damit nicht nur einen Teil meiner Persönlichkeit, sondern auch meines Selbstbewusstseins zerstört.

Mein Studium sollte ein Neuanfang sein. Doch ich lernte schnell, dass es ein noch schlimmeres Gefühl gab.

Die Ignoranz, mit der ich jetzt zu kämpfen hatte.

An der Uni interessierte sich niemand für mich. Ich ging zu meinen Kursen und verschwand in der Masse, die täglich in die Hörsäle strömte.

Ich hatte mir das Studentenleben immer anders vorgestellt, daran waren die amerikanischen Filme schuld. Hatte davon geträumt, mit meinen Kommilitonen zu lernen, Party zu machen, ein Teil einer Gruppe zu werden. Endlich akzeptiert zu werden.

Während andere Studenten lachend den Hörsaal oder Seminarraum verließen und sich für das Wochenende verabredeten, warf ich ihnen nur sehnsüchtige Blicke zu, in der Hoffnung, man würde einen Schritt auf mich zugehen.

Nichts passierte – und ich selbst war zu schüchtern, um den ersten Schritt zu machen. Selbst bei Gruppenprojekten hatte ich das Gefühl, dass mich niemand dabeihaben wollte.

Und nun hatte ich endlich eine weitere Chance, neu zu beginnen. Ich musste lediglich über meinen Schatten springen.

Langsam zog ich den Briefumschlag aus meiner Tasche, öffnete ihn und faltete den Zettel auseinander. Meine Augen huschten über die wichtigsten Zeilen.

Wir freuen uns, Ihnen mitteilen zu können, dass Sie den Anforderungen unseres Auswahlverfahrens entsprechen und wir Ihnen im folgenden Semester einen Platz an der Universitá degli Studi di Roma anbieten können.

Ich studierte seit zwei Jahren Architektur am *École spéciale d'architecture*. Das Studium war großartig und ich widersprach gern, wenn es jemand als trocken und langweilig bezeichnete. Natürlich waren die theoretischen Kurse zur Bau- und Kunstgeschichte oft zäh wie Kaugummi, doch der praktische Teil machte all das wieder wett. Wenn ich zeichnete und Modelle baute, tauchte ich in eine Welt ein, in der die Realität keine Rolle spielte. Eine Welt, in der ich glücklich und zufrieden mit mir selbst war.

Als ich mich für das Auslandssemester an der Universität in Rom beworben hatte, hatte ich niemals mit einer Zusage gerechnet. Seufzend faltete ich den Brief zusammen und verstaute ihn im Umschlag, den ich in der Tasche verschwinden ließ.

Ich hatte aus einem spontanen Impuls heraus eine Bewerbung eingereicht und dachte jetzt zum ersten Mal darüber nach, wen ich in Paris zurücklassen würde.

Meine Schwester ...

Meine einzigen Vertrauten und besten Freunde Nic und Stefanie.

Während ich tief Luft holte, stand ich auf und hing mir die Tasche über die Schultern, doch ein Schimmern im Felsen erweckte meine Aufmerksamkeit. Meine Finger tasteten danach und ich zog das feingliedrige Band einer rotgoldenen Kette aus einer Felsspalte. Überrascht betrachtete ich das schlichte Medaillon, das zum Vorschein kam. Es sah teuer aus. Warum ließ es jemand hier im Felsen zurück?

Behutsam öffnete ich den winzigen Verschluss und blickte auf das Foto einer jungen Frau, die ein Baby liebevoll auf die Stirn küsste. Obwohl dieses Bild ausgeblichen und in schlechter Qualität war, hatte es dennoch etwas Vertrautes, das ich nicht zuordnen konnte. Glück und Wärme kannte ich in meiner Familie nicht.

Mit einem Lächeln auf den Lippen legte ich die kleine Kostbarkeit an seinen Platz zurück. Es fühlte sich falsch an, es mitzunehmen. Der Besitzer hatte das Medaillon nicht verloren, sondern sicher aus einem guten Grund versteckt.

Meine Gedanken schweiften erneut zu meiner großen Chance ab, als ich den Heimweg antrat. Rom faszinierte mich seit einem gemeinsamen Urlaub mit meinen Eltern. Die Architektur dort war ein Traum. Warum freute ich mich nicht über das Auslandssemester, sondern zog es in Betracht, in Paris zu bleiben? Die Stadt hatte mir bisher nur Leid gebracht.

Je länger ich darüber nachdachte, desto lächerlicher kam ich mir vor. Jeder normale Mensch in meiner Situation hätte längst die Koffer gepackt.

Wenn ich ein Zeichen bekommen könnte ...

Als hätte das Universum mich gehört, hallte plötzlich ein lautes Fluchen durch die Parkanlage.

»*Merde!*«

Erschrocken sah ich mich um, entdeckte jedoch niemanden. Ich folgte dem schmalen Weg und wurde auf einen Mann aufmerksam, der auf einer Bank saß und sein Gesicht in den Händen barg. Stumm betrachtete ich ihn aus meinem sicheren Versteck und kam nicht umhin, zu bemerken, wie attraktiv der Unbekannte trotz der verzweifelten Körperhaltung war. Er hatte eine sportliche Figur, nicht zu übertrieben muskulös, aber so gut in Form, dass Frauen sich bei ihm beschützt fühlen würden. Mit den Händen fuhr er durch sein brünettes, mittellanges Haar, seine feingliedrigen Finger massierten die Schläfen. Als er sie wieder sinken ließ, erhaschte ich einen Blick auf seine angespannten Gesichtszüge, seine Mundwinkel hingen merklich nach unten.

Was ihm wohl zugestoßen war? Am liebsten wäre ich zu ihm gegangen und hätte ihn gefragt, ob ich ihm helfen konnte. Allerdings machte ich nie den ersten Schritt. Es ängstigte mich, zurückgewiesen und komisch angeschaut zu werden.

Plötzlich hob der Unbekannte den Kopf und der Blick aus seinen blauen Augen traf den meinen. Ich hielt den Atem an, wollte mich abwenden, doch mein Körper war wie erstarrt. Mein Verstand arbeitete in diesem Moment gegen mich. Er sah mich weder komisch an, noch wertete er mich ab und dennoch fühlte ich mich unwohl. Als ein ehrliches Lächeln auf seinen Lippen erschien, zog sich mein Herz zusammen und ich schluckte schwer. Ich ertrug kaum die heimlichen Blicke der Menschen, so offen angestarrt und angelächelt zu werden, hielt ich kaum aus.

Als mein Körper wieder gehorchte, senkte ich den Kopf und lief eilig davon. Ich drehte mich nicht noch einmal zu dem Fremden um, der mir mit seinem Blick und seinem Lächeln auf eine seltsame Art zu nahe gekommen war. Wenn es etwas gab, dass mir noch mehr Probleme bereitete als die Unsicherheit in Bezug auf meinen Körper, dann war es der Umgang mit Männern.

Während der Schulzeit waren meine Schwärmereien nie gut für mich ausgegangen. Sie waren immer ein gefundenes Fressen für meine Mitschüler, die sich lustig über mich machten, sobald sie davon erfuhren. Stefanie hingegen stellte mir während der zehnten Klasse meinen ersten Freund vor. Nachdem er mich jedoch nach lächerlichen zwei Monaten wegen einer anderen Frau verlassen hatte, konzentrierte ich mich ausschließlich auf meinen Abschluss. Erst kurz danach lernte ich einen Mann kennen, der mich so liebte, wie ich war. Maxime und ich waren ein knappes Jahr ein Paar, bis er ein Jobangebot in Lyon bekam. Nach einem Monat Fernbeziehung trennten wir uns.

Seitdem besaß mein Studium die oberste Priorität in meinem Leben.

Mit meinen zweiundzwanzig Jahren hatte ich kaum Erfahrungen mit dem anderen Geschlecht gesammelt. Ich war viel zu schüchtern und zu ruhig, um einen Mann anzusprechen, der mir gefiel. Erschwerend kam hinzu, dass die Pariser Männer sich nicht für Frauen wie mich interessierten. Ich war viel zu oft wegen meiner Kurven und meines Gewichts abgelehnt worden, da nützte mir auch mein hilfsbereiter, empathischer Charakter nichts. Um die inneren Werte scherte sich eh niemand.

Gedankenverloren bog ich in die *Avenue Montaigne*, im achten Arrondissement. Hier befand sich das Geschäft meiner Schwester Odette, in direkter Nachbarschaft von Designern wie *Chanel*, *Louis Vuitton* und *Prada*. Das Haus, in dem die Modeboutique mit Showroom und integriertem Atelier lag, hatten meine Eltern damals gekauft. Odette und ich lebten in einer großen Wohnung, die sich über den gesamten ersten Stock erstreckte. Die vier weiteren Wohnungen im Haus vermieteten meine Eltern, um sich ihren Lebensabend an der Côte d'Azur zu finanzieren.

Als ich meine Zimmertür hinter mir geschlossen hatte und mich an das kühle Holz lehnte, traf ich eine Entscheidung, was das Auslandssemester betraf. Ich würde nach Rom gehen, um dort zu studieren und so diesem französischen Wahnsinn und auch Odette zumindest für einige Zeit zu entfliehen. Ich hatte die Nase voll von diesem Leben. Dieses Mal würde ich meine Chance nutzen, um endlich glücklich zu sein.

Doch zuvor würde ich das Geheimnis lüften, das meine Familie vor mir verbarg.

Zwei

Verzweifelt stand ich am nächsten Tag vor meinem Kleiderschrank und blickte ratlos hinein. In zehn Minuten sollte ich Nic im Atelier abholen, damit wir gemeinsam ins *La Nuit Noire*, unsere Stammbar, gehen und uns mit Stefanie treffen konnten.

Wenn ich weiter trödelte, würde ich wieder zu spät kommen. Ich wusste nicht, was ich anziehen sollte, hatte kein Make-up aufgelegt und die brünetten Haare nicht geglättet. Ein Blick in den Spiegel ließ mich zusammenzucken. Ich sah aus wie eine Vogelscheuche ... die wirren Locken, die dunklen Ringe unter den Augen und die Speckrollen am Bauch. Andere Frauen machten sich mit der Größe von einem Meter dreiundsiebzig und dieser Figur einen Namen als Curvy Model, doch ich empfand nur Abscheu für mein Übergewicht. Ich schüttelte mich und wandte mich von meinem Spiegelbild ab.

Seufzend griff ich nach einem braunen Shirt, das meine Kurven kaschierte, und nach einer schlichten, schwarzen Jeans, die den Rest erledigte.

Nachdem ich mich umgezogen hatte, ging ich ins Bad und deckte die Augenringe mit Concealer ab. Ich fuhr einige Male skeptisch mit den Fingern durch die Locken und band sie schließlich zu einem losen Dutt, damit sie nicht weiter nervten.

Ich schlüpfte in die Sneakers und verließ mit nur fünf Minuten Verspätung meine Wohnung – Rekord! Den schlechten Witz über mein Zeitmanagement würde mein bester Freund Nic sich trotzdem erlauben.

Ich eilte die Treppe nach unten und schloss die Tür im Erdgeschoss auf, die direkt zum Stofflager führte. Freundlich begrüßte ich die drei Mitarbeiterinnen meiner Schwester, die gerade eine neue Lieferung in die Regale sortierten. Durch eine weitere Tür gelangte ich in das Atelier, dem Herzen des Modelabels. Odette hatte alles darangesetzt, dass ihre Mitarbeiter eng zusammenarbeiteten. Nachdem meine Eltern ihr das Label überschrieben hatten, ließ sie das Atelier komplett umbauen. Die Einrichtung war modern und in Weiß- und Brauntönen gehalten. Die bunten Stoffe auf den vier Schneidertischen brachten genug Abwechslung mit. Am Ende des Raumes folgten die Büros, die nur durch Glasscheiben vom Atelier getrennt waren. Privatsphäre gab es hier nicht. Auch wenn Odette und ich kein gutes Verhältnis hatten, musste ich ihr zugestehen, dass sie eine gute Chefin war. Sie bezog ihre Mitarbeiter stets mit ein und versuchte, alle Unstimmigkeiten aus dem Weg zu schaffen, um ein positives Arbeitsklima zu kreieren. Und das gelang ihr, denn in den fünf Jahren, in denen sie das Label *Medeaux* nun erfolgreich führte, hatte niemand ihr Team freiwillig verlassen.

Als ich Nic entdeckte, sprach er gerade mit einem Mann an einem der Schneidertische. Die beiden hatten sich über die Skizze eines Kleides gebeugt und mein bester Freund tippte auf das Papier.

»Ich würde vorschlagen, wir verlängern den Rock, dann wirkt das Kleid eleganter.« Nic war so in die Arbeit vertieft, dass er weder meine Verspätung noch mein Ankommen bemerkt hatte.

Nic und ich lernten uns vor zwei Jahren im Atelier meiner Schwester kennen, wo er als Chefdesigner arbeitete. Nachdem ich einen Scherz auf Odettes Kosten gemacht hatte, war das Eis zwischen uns gebrochen und er lud mich spontan auf einen Cocktail ein. Nicht mit unehrenhaften Absichten, wie er selbst gesagt hatte. Daraufhin hatte ich herzlich gelacht, denn ich hatte bereits mitbekommen, dass er nicht an Frauen interessiert war.

»Nic?«, fragte ich mit dünner Stimme, weil ich es unangenehm fand, seine Unterhaltung zu unterbrechen. Nic wandte sich mir zu und ein glückliches Lächeln stahl sich auf meine Lippen, das sogleich wieder verschwand.

Ich hielt den Atem an.

Der Mann aus dem Park.

Warum war er im Atelier meiner Schwester?

Angespannt umarmte ich Nic, während ich den Blick nicht von dem Fremden lösen konnte. Auch er betrachtete mich und mir entging die Mischung aus Überraschung und Erleichterung nicht. Freute er sich etwa, mich wiederzusehen? Was hatte das zu bedeuten?

»Tut mir leid, wir waren so in die Arbeit vertieft, ich wollte dich nicht warten lassen«, durchbrach Nic die peinliche Stille und strich sich durch seine blonden Haare. »Ich glaube, du kennst Valentin noch nicht. Er arbeitet seit letzter Woche hier. Ob du es glaubst oder nicht, deine Schwester hat mein Flehen erhört, einen weiteren Designer einzustellen.« Nic wandte sich an Valentin, der den Blick nicht von mir gelöst hatte. Ich stieß den Atem aus, den ich angehalten hatte. Meine Hände zitterten. Ich wollte dieser Situation schleunigst entfliehen.

Valentin ... was für ein schöner Name.

Mein Herz machte einen nervösen Sprung. Trotzdem fühlte ich mich angreifbar in seiner Nähe. Besonders, wenn er mich anlächelte.

»Valentin, das ist Candice, Odettes jüngere Schwester«, stellte Nic mich vor.

»*Sa... Salut*«, krächzte ich und hasste, dass man mir die Unsicherheit anhörte.

»Schön dich kennenzulernen, Candice«, erwiderte Valentin freundlich.

»Wir nennen sie alle nur Candy. Weil sie so süß ist, verstehst du?« Nic schenkte Valentin ein breites Grinsen, während meine Wangen sich tiefrot färbten. Konnte der Erdboden sich bitte auftun? Diese Situation war noch unangenehmer als das Aufeinandertreffen gestern im Park. Es war beschämend. Wieso zum Teufel konnte Nic nicht die Klappe halten?

»Es ist egal, wie du mich nennst, süß bin ich jedenfalls nicht«, murmelte ich. »Nic, können wir los?« Ich kniff die Lippen fest aufeinander.

»Ja, sofort. Ich muss nur noch zu ...« Ich bemerkte, wie es in seinem Kopf arbeitete. »... zu Claude, wegen ... wegen der Schnittmuster für ein Kleid. Gib mir fünf Minuten.«

Nic eilte davon und ich riss fassungslos die Augen auf. Es war offensichtlich, dass er nach einer Ausrede gesucht hatte, um mich mit Valentin allein zu lassen. Am liebsten wäre ich ihm nachgelaufen, hätte ihn am Arm gepackt und grob aus dem Atelier geschleift. Was dachte er sich nur dabei? Er wusste, dass ich nicht gut darin war, Small Talk zu führen. Und schon gar nicht mit einem Mann wie Valentin, der mein Innerstes mit seiner bloßen Anwesenheit durcheinanderbrachte.

Merde!

Verlegen senkte ich den Blick zu Boden und anschließend quer durch das Atelier.

»Bist du oft im *Jardin de la Nouvelle*?«, durchbrach er auf einmal die Stille und ich starrte ihn überrascht an.

»Ähm ... *ouais.*« Unsicher biss ich mir auf die Lippe und atmete tief durch.

»Ich habe dich nie dort gesehen.« Ich hob vorsichtig die Schultern und wusste nicht, was ich darauf erwidern sollte. »Ich muss gestern einen fürchterlichen Eindruck auf dich gemacht haben.«

»Wir haben alle mal einen schlechten Tag.« Meine Stimme war so leise, dass Valentin mich bestimmt kaum verstand.

»Bist du heute wie...«, setzte er an.

»Candy, können wir los?« Nic tauchte auf und legte mir einen Arm um die Schultern. Sofort entspannte ich mich. Er gab mir Ruhe und Sicherheit.

Ich tauschte einen letzten Blick mit Valentin, bevor ich stumm nickte.

»Mach nicht mehr zu lange, Valentin.« Nic klopfte ihm auf die Schulter.

»Werde ich nicht. Viel Spaß euch beiden.«

Kaum, dass ich genügend Abstand zwischen Valentin und mich gebracht hatte, atmete ich erleichtert aus. Nic zog fragend eine Augenbraue nach oben. Natürlich durchschaute er mich sofort.

»Okay, was ist los?«, fragte er ohne Umschweife. Er verschränkte die Arme vor der Brust. »Was stimmt mit dir nicht, Candy? Valentin ist heiß, er ist freundlich und, verdammt noch mal, hetero.«

»Du weißt, dass ich das nicht kann«, seufzte ich und lief weiter.

»Tss«, stieß Nic theatralisch aus und folgte mir.

»Ich kenne ihn nicht und nur weil er gut auss...«

»Shh, ich will nichts hören!« Mein bester Freund schnitt mir das Wort ab und ich verdrehte genervt die Augen. »Hast du nicht bemerkt, wie er dich angesehen hat? Du sollst ihn nicht gleich heiraten, sondern kennenlernen.«

Ich schüttelte den Kopf. »Nein, er arbeitet für meine Schwester, das ist komisch.«

»Oh nein, Candice Medeaux, so kommst du mir nicht davon. Ich habe deine Masche durchschaut. Ob du es glaubst oder nicht, es gibt tatsächlich Männer, die auf Frauen mit Kurven und Charakter abfahren und die diese lebenden Kleiderständer abstoßend finden.«

»Ich habe noch keinen kennengelernt«, erwiderte ich missmutig. Auch die Medien suggerierten immer, dass es für das *dicke Mädchen* kein Happy End gab.

Fassungslos griff Nic nach meinem Arm und stoppte mich.

»Wenn ich auf Frauen stehen würde, hätte ich dich längst an mich gekettet, Schätzchen«, versicherte er. Der Ausdruck in seinen stahlgrauen Augen ließ keinen Widerspruch zu, dann zog er mich in einer schwungvollen Bewegung in seine Arme. Ich hatte keine Chance, mein bester Freund war zwei Köpfe größer als ich und viel stärker.

»Verdammt, Nic«, murmelte ich und löste mich von ihm, weil ich beinahe gestolpert wäre. Mit hochrotem Kopf blickte ich mich nach den Passanten um. Ich hasste es, im Mittelpunkt zu stehen. Besonders mitten auf der Straße. Ich hasste ihre Blicke. »Du zählst nicht, weil du mein bester Freund bist. Du bist nicht objektiv.«

»Wenn ich mich in einen Mann verliebe, der aussieht wie Gerard Depardieu, würdest du dann meine Aufrichtigkeit anzweifeln?«

»Nein, so bist du nicht und ...«

»Warum fällt es dir dann so schwer, zu glauben, dass Männer nicht nur nach dem Äußeren gehen?«

Leere Worte. Nic wollte mich nur aufmuntern, aber so funktionierte mein Leben nicht.

»Warum machst du dich immer so klein?«, seufzte er.

»Weil ich kleiner bin als du«, scherzte ich halbherzig und versuchte, vom Thema abzulenken.

»Du weißt genau, was ich meine.« Nic legte seine Hände um mein Gesicht. »Versprich mir nur eine Sache, Candy. Wenn Valentin sich ernsthaft für dich interessiert – worauf ich meinen hübschen Hintern verwetten würde – wirst du ihn nicht von dir stoßen, nur weil du dir einredest, nicht gut genug zu sein.«

Statt einer Antwort dachte ich an meine Entscheidung, Paris schon im Herbst zu verlassen und nach Rom zu gehen.

Warum machte mir das Schicksal es unnötig schwer und setzte mir Valentin vor die Nase?

Sollte er etwa das Zeichen sein, um das ich im Park gebeten hatte? Es war absurd. Männer wie Valentin interessierten sich nicht für Frauen wie mich. Er war perfekt ... zu schön, um wahr zu sein. Und ich war ... unscheinbar, nicht liebenswert. Ich war ein Makel in der Hochglanzwelt der Modeindustrie.

»Es spielt keine Rolle, ob er Interesse an mir hat«, flüsterte ich und fing Nics fragenden Blick ein.

»Was bedeutet das jetzt?«

»Später«, murmelte ich und setzte den Weg fort.

Als wir am *La Nuit Noire* ankamen, hatte Stefanie einen der begehrten Tische vor der Bar ergattert. Es war ein heißer Julitag, der dazu einlud, in den kleinen Cafés und Bars einen Absacker zu trinken und sich mit seinen Freunden zu unterhalten.

»Habt ihr auf die Uhr geschaut?«, schimpfte Steff und sprang auf, um uns zu umarmen.

»Nur weil du ausnahmsweise pünktlich bist«, stichelte Nic und wir nahmen Platz.

»Ich habe das Übliche bestellt«, verkündete sie und setzte ein Lächeln auf. Stefanie strich sich ihre brünetten, schulterlangen Haare aus dem Gesicht, die mit einigen blonden Strähnen versehen waren. Sie hatte ein leichtes Make-up aufgelegt, trug eine schwarze Jeans und ein stilvolles, violettes Top, dazu farblich passende Ballerinas. Manchmal beneidete ich sie, weil sie mit ihren überschüssigen Kilos viel besser umging als ich. Meine beste Freundin versteckte sich nicht in weiten und nichtssagenden Sachen, sondern trug knallige Farben und enganliegende Tops, die ihre Kurven noch mehr betonten.

»Verdammt, Steff, du siehst heiß aus.« Nic grinste sie wegen des Outfits anerkennend an und lehnte sich entspannt zurück.

Als Stefanie damals in meine Klasse gekommen war, sprach sie nur gebrochen Französisch. Ihre Eltern waren wegen eines Jobangebots von Berlin in die Stadt der Liebe gezogen. Nachdem ich bemerkte, dass Steff von den anderen genauso ausgegrenzt und gemobbt wurde wie ich selbst, hatten wir uns angefreundet. Von diesem Moment an hatte sie hinter mir gestanden und mich in Schutz genommen. Sie war stärker als ich, steckte die Beleidigungen viel besser weg und fühlte sich wohl in ihrer Haut.

Seit sie in einer Bäckerei als Verkäuferin arbeitete und ich studierte, entwickelten sich unsere Leben zwar auseinander, dennoch trafen wir uns jeden Freitag hier in dieser Bar.

Die Kellnerin brachte ein Bier für Steff und einen Cocktail für Nic und mich.

»Ich werde nie verstehen, wie du dieses eklige Zeugs runterbekommst.« Naserümpfend betrachtete Nic das Bier und schüttelte sich.

»Manchmal frage ich mich, ob du nicht besser ein Mädchen geworden wärst«, stichelte sie und Nic verdrehte die Augen. Nic und Stefanie hatten sich durch mich kennengelernt und waren in Wirklichkeit wie Feuer und Wasser. Sie trafen sich nie ohne mich.

Stefanie erhob ihr Glas und fragte: »Okay, worauf trinken wir an diesem wunderbaren Freitag?« Wir taten es ihr gleich. Das war der beste Moment, mein Schweigen zu brechen und mein Geheimnis zu lüften. Meine Freunde mussten erfahren, dass diese gemütlichen Runden ab Oktober vorerst ausfallen würden.

»Darauf, dass ich im Herbst nach Rom gehen werde«, rückte ich leise mit der Sprache heraus. Beinahe zeitgleich froren Nics und Steffs Gesichtszüge ein und sie stellten ihre unangerührten Gläser zurück auf den Tisch.

»Du gehst wohin?«, fragte Stefanie schockiert. Einige Leute auf der Straße drehten sich zu ihr um.

»Nach Rom«, flüsterte ich und senkte den Blick, weil mir die Aufmerksamkeit der Passanten unangenehm war. »Ich habe die Zusage für ein Auslandssemester erhalten.«

»Und wann dachtest du, erzählst du uns das?« Steffs Blick war ebenso fassungslos.

»Ich habe nicht damit gerechnet, angenommen zu werden. Gestern kam die Zusage.« Ihr finsterer Blick verunsicherte mich und ich rutschte auf meinem Stuhl kaum merklich nach unten, um mich klein zu machen. Was hatte ich falsch gemacht?

»Candy, entschuldige. Ich ... es ist nur so, wir waren nie länger als zwei Wochen voneinander getrennt«, erwiderte Stefanie.

Nic hatte die Arme vor der Brust verschränkt und sein Blick ruhte auf mir. Würde er meine Pläne ebenfalls verurteilen? So wie Odette?

»Sag doch etwas«, bat ich ihn leise und mein bester Freund atmete geräuschvoll aus.

»Ich finde es toll, wirklich«, begann er und ein sanftes Lächeln erweichte seine angespannten Gesichtszüge. »Ich frage mich nur, warum gerade jetzt? Wo doch dieser verboten heiße Typ angefangen hat, bei deiner Schwester zu arbeiten und er auf dich steht.«

Nicht schon wieder!

Stefanie klappte die Kinnlade nach unten.

»Was für ein heißer Typ? Wie heißt er? Wie sieht er aus?«, wollte sie wissen und meine Wangen färbten sich zum zweiten Mal an diesem Tag feuerrot.

»Valentin Dumas, der neue Designer, den Odette letzte Woche eingestellt hat. Hundert Prozent an Frauen interessiert und hin und weg von unserer zuckersüßen Candy.« Nic zog wissend die Augenbrauen nach oben.

»Können wir bitte nicht darüber sprechen? Valentin hat nichts mit meiner Entscheidung zu tun.« Ich liebte Nic wie einen Bruder und Stefanie wie eine Schwester, doch es ging mir gegen den Strich, wie sie mich in diesem Moment vorführten. Dieser Valentin und ich hatten zwei Worte miteinander gewechselt und Nic interpretierte alle möglichen Sachen hinein. Das nervte mich.

Stefanie trank einen Schluck Bier. »Du kannst nicht die Kurve kratzen, wenn hier plötzlich jemand auftaucht, der auf dich steht.«

»Ich gehe nach Rom, weil ich ein Auslandssemester an einer renommierten Uni absolvieren darf«, rechtfertigte ich mich.

»Deine Zukunft, logisch«, plapperte Steff weiter. »Du tust immer alles für deine Zukunft und vergisst dabei dein Leben. Wann hattest du das letzte Mal richtig Spaß? Wann warst du das letzte Mal mit mir in der Stadt shoppen und einen Kaffee trinken?«, fragte meine Freundin weiter. Ich kniff die Lippen aufeinander. »Siehst du, du kannst dich nicht einmal daran erinnern, weil du immer irgendwelche Ausreden hast. Du versteckst dich!«

Ich verschloss mich und baute eine meterhohe Mauer um mich. Stefanies Worte trafen mich hart, doch nicht, weil sie verletzend waren, sondern weil sie recht hatte. Ich machte mich kleiner, hielt den Druck aus, wie damals in der Schule. Es war unerträglich. Sie sollte aufhören.

Doch wie hörte man mit einem Verhalten auf, das so intuitiv war wie Atmen?

»Wann warst du das letzte Mal verliebt, Candy? Wann hast du dich in ein Abenteuer gestürzt? Wann hast du in dieser Stadt so gelebt, wie man in dieser Gott verdammten Stadt lebt?« Stefanies Worte kreisten durch meinen Kopf, wurden lauter und lauter. Wie tausend Nadeln bohrten sie sich in mein Herz, hinterließen Schmerz und Enttäuschung. Tränen der Hilflosigkeit stiegen in meine Augen und ich schluckte trocken. Es war zu viel. Der Stuhl kratzte über den Boden, als ich aufsprang.

»Musste das jetzt sein?«, hörte ich Nic fragen, während ich davonlief.

»Was denn? Ich habe doch recht. Diese Sache mit Rom ist nur eine weitere Ausrede. Oder glaubst du, dort wird sich etwas ändern?«

Zielgerichtet machte ich mich auf den Weg zur Metro, die mich schneller als der Bus zum *Jardin de la Nouvelle* bringen würde. Ich wollte allein sein, brauchte die Ruhe und den Schutz dieses kleinen, grünen Paradieses.

Die Waggons waren gewohnt überfüllt und die stickige Luft stand förmlich. Seufzend stellte ich mich an die Tür, lehnte mich gegen eine der Glasscheiben und hoffte, dass die zehnminütige Fahrt ein schnelles Ende finden würde.

Als ich aussteigen konnte, atmete ich tief durch und fühlte mich gleich besser. Ich hasste es, die Metro zu benutzen, doch der Fußweg vom *La Nuit Noire* zum *Jardin de la Nouvelle* dauerte vierzig Minuten. Das war bei dreißig Grad im Schatten weder mit Erholung noch mit Spaß verbunden.

Kaum, dass ich die kleine Parkanlage betreten hatte, setzte das vertraute und zugleich schützende Gefühl ein. Mittlerweile zweifelte ich an allem und fragte mich, ob ich überhaupt irgendetwas richtig machen konnte. Ja, ich investierte viel Zeit in mein Studium und ich war stolz auf meine guten Noten. Natürlich wollte ich etwas aus meiner Zukunft machen, irgendwann in einem renommierten Architekturbüro arbeiten und selbst Gebäude entwerfen, über die man sprach.

Stefanie verstand nicht, dass ich sie nicht wegen des Studiums mied. Sondern weil ich Panik hatte, von einer Boutique in die nächste zu laufen und den komischen Blicken der Verkäuferinnen ausgesetzt zu sein. Was die Leute dachten, wenn Steff und ich uns einen fettigen Milchkaffee und süße Kuchen genehmigten, allein die Vorstellung, schnürte mir die Luft ab.

Seufzend ließ ich mich auf die Steintreppe fallen und meine Gedanken wanderten zu Valentin. Wie Nic überhaupt auf den aberwitzigen Gedanken kam, Valentin könnte auf mich stehen, war mir ein Rätsel. Er sah gut aus und war charmant, ohne Zweifel.

Ich lachte verbittert auf. Eher würde der Mond auf die Erde stürzen, bevor Valentin romantisches Interesse an mir hatte.

Er war ein Traummann.

Aber das Problem mit Traummännern bestand darin, dass sie jede haben konnten.

»Candy?« Ich versteifte mich augenblicklich, mein Herz klopfte wild, während ich den Kopf zur Seite drehte.

Das war ja wohl ein schlechter Scherz.

Drei

»Darf ich mich zu dir setzen?«, fragte Valentin und ich nickte. Er kam die Treppe nach unten und nahm neben mir Platz. Ein sanftmütiges Lächeln umspielte seine Züge, doch er sah mich nicht direkt an. »Ich dachte, du wärst mit Nic unterwegs.«

»Ja, das war ich auch.« Valentin knetete nervös seine Hände. Warum war er so unsicher?

»Ihr seid ein süßes Paar.« Überrascht riss ich die Augen auf und starrte ihn fassungslos an.

»Du glaubst, Nic und ich hätten eine Beziehung?«, rief ich aus. »Hast du ihn angesehen? Er umrandet seine Augen mit blauem Eyeliner!«

»So, wie ihr miteinander umgeht, hätte es sein können«, versuchte Valentin, sich zu erklären, und kratzte sich am Hinterkopf.

»Ja, weil er mein bester Freund ist und ich ihn wie einen Bruder liebe. Glaub mir, sein Interesse an Frauen ist so groß wie mein Interesse an ...« Ich überlegte. »Verdammt, mir fällt nichts ein.«

Valentin lachte leise und schüttelte den Kopf. »... wie dein Interesse daran, so zuckersüß vorgestellt zu werden wie heute Nachmittag.«

Meine Mundwinkel verzogen sich zu einem Schmunzeln. Die Vorstellung, dass Nic und ich ein Paar wären, setzte jede meiner Ängste außer Kraft.

»Ja, das trifft es.«

»Arbeitest du für deine Schwester?«, fragte Valentin ehrlich interessiert. Ich fühlte mich losgelöst und die Anspannung, die ich im Atelier gespürt hatte, war verpufft.

»Nein, ich studiere Architektur.«

»Oh, dann zeichnest du auch?«

»*Oui.*« Ich schenkte ihm ein schüchternes Lächeln.

»Nur Bauwerke oder auch andere Sachen?«

»Alles Mögliche, Hauptsache, ich kann dabei abschalten.«

»Vielleicht kannst du mir deine Bilder irgendwann mal zeigen?«

»Ja, vielleicht.« Valentins Augen strahlten. Sollte Nic etwa mit seiner Vermutung recht haben? Oder war Valentin nur nett, weil er mich zufällig hier getroffen hatte?

»Worauf möchtest du dich spezialisieren?«, erkundigte er sich weiter.

»Ich habe mich noch nicht entschieden. Es gibt viele Themen, die mich interessieren. Restauration und Erhalt von denkmalgeschützten Gebäuden, beispielsweise. Oder ich mache nichts in die Richtung und entdecke die Welt, ich bin mir nicht sicher«, flüsterte ich nachdenklich.

Es gab so viele Länder und Städte, die mich faszinierten und ich in naher Zukunft besuchen wollte. Die Zeit nach dem Studium wäre perfekt dafür. Ich hatte oft von einer Rucksacktour durch die Welt geträumt, doch mein Mut hatte mir bisher einen Strich durch die Rechnung gemacht. So sehr wie mich dich Vorstellung reizte, allein von einem Paradies zum nächsten zu reisen, dort zu arbeiten, zu leben und die Mentalität der Menschen kennenzulernen, genauso beängstigte sie mich auch.

»Welche Länder möchtest du sehen?«

»Erst einmal Europa. Großbritannien, Deutschland, Griechenland. Obwohl Amerika mich auch fasziniert. Bist du schon einmal gereist?«

»Ich hatte vor einer Weile die Chance, ein Praktikum in Mailand zu machen.«

»Wie hat dir Italien gefallen? Seit einem Urlaub mit meinen Eltern bin ich hoffnungslos verliebt«, scherzte ich und staunte über meine Offenheit.

»Die Menschen sind temperamentvoller, aber sie genießen das Leben. Ich fand es großartig.« Neugierig betrachtete mich Valentin von der Seite. Der Ausdruck in seinen Augen war entwaffnend. »Gibt es einen Grund, warum du fragst?«

»Ich habe ein Angebot für ein Auslandssemester in Rom erhalten.«

»Du klingst unsicher«, stellte er fest. »Hast du dich noch nicht entschieden?«

»Doch, das habe ich«, antwortete ich ehrlich.

»Aber?« Valentins Blick bohrte sich meinen und ich ahnte, dass er nicht lockerlassen würde.

»Es ist eine lange Geschichte, mit der ich dich nicht langweilen möchte.« Ich stand auf und klopfte den Schmutz der Treppe von meinen Sachen. »Ich muss jetzt nach Hause. War schön, dich getroffen zu haben.«

Ich wandte mich ab und tat das, was ich am besten konnte. Ich verschwand, wenn die Situation unangenehm wurde.

Am Montagvormittag klingelte es an der Tür, als ich mir Frühstück machen wollte. Ich ahnte, wer sich zu mir verirrt hatte und behielt recht, als ich Stefanies Stimme an der Gegensprechanlage hörte. Sekunden später trabte sie die Treppen in den ersten Stock hinauf.

»Machst du jetzt dort weiter, wo du Freitag aufgehört hast?«, fragte ich mit ungewohnt scharfem Unterton. Steff schüttelte den Kopf und wir gingen in die Küche, wo ich uns einen Kaffee kochte. Anschließend setzten wir uns auf den Balkon, der zur Wohnung gehörte, und schwiegen. Nach Freitagabend hatte ich meiner besten Freundin nichts zu sagen. Ich wollte zuerst wissen, warum sie mich so angefahren hatte.

»Es tut mir leid, dass ich dich so in die Enge getrieben habe, aber du hast dich verändert, Candy«, durchbrach Stefanie die angespannte Stille.

»Ich habe viel zu tun.« Eine meiner beliebtesten Ausreden.

»Ja und ich verstehe, dass du dich in dein Studium kniest, weil du etwas erreichen willst. Trotzdem hast du jetzt Semesterferien. Warum unternimmst du nichts? Wir könnten doch mal in den Laden für Künstlerbedarf im fünften Arrondissement gehen, den du ...«

Ich lachte verbittert auf. »Steff, mal ehrlich, Nic und du arbeitet den ganzen Tag. Ich spiele sicher nicht den Alleinunterhalter.«

»Das meine ich damit nicht. Es ist nur ...«

Ich schüttelte den Kopf und schnitt meiner Freundin das Wort ab. »Steff, es ist okay so, wie es ist.« Angespanntes Schweigen machte sich breit und ich umklammerte meine Kaffeetasse.

»Warum willst du nach Italien?«

Ich dachte einen Augenblick über die Frage nach und verstand, warum meine Entscheidung unlogisch auf meine beste Freundin wirken musste.

»Weil es ein Neuanfang ist.« Ich atmete langsam aus. »Du kennst meine Schwester, du weißt, was ich mir jeden Tag anhören darf, seit meine Eltern umgezogen sind. Ich bin ihr Genörgel so leid. Heute Morgen hat sie mir ernsthaft einen Apfel gereicht und gesagt, er würde ausreichen, um meinen Tagesbedarf an Kalorien abzudecken.« Stefanie öffnete den Mund, aber ich ließ ihr keine Chance, etwas zu erwidern. »Es ist nicht nur Odette. Es sind auch diese klapperdürren Tussis, die unten durchs Atelier rennen. Ich bin froh, dass sie in letzter Zeit lieber meine Cousine fragt, wenn offizielle Termine anstehen. Louna geht bei Odette ein und aus ... Weißt du, wie es ist, ihr nach all den verbalen Angriffen ständig über den Weg zu laufen?« Ich seufzte und senkte den Blick. »Ich fühle mich hier wie in einem beschissenen Vogelkäfig. Die Entscheidung, nach Rom zu gehen, hat also nichts mit dir oder Nic zu tun. Ich möchte einmal in meinem Leben etwas für mich machen, ohne dass mich jemand in einen Menschen verwandeln will, der ich nicht bin. Ich möchte frei von Lounas Blicken sein, die sich anfühlen, als wäre ich wieder in der Schule.«

»Candy ...«, flüsterte Steff und griff nach meiner Hand. Mein Gewicht, meine Figur, die Häme, die mir deswegen entgegenschlug, blockierten mich seit Langem. »Du musst nicht abhauen, um respektiert und geliebt zu werden. Genauso wenig, wie du dich optisch verändern musst.«

»Nein?«, lachte ich traurig auf. »Muss ich nicht? Warum schauen die Leute mich immer komisch an, wenn ich draußen bin?« Tränen brannten in meinen Augen und ich drohte, den Kampf dagegen zu verlieren. »Warum weiß ich genau, dass sie mich abstoßend finden? Eklig und ...«

»Das hört in Rom nicht auf, Candy, solange du dein Denken nicht änderst. Wenn du dich selbst nicht akzeptierst, wirst du niemals das Leben leben, das du dir wünschst.«

Und wieder baute sich die Schutzmauer Stein für Stein auf. Langsam entzog ich mich meiner besten Freundin und versuchte, ihre Worte nicht an mich heranzulassen.

»Candy, die Veränderung fängt in deinem Kopf an und nicht in Rom.« Stefanies Worte prallten an mir ab, die Schutzmauer war vollendet. Ich stand auf.

»Ich muss gleich ins Kinderheim«, sagte ich, ohne auf meine beste Freundin einzugehen.

Stefanie folgte mir in die Wohnung. »Warum weichst du mir aus?« Sie ließ nicht locker, natürlich nicht.

»Ich habe einfach nur vergessen, dass ich in einer Stunde im Kinderheim sein muss.«

»Nein, du blockst mich wieder ab. Aber das ist okay, Candy, weil ich mittlerweile weiß, wie du tickst.« Stefanie warf einen Blick auf ihre Armbanduhr. »Ich muss zur Arbeit. Viel Spaß im Kinderheim.«

»Natürlich«, antwortete ich leise und beobachtete meine Freundin dabei, wie sie aus der Wohnung verschwand. Erleichtert atmete ich aus und begann, mich für meine ehrenamtliche Arbeit fertigzumachen. Als mein Blick meinem Spiegelbild begegnete, blieb ich jedoch im Flur stehen. Stefanies Worte hatten sich in meinen Kopf gebrannt. Wenn ich mich selbst nicht akzeptierte, würden mich auch die anderen nicht akzeptieren.

Ich fasste in meine Haare, die sich über Nacht gekräuselt hatten und die ich noch einmal glätten musste. Meine Finger strichen über meine Haut, die manchmal zu Unreinheiten neigte, bis hin zu meinem Bauch, der sich unter meinem Schlafshirt abzeichnete. Ich drehte mich ins Profil und betrachtete meine Seitenansicht, dann zwickte ich in meine viel zu breiten Oberschenkel und warf mir selbst einen angewiderten Blick zu. Ich hasste alles an mir. Von den unschönen Haaren, bis zu den dicken Armen und Beinen. Ich war abstoßend. Wer sollte mich so lieben?

Vier

Pünktlich kam ich im Kinderheim an. Trotz der Auseinandersetzung mit Stefanie freute ich mich auf die Zeit mit den Kleinen und auf ihre glücklichen Gesichter, wenn sie erfuhren, was ich heute geplant hatte. Hoffentlich konnte ich mich hier von den Worten meiner besten Freundin ablenken.

Gedankenverloren zog ich die Tür des Kinderheims auf und spürte nur einen Windhauch, als mir jemand zuvorkam. Ich fror in meiner Bewegung ein und drehte mich vorsichtig um.

»Habe ich doch richtig gesehen«, sagte Valentin und öffnete mir grinsend die Tür. Irritiert starrte ich ihn an, während ich mich wunderte, warum er hier war. Folgte er mir?

»Was machst du hier?«, erkundigte ich mich. Das konnte kein Zufall sein. Erst tauchte er im Park auf und nun plötzlich am Kinderheim? »Stalkst du mich?«, scherzte ich, obwohl mir nicht danach zumute war.

Valentin lachte herzlich, schüttelte jedoch den Kopf.

»Nein, obwohl ich seit unserer letzten Begegnung daran gedacht habe. Immerhin hast du mir nicht mal deine Handynummer gegeben.« Meine Wangen begannen zu brennen, wahrscheinlich leuchtete ich wie eine rote Ampel.

»Warum hast du nicht nach meiner Nummer gefragt? Dann hätte ich darüber nachdenken können, sie dir zu geben.« Ich war verunsichert und die Begegnung war mir unangenehm, weil ich nicht verstand, was Valentin sich davon versprach. War er wirklich zufällig vorbeigekommen? Valentins Verhalten kam mir sonderbar vor, er wirkte nervös.

Plötzlich erinnerte ich mich an Stefanies Worte, die ich eben noch nicht an mich heranlassen wollte: Die Veränderung begann in meinem Kopf. Ich musste etwas riskieren, wenn ich mein Leben ändern wollte.

Was, wenn es tatsächlich ein Zufall war und das Schicksal mir ein Zeichen schickte? Tief in meinem Inneren wollte ich Valentin nicht gehen lassen, ich wollte mehr Zeit mit ihm verbringen, ihn besser kennenlernen. Er ging mir nicht aus dem Kopf, doch die Angst, einen Fehler zu begehen und zurückgestoßen zu werden ...

Nein, ich wollte mutig sein.

Wenn er mich wie alle anderen zurückweisen sollte, konnte ich ihm leicht aus dem Weg gehen.

»Was hältst du davon, mit hineinzukommen und gemeinsam mit den Kindern zu malen?« Ein aufrichtiges Lächeln umspielte meine Lippen. Ich musste es riskieren, es war ein Schritt in die richtige Richtung.

Er schien überrascht über meine Frage. »Ja, sehr gern, wenn das geht?«

»Natürlich, die Kinder freuen sich sicher über ein neues Gesicht. Außerdem habe ich heute etwas Besonderes mit ihnen vor, du kommst wie gerufen.« Ich schritt durch die Tür in das Gebäude und Valentin folgte mir durch den Gang. Mein Blick glitt über die Wände, die in einem freundlichen Cremeton gestrichen waren und an denen die Zeichnungen der Kinder hingen. Das war meine Idee gewesen, so konnten sie jeden Tag aufs Neue sehen, was sie Großartiges geschaffen hatten. Ich öffnete die Tür zum Gruppenzimmer, aus dem fröhliche Kinderstimmen drangen. Im Augenwinkel bemerkte ich, wie Valentin sich umsah. Die Kinder, die kaum älter als sechs Jahre waren, tobten in der Spielecke, lasen Bilderbücher an den kleinen Tischen oder spielten Brettspiele. Obwohl sie fröhlich lachten, als könne kein Unheil der Welt ihnen etwas anhaben, waren alle entweder von ihren Eltern verlassen worden oder hatten diese früh verloren.

»Candy, meine Liebe.« Die Heimleiterin steuerte auf mich zu.

»Hallo Minon.« Ich umarmte sie. Minon war eine quirlige Frau mittleren Alters mit mittellangen, brünetten Haaren und bunter, auffälliger Kleidung. Ihre Ausstrahlung war durch und durch positiv, was sich auf die Kinder übertrug.

»Darf ich dir Valentin vorstellen? Er wird mir heute helfen.«

Ein Lächeln erhellte ihr Gesicht.

»Oh, wie schön. Hallo Valentin, ich hoffe, du hast keine Angst davor, dass deine Sachen schmutzig werden?« Minon schüttelte ihm kräftig die Hand. In der Tat war Valentin mit seiner Anzughose und dem hellblauen Hemd eher unvorteilhaft gekleidet.

»Wozu gibt es Waschmaschinen.« Er machte eine abwinkende Handbewegung.

»Hast du die Farben besorgt?«, fragte ich Minon und sie nickte.

»Ja, die Kinder werden Augen machen.«

»Was habt ihr vor?«, erkundigte sich Valentin neugierig, doch ich zuckte geheimnisvoll mit den Schultern. Stattdessen entfernte ich mich von ihm und Minon, um die Kinder zu begrüßen. Als sie mich bemerkten, schwirrten sie wie kleine Bienen zu mir und riefen meinen Namen wild durcheinander.

»Hallo, ihr Mäuse«, begrüßte ich sie und hockte mich nach unten, um sie zu umarmen. »Seid ihr bitte so lieb und setzt euch einen Moment auf den Spielteppich? Ich möchte euch kurz erklären, was wir heute vorhaben.« Valentin schien beeindruckt, wie schnell die zwanzig Kinder meiner Anweisung folgten. »Sehr schön.« Minon stellte die großen Farbflaschen auf den Tisch und legte die weißen T-Shirts dazu.

»Minon hat uns heute eine ganz besondere Farbe besorgt.« Ich nahm eine der Flaschen in die Hand und hielt sie hoch. »Das ist Textilfarbe. Mit der bemalt ihr ein T-Shirt, das ihr behalten und anziehen dürft. Was sagt ihr dazu?« Sofort brach wildes Geschnatter aus. Die Kinder waren aufgeregt und ein warmes Gefühl breitete sich in meinem Herzen aus. Ich liebte es, ihnen neue Dinge beizubringen.

Immer wenn ich hier war, rief ich mir ins Gedächtnis, dass ich dankbar sein konnte, überhaupt Familie zu haben, auch wenn wir Probleme hatten. Viele dieser Kinder hatten nie die Chance bekommen, ihre Eltern und Geschwister kennenzulernen.

»Bevor wir anfangen, möchte ich euch noch jemanden vorstellen.« Ich deutete Valentin an, zu mir zu kommen. Er stellte sich zu mir und lächelte breit. »Das ist Valentin. Er arbeitet als Designer. Weiß jemand von euch, was ein Designer macht?« Sofort schnellte die Hand der kleinen Mila nach oben. »Ja, Mila?«

»Er entwirft Dinge, wie Schmuck oder Mode.«

»Ganz genau.« Ich lächelte stolz. »Valentin wird euch heute bei euren T-Shirts helfen. Wenn ihr also Fragen habt, ruft ihn einfach. Und jetzt kommt ihr bitte der Reihe nach zu mir und lasst euch ein T-Shirt und eine Farbpalette geben. Sucht euch einen Platz am Tisch und überlegt, mit welchen Farben ihr heute malen wollt.« Während ich die Shirts und die leeren Paletten austeilte, legten Valentin und Minon Schutzfolien auf die Tische. Die Kinder nahmen ihre Plätze ein und wir teilten Farbe und Pinsel aus.

»Hört bitte noch einmal zu, bevor ihr anfangt. Wir haben euch zwar einen Pinsel gegeben, aber die Farbe ist ganz leicht abwaschbar. Wer also heute Lust hat, mit den Fingern zu malen, der darf das gern tun.« Das Lächeln der Kinder wurde breiter. »Na schön, dann dürft ihr jetzt beginnen. Wenn ihr euch nicht traut, könnt ihr euch ein Blatt Papier bei mir holen und eine Skizze mit mir anfertigen, bevor ihr auf den Stoff malt.«

Sofort wurde es still im Raum und die Kinder begannen konzentriert, ihr T-Shirt mit den bunten Farben zu verzieren. Nur zwei fertigten eine Skizze an.

»Die Idee ist gut«, raunte Valentin mir zu. »Seit wann machst du das hier?«

»Seit dem Studium. Es gab in der Uni einen Aushang. Ich habe mich daraufhin gemeldet. Die Kinder haben es schwer genug, ich wollte sie einfach glücklich machen.«

»Es gibt heutzutage nicht mehr viele Leute, die ehrenamtlich arbeiten«, klinkte Minon sich in das Gespräch ein. »Mit Candy haben wir einen Glücksgriff gemacht. Ich werde sie auf keinen Fall mehr gehen lassen. Auch ihre Schwester spendet regelmäßig Geld für die Kinder.« Minons freundliche Worte versetzten mir einen Stich ins Herz. Ich hatte noch nicht darüber nachgedacht, wie die Kleinen reagieren würden, wenn ich nach Rom ging. Beim Gedanken an die traurigen Kindergesichter wurde mir flau im Magen, ich wollte nicht, dass sie noch jemanden verloren. Ich würde bald mit Minon sprechen und ihr die Situation erklären müssen. Vielleicht hatte sie eine Idee.

»Kommt ihr allein klar? Ich habe noch einen Stapel Papierkram auf dem Schreibtisch und bin bisher zu nichts gekommen, weil eine meiner Betreuerinnen sich gestern krank gemeldet hat.«

»Natürlich. Die Kleinen sind ohnehin beschäftigt.« Minon zog sich dankbar zurück, während ich mich an Valentin wandte. »Was meinst du, sollen wir auch ein Shirt designen? Sie passen uns zwar nicht, aber vielleicht können wir sie jemandem schenken.«

»Unbedingt. Ich hätte sogar eine Idee.« Ich betrachtete Valentin fragend. »Ich habe mitbekommen, dass deine Schwester jedes Jahr diese Spendenveranstaltung organisiert. Wir werden die Shirts versteigern. Odette muss nur darauf unterschreiben und sie gehen sicher für gutes Geld weg.«

Ich strahlte ihn regelrecht an, das war eine ausgezeichnete Idee.

»Weißt du, warum das brillant ist, Valentin?«

»Nein, sicher du wirst es mir gleich verraten«, erwiderte er lächelnd.

»Weil die Einnahmen der Spendenveranstaltung dieses Jahr an das Kinderheim gehen.«

Dafür war ich verantwortlich gewesen. Ich hatte so lange auf meine Schwester eingeredet, bis diese sich ein Herz gefasst hatte und auf meinen Vorschlag eingegangen war. Es fehlte an allen Ecken und Enden, außerdem modernisierte Minon die Einrichtung momentan und konnte jeden Cent gebrauchen. Sie liebte ihren Job, nicht nur, weil sie selbst in einem Heim aufgewachsen war – leider unter schlechten Bedingungen, wie sie mir in einer ruhigen Minute anvertraut hatte. Die Kinder standen für sie immer an erster Stelle.

Ich reichte Valentin eines der übrigen Shirts und wir setzten uns an einen freien Tisch. Es war ein Leichtes, sich in die Arbeit zu vertiefen, und all die wirren Gedanken in meinem Kopf zurückzudrängen. Während ich eine Collage der wichtigsten Pariser Sehenswürdigkeiten auf das Shirt brachte, malte Valentin das Porträt einer Frau. Immer wieder warf er mir Blicke zu, die mich zunehmend irritierten. Ein Lächeln breitete sich auf seinen Lippen aus und ich wandte mich verlegen ab. Wenn ich mit den Kindern malte, war ich losgelöst. Hier fühlte ich mich akzeptiert und willkommen. Ich war mir anfänglich nicht sicher gewesen, ob es eine gute Idee war, Valentin mitzunehmen, doch ich fühlte mich wohl in seiner Gesellschaft. Würde er nur aufhören, mich ständig zu mustern.

»Hey, das bist ja du, Candy!«, rief plötzlich einer der Jungs.

Überrascht blickte ich auf das Abbild meines Gesichtes auf Valentins Shirt. Ich starrte mehrere Sekunden ungläubig auf das Bild, das vor allem meine bernsteinfarbenen Augen betonte.

»Was sagst du dazu?«, fragte er und ich blinzelte.

»Es ist wunderschön«, flüsterte ich und meinte es absolut ehrlich. Er hatte mein Lächeln perfekt eingefangen und auch das Leuchten meiner Augen. Ich konnte es kaum glauben. Aufsteigende Tränen verschleierten meinen Blick und ich blinzelte sie schnell weg. Es rührte mich. Nie in meinem Leben war ich so überrascht worden.

»Ich freue mich, dass es dir gefällt.«

»Gefallen ist nicht das richtige Wort.« Am liebsten hätte ich ihn umarmt, aber ich traute mich nicht. »Dankeschön«, hauchte ich.

»Nicht dafür.«

Während die Kinder kaum genug vom Bemalen ihrer T-Shirts bekommen konnten, schritt der Nachmittag immer weiter voran. Ich beschriftete die T-Shirts im Inneren mit dem Namen des jeweiligen Kindes und hängte sie zum Trocknen auf. Glücklich machten die Kleinen sich danach auf den Weg, um sich die Farbe von den Fingern zu waschen und anschließend Abendessen zu gehen. Es war bereits weit nach siebzehn Uhr.

»Wo kann ich die Farbreste ausspülen?«, erkundigte Valentin sich, als ich die letzte Schutzfolie abgewischt und zusammengelegt hatte.

»Warte, ich zeige es dir.« Ich verstaute die Folien im Schrank und nahm Valentin die Hälfte der Plastikpaletten ab. Zusammen liefen wir über den Flur in einen der Waschräume, wo wir die Paletten in einem großen Waschbecken säubern konnten. Ich drehte das Wasser vorsichtig auf.

»Wir sind ziemlich sauber aus der Nummer rausgekommen. Eigentlich hatte ich erwartet, dass wir mit Farbe im Gesicht nach Hause gehen«, scherzte Valentin.

»Ich habe meine Kinder eben im Griff«, erwiderte ich herzlich lachend. Mit ihm Zeit zu verbringen, fühlte sich gut an, als würden wir einander schon ewig kennen. Wie einfühlsam Valentin mit den Kindern arbeitete, beeindruckte mich. Die Kleinen hingen an seinen Lippen und nahmen seine Tipps dankbar an. Auch ich hörte aufmerksam zu, stellte gelegentlich Fragen darüber, womit er am liebsten zeichnete und welches Papier er benutzte. So erfuhr ich, dass Valentin sich – abgesehen von Modeskizzen – vor einigen Jahren auch auf Porträts spezialisiert hatte.

»Wenn du auf Farbe im Gesicht stehst, kann ich behilflich sein.« Blitzschnell tauchte ich meinen Finger in die rote Farbe auf einer Palette und tupfte sie auf Valentins Nase. Dieser war so perplex, dass er einen Moment brauchte, ehe er zum Gegenangriff ausholte. Er erwischte die blaue Farbe und schmierte sie mit dem Finger über meine Wange. Seine Berührung ließ mich nach Luft schnappen und ich starrte ihn fassungslos an, bevor ich eine Farbpalette aus dem Waschbecken zog, um mich zu verteidigen. Valentin tat es mir gleich und versteckte sich hinter der Tür, die zu den Toilettenkabinen führte. Mit einem schelmischen Lächeln tauchte er seinen Finger in das Grasgrün und lauerte darauf, mich anzumalen. Ich hatte mir zusätzlich einen Pinsel aus dem Wasser gefischt, den ich langsam in der blauen Farbe drehte, damit er möglichst viel davon aufnahm. So leicht würde Valentin mir nicht davonkommen. Mit bedachten Schritten schlich ich zur Tür des kleinen Nebenraums, hinter der er sich versteckte, den Pinsel hielt ich wie ein Schwert vor meinem Körper. Plötzlich schnellte Valentin nach vorn, packte mich am Arm und drückte mich gegen die Wand. Ein Lächeln lag auf seinen Lippen, als er seinen Farbfinger vor mein Gesicht hielt. Er war im Vorteil, obwohl ich mit dem Pinsel sein Hemd versaute.

»Hast du letzte Worte, Candice?«, fragte er lachend und presste seinen Körper fester an meinen. Mein Herz schlug mir bis zum Hals und ein Kribbeln zog durch mich hindurch, das ich zuvor nie gespürt hatte. Ich schluckte schwer, fühlte mich benommen.

Ich wollte ihn von mir stoßen, meine Schutzmauer errichten und vorsichtig sein. Doch mein Körper gehorchte mir nicht mehr und meine Gedanken spielten völlig verrückt. Es passierte so schnell und unerwartet. Alles um mich herum drehte sich und ich hatte nur Augen für Valentin. In meinem Inneren vermischten sich Aufregung und Glück mit etwas, das ich nicht kannte. Verlangen.

»Nein, keine letzten Worte«, hauchte ich. Valentins Blick brannte sich in meinen. Wärme breitete sich in mir aus.

»Gut, dann werde ich dich jetzt«, flüsterte er, »vollmalen.« Er strich mit dem Finger vorsichtig über meine Wange. Statt Abstand zwischen uns zu bringen, sah er abwechselnd von meinen Augen zu meinen Lippen. Wollte er mich etwa ... küssen? Was hielt ihn davon ab? Spielte das eine Rolle, wenn es sich richtig anfühlte? Ganz langsam stützte er seinen Unterarm an der Fliesenwand neben meinem Kopf ab und ich sog den Duft seines herb-süßen Parfüms ein.

Unsicher biss ich mir auf die Innenseite der Lippe. Mein Kopf fühlte sich leicht an, mein Herz sprang mir beinahe aus der Brust. Ich musste träumen, das konnte nicht echt sein.

Langsam senkte er den Kopf in meine Richtung und ...

»*Merde!* Was für eine Sauerei!«, kreischte Minon plötzlich und wir fuhren auseinander. »Wer war das?« Valentin und ich tauschten einen Blick und traten verlegen hinter der Tür hervor. Ich riss die Augen weit auf, als ich das bunte Wasser bemerkte, das über den Rand des Waschbeckens lief. Wir hatten vergessen, den Wasserhahn abzudrehen. Minon stützte die Hände in die Hüften und kräuselte die Lippen. Sie schüttelte den Kopf über Valentins bemalte Nase, sein Shirt und meine Wange.

»Will ich wissen, warum ihr abgelenkt gewesen seid?« Minon lächelte, auch wenn sie sich sehr darum bemühte, die strenge Erzieherin zu mimen.

»Entschuldige.« Ich senkte verlegen den Blick und traute mich nicht, Valentin anzusehen.

»Solange es schön war.« Zwinkernd verließ Minon den Raum, drehte sich im Türrahmen aber noch einmal um. »Vergesst beim Turteln das Aufwischen nicht.« Dann verschwand sie und ich spürte, wie meine Schutzmauer sich langsam wieder aufrichtete. Es passierte, ohne dass ich es beeinflussen oder den Auslöser bestimmen konnte.

»Du bist ein äußerst schlechter Umgang, Valentin Dumas«, schimpfte ich leise und nahm den Wischeimer aus der Ecke. Ich ließ das Wasser aus dem Waschbecken ab und füllte den Eimer. Die Nähe zwischen uns war komplett verflogen und mir war nicht klar, wie ich damit umgehen sollte.

»Schon möglich«, konterte Valentin, lehnte sich an die Wand neben dem Becken und sah mich durchdringend an. Ich erwiderte den Blick nur kurz und konzentrierte mich dann darauf, die Sauerei aufzuwischen.

Nachdem die Unordnung beseitigt war, verabschiedeten wir uns von Minon und den Kindern. Schon lange hatte ich nicht mehr so viel Spaß gehabt, obwohl die Situation im Waschraum mir Bauchschmerzen bereitete. Wie weit wäre Valentin gegangen, hätte Minon uns nicht unterbrochen? Was hätte ich zugelassen?

»Was stellen wir mit dem Rest des Abends noch an?«, fragte Valentin, dessen Gesicht ebenso wie meines von der Farbe gereinigt war. Auch aus seinem Hemd hatte er die Farbe ausgewaschen, nur ein großer, nasser Fleck erinnerte an die letzte Stunde.

»Du wolltest mir erklären, was du hier in der Gegend gemacht hast.« Unsicher lächelte ich ihn an. Aus irgendeinem Grund wollte ich nicht, dass die Zeit mit Valentin schon endete. Es war in seiner Nähe so leicht, all die Selbstzweifel zu verdrängen. Er gab mir das Gefühl, mich so zu akzeptieren, wie ich war.

»Ich hätte heute von zu Hause gearbeitet, aber Odette rief mich an und hat mich zu einem Stofflieferanten geschickt. Ich war gerade auf dem Weg nach Hause, als ich dich gesehen habe.«

»Und ich dachte, du kommst mit einer spannenderen Geschichte um die Ecke.« Lachend zuckte ich mit den Schultern. Seine Erklärung klang plausibel und ich kam mir dumm vor, weil ich mir darüber den Kopf zerbrochen hatte.

»Nein, tut mir leid. Was hältst du davon, wenn wir uns ein Bistro suchen und eine Kleinigkeit essen?«

»Dein Hemd ist nass, Valentin. Wir sehen fürchterlich aus«, sagte ich leise. So gern ich mehr Zeit mit Valentin verbringen wollte, mit ihm Essen zu gehen, kam unter keinen Umständen infrage. Ich bekam beim bloßen Gedanken, in der Öffentlichkeit zu essen, schon Panik.

»Na und, mir ist egal, was die anderen Leute denken. Wenn ich Hunger habe, habe ich Hunger, das ändert auch ein nasses Hemd nicht.«

Doch mir war es nicht egal. Wenn ich unter Leute ging, dann meistens nie ohne die richtige Vorbereitung. Ich baute mir mithilfe meiner Sachen und Make-up eine äußerliche Schutzmauer auf. Wenn ich zu den Kindern ging, brauchte ich diese nicht. Die Kleinen liebten mich so, wie ich war. Sie sprachen nicht schlecht über mich oder verurteilten mich mit ihren Blicken. Dort war ich natürlich und offen. Ich war Candy … nicht die fette Schwester von Odette Medeaux, die nichts richtig machte.

Ich wünschte, mehr Menschen würden so offenherzig sein wie die Kinder im Waisenhaus.

In meinem Kopf arbeitete es. Was konnte ich sagen, um mich aus dieser Situation zu lösen, ohne dass Valentin Verdacht schöpfte oder verletzt war?

»Ich ... ich habe vergessen, dass meine beste Freundin vorbeikommen wollte«, präsentierte ich eine Ausrede und fing mir einen skeptischen Blick ein.

»Okay, aber lass mich dich wenigstens nach Hause bringen.« Ich stimmte mit einem schüchternen Nicken zu.

Während wir uns auf den Weg zu meiner Wohnung machten, sprachen wir über das Kinderheim und alles, was ich mit den kleinen Quälgeistern erlebt hatte. Je mehr schöne Erinnerungen ich mir ins Gedächtnis rief, desto schwerer wurde der Gedanke, all das für ein Auslandssemester hinter mir zu lassen. Die Kinder hatten schon viel Schmerz und Verlust in jungen Jahren erfahren, was wenn sie mich nicht bei sich haben wollen würden, wenn ich nach Paris zurückkehrte? Was, wenn sie mich dann nicht mehr mochten?

»So, da wären wir«, sagte ich unsicher und stoppte neben Odettes Boutique, neben der sich der Hauseingang befand.

»Gut zu wissen, dass du ebenfalls hier wohnst«, erwiderte Valentin lächelnd.

»Warum?«, wisperte ich. Mein Selbstbewusstsein vom Nachmittag war wieder verschwunden. War das etwa eine Andeutung, dass er mich wiedersehen wollte? Das war völlig absurd. Aus der Boutique nebenan spazierten zwei große, schlanke, wunderschöne Frauen – typische Pariserinnen. Sicher würde er viel lieber mit ihnen Zeit verbringen.

Doch Valentin hatte nicht auf sie reagiert.

»Du schuldest mir noch ein Essen.« Ein selbstsicherer Ausdruck huschte über seine Gesichtszüge und ich wusste nicht, was ich darauf erwidern sollte. »Ach, und deine Handynummer schuldest du mir auch.« Erschrocken weiteten sich meine Augen und mein Herz machte einen Sprung.

»Ja ... okay«, stammelte ich und zog mein Handy aus der Handtasche. Warum fragte er mich nach meiner Nummer, wenn er es nicht ernst meinte? Ich ermahnte mich, nicht immer alles schlechtzureden, und wir tauschten Telefonnummern.

Die Veränderung beginnt in meinem Kopf.

»Danke«, flüsterte er und beugte sich vorsichtig zu mir, um mich auf die Wange zu küssen. Meine Welt schwankte und erneut fühlte sich in seiner Gegenwart alles so leicht an. Viel zu gut und goldrichtig.

»Bis bald, Candy«, hauchte Valentin und schenkte mir ein letztes, sexy Lächeln eines wahren *coureur de jupons*, eines Pariser Frauenhelds, bevor er sich umdrehte. Ich schluckte schwer und blickte ihm nach, bis er um eine Ecke bog. Seufzend lehnte ich mich an die Hauswand und schlug die Hände vor mein Gesicht. Ich konnte nicht in Worte fassen, was Valentin in mir auslöste. Es fühlte sich gut an, viel zu gut. Doch wie lange noch? Wie lange, bis er mich genauso verletzte wie alle anderen? Das war die Frage, die mir eine Heidenangst einjagte ...

Fünf

Die Woche war wie im Flug vergangen. Freitagabend war ich wie immer mit Stefanie und Nic in unserer Stammbar verabredet. Das *La Nuit Noire* war im Inneren kein typisches Pariser Lokal, sondern bestach durch seinen leicht düsteren Charme. Die Steinmauern und die dunklen Tischgarnituren ließen den Eindruck entstehen, man befände sich in einem alten Weinkeller, anstatt mitten in der Pariser Innenstadt.

Ich umarmte erst Stefanie und anschließend Nic, bevor ich mich setzte. Sie hatten mir bereits einen Cocktail bestellt und bedachten mich mit einem forschenden Blick.

»Was ist los?«, fragte ich mit einem Lächeln auf den Lippen. Ich hatte mir fest vorgenommen, den heutigen Abend zu genießen und ihn mir nicht kaputtmachen zu lassen. »Schaut mich nicht so an. Es wird nur noch ein paar dieser Abende geben, bevor ich nach Rom gehe, also lasst uns Spaß haben.«

Es stand Stefanie ins Gesicht geschrieben, dass sie sich fragte, ob ich etwas eingeworfen hatte. Ich verstand meinen Stimmungsumschwung selbst nicht. Vielleicht lag es immer noch an Valentin, oder daran, dass Odette mich die letzten Tage in Ruhe gelassen hatte.

Nic hob zuerst sein Glas. »Auf den Abend«, prostete er uns zu und ich ließ meinen Cocktail gegen seinen klingen. Zögerlich tat Stefanie es uns gleich.

»Wir sollten eine Abschiedsparty planen, einen ganz besonderen Abend nur für uns drei«, warf Nic in den Raum.

»Ich werde nur ein halbes Jahr weg sein.«

Stefanie bedachte mich mit einem strafenden Blick. »Und wenn es dir in Rom gefällt und du dich entscheidest, dein Studium dort zu beenden?«

»Ich kann nicht in die Zukunft schauen, also spielt das keine Rolle.«

Stefanie war offensichtlich wütend auf mich, weil ich an dem Plan festhielt, Paris zu verlassen. Ich verstand es, immerhin würde das unsere Freundschaft auf die Probe stellen. Dennoch wünschte ich mir, sie würde meine Entscheidung verstehen.

»Auf einmal spielt es keine Rolle? Sonst hast du alles akribisch durchgeplant und plötzlich ist das egal? Candy, wem willst du eigentlich etwas vormachen?«

Seufzend senkte ich den Blick auf meine Hände. Stefanies schlechte Laune breitete sich wie ein drückender Schleier über mir aus.

»Mädels, wir sind nicht hier, um zu streiten, sondern um Spaß zu haben«, schaltete Nic sich ein. »Los, trinkt die Gläser aus.«

Stefanie und ich tauschten einen unterkühlten Blick. Meine Mundwinkel zuckten, als ich mein Glas ansetzte. Nic orderte unterdessen eine weitere Runde Cocktails und Shots. Stefanie verdrehte die Augen und leerte ihr Getränk ebenfalls zügig.

»Geht es wieder, oder muss ich den Geschäftsführer bitten, euch in sein Büro einzusperren, bis ihr die Sache geklärt habt?«

»Entschuldige«, murmelte Stefanie und lächelte traurig. »Ich will dich nur nicht verlieren.«

»Mir tut es auch leid, ich hätte dir eher davon erzählen sollen.«

Nic verteilte die Shots unter uns. »Jetzt noch mal, auf diesen Abend«, verkündete er und wir leerten die Gläser lachend.

»Was haltet ihr davon, wenn wir uns morgen Abend treffen? Serienmarathon, Sushi, Wein? Das haben wir ewig nicht mehr gemacht.« Ich hoffte, meine Freunde verstanden mein Friedensangebot.

»Ich bin dabei.« Stefanie lächelte mich an. »Ihr könnt zu mir kommen und bei mir übernachten.«

»Ich bringe den Wein mit. Nic, wie sieht es aus?«

»Ich kann leider nicht. Ich habe ein Date«, grinste er breit.

»Details«, forderte ich, doch er schien mit seiner Aufmerksamkeit nicht mehr bei uns am Tisch zu sein.

»Oh nein«, stöhnte er, als mich der eiskalte Luftzug im Rücken streifte, der das Ankommen neuer Gäste ankündigte. »Ich dachte, die Bar ist unter Lounas Niveau.«

Zeitgleich ertönte das gekünstelte Lachen meiner Cousine, gefolgt von einem übertriebenen »*Salut*, Nic.«

Er verdrehte die Augen und hob die Hand. Angespannt schielte ich über die Schulter und mein gesamter Körper verkrampfte sich, als Valentin, gemeinsam mit einigen anderen Kollegen aus dem Atelier, das *La Nuit Noire* hinter Louna betrat. Ich schluckte schwer und umklammerte meinen Drink.

»Was ist los?«, erkundigte sich Stefanie, die meinen angespannten Gesichtsausdruck nicht verstand.

»Der Typ neben Louna ist Valentin und sie kommen her«, klärte Nic sie flüsternd auf, bevor ein falsches Lächeln seine Lippen einnahm.

Mein Herzschlag beschleunigte sich und meine Finger verkrampften sich fest um das Cocktailglas.

»Candy, du bist auch hier. Wie konnte ich dich bloß übersehen?«

Ich schluckte schwer, versuchte, die Spitze meiner Cousine nicht an mich heranzulassen. Kommentare dieser Art hörte ich mir schon seit der Schulzeit an. Die Worte nicht anzunehmen, war die wahre Herausforderung.

»Und Stefanie, natürlich. Wie lange haben wir uns nicht mehr gesehen?«

Meine beste Freundin verzog das Gesicht. »Nicht lange genug, um zu vergessen, dass du existierst«, zischte Stefanie so leise, dass nur Nic und ich es verstehen konnten.

»Nic, wir haben einen Tisch reserviert, komm doch mit zu uns.« Die anderen Mitarbeiter meiner Schwester nahmen bereits am Nachbartisch Platz.

»*Salut*«, sagte plötzlich eine allzu vertraute Stimme neben Louna. »Wie wäre es, wenn wir die beiden Tische einfach zusammenschieben?«

Mein Blick wanderte unsicher in Valentins Richtung, der mir ein sanftmütiges Lächeln schenkte. Ich traute mich nicht, es zu erwidern.

»Großartige Idee«, stimmte Stefanie zu und hatte bereits mit angefasst. Ich war mir nicht sicher, ob sie das tat, weil sie Valentin kennenlernen oder Louna provozieren wollte.

Unsicher rückte ich meinen Stuhl zurecht, während Valentin sich auf den freien Platz neben mir sinken ließ. Der Gesichtsausdruck meiner Cousine war in der Zwischenzeit zu Eis erstarrt. Wie immer wollte sie mir demonstrieren, dass ich eine Stufe unter ihr stand und nicht dazugehörte, genauso wie damals in der Schule. Diesen Plan hatte Valentin durchkreuzt.

»Seid ihr öfter hier?«, erkundigte er sich währenddessen. Die Frage galt mir, doch ich war nicht in der Lage, ihm zu antworten. Die unvorhersehbare Situation schnürte mir die Kehle zusammen. Ich kannte die Leute aus dem Atelier. Sie kannten mich. Sie würden nichts über mein Outfit sagen, oder doch? Plötzlich hatte ich das Gefühl, einen Leinensack zu tragen, während alle anderen sich für eine Gala schick gemacht hatten.

Und je mehr ich versuchte, den Gedanken zu vertreiben, desto hartnäckiger blieb er in meinem Kopf.

Ich rollte die Schultern ein, machte mich klein, wartete auf den ersten abfälligen Spruch.

»Jeden Freitag«, nahm Nic mir die Antwort ab. Der Blick meines besten Freundes ruhte auf mir. Sein unermüdlicher Enthusiasmus, mich und Valentin zu verkuppeln, schien verpufft. Er merkte, dass ich mich plötzlich verändert hatte, dass meine gute Laune verschwunden war und ich mich langsam abkapselte.

»Ist das nicht langweilig?« Louna zog abwertend die Augenbrauen hoch. »Also ich kann mir nicht vorstellen, jeden Freitagabend auf die gleiche Weise zu verbringen und schon gar nicht in einem Laden wie diesem.« Sie blickte sich um und kräuselte die Lippen.

»Es zwingt dich ja niemand, hier zu sein«, zischte Stefanie und mein Blick wanderte in Richtung meiner Cousine, die scharf die Luft einsog. Anstatt ihr einen dummen Kommentar entgegenzuschleudern, setzte sie ein zuckersüßes Lächeln auf und legte ihre Hand auf Valentins.

»Da hast du recht. Aber Valentin hat mich gebeten, mitzukommen, wie hätte ich da ablehnen können?« Sie klimperte mit den falschen Wimpern und strich sich eine platinblonde Haarsträhne hinters Ohr. Meine Hände verkrampften sich fester um das Cocktailglas.

Valentin hatte sie gebeten, ihn zu begleiten? Natürlich. Jeder Mann fühlte sich von meiner Cousine angezogen und wollte in ihrer Nähe sein. Sie war eine typische Pariserin – selbstbewusst und wunderschön. Size Zero. Alles, was ich niemals sein würde.

Am liebsten wäre ich aufgesprungen und verschwunden. Ich fühlte mich miserabel. Stattdessen nippte ich an meinem Cocktail. Mein Zeitgefühl verschwamm, während ich mich darauf konzentrierte, möglichst mit dem Hintergrund zu verschmelzen.

»Candy, hast du eine Ahnung, wie viel Zucker in einem Cocktail steckt? Odette arbeitet extra an einem Kleid für dich, in das du sicher nicht passt, wenn du weiterhin dieses Zeug trinkst.«

Mein Blick schnellte zu Louna, die an einem Weißwein nippte. Mit falschem Lächeln prostete sie mir zu und ich schluckte schwer.

Wäre ich ein bisschen mehr wie Stefanie, hätte ich einen Konter auf der Zunge gehabt. Stattdessen wandte ich den Blick mit brennenden Wangen ab, weil ich Angst hatte, Louna zu provozieren.

Mein Herz hämmerte heftig in meiner Brust und ein mitleidiger Ausdruck lag auf dem Gesicht meiner besten Freunde. Aus Trotz leerte ich den Cocktail in einem Zug und bestellte mir direkt einen weiteren. Nic orderte den gleichen und prostete mir mit einem Lächeln zu. Ich konnte es nicht aussprechen, aber ich war dankbar für seine Solidarität.

Lieber verschloss ich mich in meiner kleinen heilen Welt, die ich mir in meinem Kopf zurechtgelegt hatte, und ließ den Abend teilnahmslos an mir vorbeiziehen.

Ich beteiligte mich nicht an den Gesprächen, beobachtete stumm, wie Louna mit Valentin flirtete und ihn immer wieder rein zufällig berührte. Selbst Nic und Stefanie tauten mit der Zeit auf und ignorierten Louna, während ich ein Glas nach dem anderen leerte. Valentin hatte aufgegeben, mich in irgendwelche Gespräche zu verwickeln, und lachte lieber lautstark über einen Witz, den Louna gemacht hatte.

In meinen Ohren rauschte es und ich stand auf, um auf der Toilette zu verschwinden. Mir war schwindlig vom Alkohol und kotzübel. Ich schloss mich in einer der Kabinen ein und setzte mich auf den Klodeckel.

Warum war ich nicht selbstbewusster? Wenn ich mich nur gegen meine Cousine durchsetzen könnte ... Wenn ich so losgelöst wäre wie Stefanie ... Wenn ich nur zu mir selbst stehen könnte wie Nic ...

Tränen sammelten sich in meinen Augen und ich warf den Kopf in den Nacken, um sie wegzublinzeln.

Was musste Valentin jetzt von mir denken? Hatte er die Situation im Kinderheim schon vergessen? Merkte er, dass ich niemanden, aber auch wirklich niemanden, an mich heranließ? Fand er mich seltsam? Hatte er mich bereits abgeschrieben, weil er mit Louna ein leichteres Spiel hatte?

Als plötzlich die Absätze von High Heels durch den Toilettenraum klapperten, setzte mein Herz einen Schlag aus.

»Sitzt du auf dem Klo und heulst?« Ich hörte leises Klacken. Wahrscheinlich frischte sie ihr Make-up auf. »Meinst du nicht, dass Valentin eine Nummer zu hoch für dich ist? Lass es lieber gleich bleiben, denn du wirst niemals so sein wie ich. Und Valentin und ich, wir *sind* ein schönes Paar.«

Wut vermischte sich mit meiner Verzweiflung. Ich sollte ihr sagen, dass sie sich um ihr eigenes Leben kümmern und mich in Ruhe lassen sollte.

»Erinnerst du dich an den schnuckligen Dunkelhaarigen, zwei Klassen über uns, auf den du damals gestanden hast? Wusstest du, dass er sich bei mir nach dir erkundigt hat? Wahrscheinlich hättest du sogar Chancen gehabt, aber glücklicherweise habe ich ihn vor seinem Unheil bewahrt. Was wollte er mit dir, wenn er mich haben konnte?«

Warum wärmte sie diese alte Geschichte wieder auf? Wollte sie mir demonstrieren, dass sie jederzeit in der Lage war, mir jemanden wegzunehmen? Spielte sie auf Valentin an? Ich wollte ihr die Meinung sagen, sie anschreien und zurechtweisen. Aus Angst, dass meine Stimme zittern und sie mir anhören würde, wie verzweifelt ich war, hielt ich den Mund. Ich schluchzte auf … viel zu laut.

Louna lachte verächtlich. »Du bist so erbärmlich, Candy. Hockst stumm wie ein Fisch in dieser dreckigen Kabine und heulst wie ein Baby, nur weil ich die Wahrheit sage. Kein Wunder, dass Odette sich für dich schämt.«

Louna trieb das Messer tiefer in mein Herz, während sie lachend den Raum verließ. Die Tür schlug zu und ich fächerte mir Luft zu, bevor ich mir die Augen mit dem Handrücken trocken tupfte.

Ich konnte keine Sekunde länger hierbleiben.

Mit zitternden Fingern öffnete ich die Kabinentür und erstarrte, als ich Louna mit verschränkten Armen und gehässigem Gesichtsausdruck vor der Tür stehen sah. Sie war noch nicht fertig mit mir, wollte mich nur glauben lassen, sie wäre gegangen.

Schwer atmend starrte ich sie an und trat schließlich ans Waschbecken. Im Spiegel blickte mir eine erbärmliche Version meiner Selbst entgegen. Gerötete und tränennasse Augen, glühend rote Wangen vom Alkohol, geglättete Haare, die sich leicht kräuselten.

Louna trat hinter mich, während ich mir die Hände wusch. Ihre eiskalten, blau-grünen Augen starrten mich durch den Spiegel an. Sie war alles, was ich nicht war. Sie sah aus, als könnte sie das Cover der *Vogue* zieren.

»Ich habe gesehen, dass Valentin dich am Montag nach Hause gebracht hat. Halt dich von ihm fern, verstanden?«, knurrte sie. »Ansonsten wirst du dir wünschen, tot zu sein, du Walross.«

Ich schloss die Augen, hörte, wie die Absätze sich entfernten und die Tür erneut zuschlug. Mein Herz sprang mir beinahe aus der Brust und ich setzte Stein für Stein auf meine bereits meterhohe Schutzmauer. Doch so sehr ich mich auch bemühte, sie stürzte ein und begrub mich unter ihren Trümmern.

Mit letzter Kraft wandte ich zum Gehen und stürmte durch den Gastraum des *La Nuit Noire*. Ich schnappte meine Tasche von meinem Platz, warf einen fünfzig Euroschein auf den Tisch und lief ohne ein Wort des Abschieds in Richtung Ausgang.

»Candy?«, hörte ich Stefanie rufen, doch ich ignorierte sie und die verwunderten Blicke der anderen. Als die Tür der Bar hinter mir ins Schloss fiel und die frische Abendluft meinen Körper umhüllte, fühlte ich mich benommen. Mir war von der Konfrontation mit Louna nach wie vor übel. Es war eine Stressreaktion, ein Warnsignal meines Körpers, das der Alkohol verstärkte.

Kurz orientierte ich mich und hätte beinahe hysterisch aufgelacht, als aus den grauen Wolken über mir ein leises Grummeln zu hören war, bevor ein Regentropfen meine glühende Wange traf.

Meine Beine setzten sich in Bewegung.

»Candice?«

Ich bildete mir seine Stimme nur ein. Meine Fantasie spielte mir einen Streich, wünschte sich, Valentin würde mir folgen, weil er sich Sorgen um mich machte. In Wirklichkeit saß er nach wie vor auf seinem Platz und lachte über Lounas Witz, den sie nach meinem Abgang über mich gerissen hatte.

»Candy, hey, warte.«

Ob mir jemals ein Mann nachlaufen würde, so wie in diesen romantischen Filmen? Wohl kaum ...

»Candy.«

Finger schlossen sich um mein Handgelenk und schickten einen Stromstoß durch meinen Körper. Eine Windböe und weitere Regentropfen erfassten mich, als ich stehenblieb und mich nicht traute, mich umzudrehen.

»Wo willst du hin?« Valentin trat vor mich, sein besorgter Blick ruhte auf mir.

»Nach Hause«, flüsterte ich. »Ich fühle mich nicht gut.«

»Was hat Louna zu dir gesagt?«

Ich wich seinem drängenden Blick aus. »Nichts, mir ist nur ... schlecht und ... schwindlig.«

»Ich begleite dich nach Hause.«

Widerwillig schüttelte ich den Kopf. Der Regen nahm zu. »Geh wieder zu den anderen.«

Er lachte freudlos auf. »Verdammt, was ist los, Candy? Denkst du, ich merke nicht, dass du den ganzen Abend so komisch bist?«

Komisch ...

»Du hast kein Wort mit mir gesprochen und jetzt blockst du mich wieder ab. Habe ich dir etwas getan? Habe ich einen Fehler gemacht? Sag es mir!«, forderte er mich auf und mein Herz zog sich krampfend zusammen.

»Geh wieder rein, du musst dich nicht *komischen* Leuten abgeben.« Ich schob mich an Valentin vorbei, er hielt mich erneut auf.

»Bitte, lass mich dich nach Hause bringen.«

»Nein«, blieb ich hart. »Ich komme klar.«

»Schreib mir wenigstens, wenn du zu Hause bist, versprochen?«

Ich nickte geistesabwesend und flüchtete.

Torkelnd kam ich an meiner Wohnung an. Je länger ich unterwegs gewesen war, umso schlechter fühlte ich mich. Glücklicherweise spielte mein Gedächtnis mir keinen Streich und ich öffnete die Tür problemlos mit dem richtigen Pin. Ich schwankte die Treppen nach oben und krallte mich immer wieder am Geländer fest, weil meine Welt sich gefährlich drehte und ich Angst hatte, zu fallen und mir das Genick zu brechen.

Für die Wohnungstür brauchte ich zwei Anläufe, als ich es endlich geschafft hatte und die Schuhe in zwei unterschiedlichen Richtungen im dunklen Flur lagen, taumelte ich zu meinem Zimmer.

Plötzlich baute sich ein Schatten vor mir auf und ich sprang erschrocken einen Meter rückwärts.

Odette schaltete das Licht an und stand mit verschränkten Armen und genervtem Gesichtsausdruck vor mir. Auf eine Diskussion mit meiner Schwester legte ich keinen Wert.

Egal, was sie mir an den Kopf werfen würde, ich würde es schweigend herunterschlucken.

»Bist du betrunken?« Odette runzelte die Stirn.

»Ja, tut mir leid«, murmelte ich. »Ich nerve dich nicht weiter.«

Schnell verschwand ich durch meine Zimmertür und sank auf mein Bett.

Ungeschickt angelte ich mein Handy aus der Hosentasche und öffnete die Kontakte. Ich suchte Valentins Namen und starrte ihn einige Zeit an. Ein sanftes Kribbeln zog durch meinen Körper und die Erinnerung daran, wie besorgt er mich vorhin angesehen hatte, tanzte durch meine Gedanken.

Seufzend drehte ich mich auf den Bauch und öffnete die Nachrichten. Er hatte mich gebeten, ihm zu schreiben, wenn ich zuhause angekommen war. Doch in meinem Kopf wirbelten so viele ungesagte Worte umher. Was hatte ich zu verlieren? Er würde sich eh für Louna entscheiden.

In Windeseile verfasste ich einen Text und schickte ihn ab.

Erleichtert drehte ich mich auf die Seite, schloss die Augen. Die Worte fühlten sich befreiend an. Ich dachte an den Kuss, der nie zustande gekommen war, erinnerte mich an sein Lächeln, an das aufgeregte Schlagen meines Herzens, bevor ich in einen sanften Schlaf glitt und in einer Traumwelt landete, in der alles perfekt war.

In der ich perfekt war.

Sechs

Am nächsten Morgen weckte mich das Piepen meines Handys. Gähnend schlug ich die Augen auf und die warme Morgensonne blendete mich. Ich kniff die Lider fest aufeinander und drehte den Kopf vom Fenster weg, wobei sich ein schmerzhaftes Ziehen in meinen Schläfen bemerkbar machte. Ich hätte gestern Abend nicht so viel trinken dürfen.

Blind tastete ich nach meinem Handy und fand es auf der leeren Bettseite neben mir. Als ich den Namen auf dem Display endlich komplett entziffert hatte, wich mir die Farbe aus dem Gesicht.

Valentin!

Ich öffnete die Nachricht. Ein flaues Gefühl breitete sich in meinem Magen aus und sofort war der Nebel verschwunden, den der Alkohol hinterlassen hatte.

Glaub mir, Candy, ich verstehe dich besser, als du annimmst. Ich würde dich heute gern treffen. Allein! Ich hole dich nach der Arbeit ab, okay? Gegen 15 Uhr?

Was hatte das zu bedeuten? Und warum wollte er sich mit mir treffen? Irritiert wandte ich den Blick vom Display ab und überlegte krampfhaft, welches Detail mir entging.

Ich ließ den gestrigen Abend Revue passieren und wühlte in meinem Gedächtnis nach Antworten. Nachdem ich nach Hause gekommen war, hatte ich mich ins Bett gelegt, mein Handy genommen und ...

Blitzschnell scrollte ich den Nachrichtenverlauf mit Valentin durch, welchen ich zuvor gar nicht wahrgenommen hatte.

»Oh nein!«, stieß ich verzweifelt aus und schlug eine Hand vors Gesicht. Das war ein Albtraum. Ich hatte ihm gestern Abend in meinem unzurechnungsfähigen Zustand geschrieben.

Es tut mir leid, dass ich dich von mir gestoßen habe. Auch wenn das wie eine Standardausrede klingt, es hatte nichts mit dir zu tun. Du hast nichts falsch gemacht, ganz im Gegenteil, du bist zu perfekt, um wahr zu sein, und ich habe Angst, verletzt zu werden … Wahrscheinlich verstehst du das nicht.
Ich mag dich, Valentin, und ich wünschte, wir hätten uns unter anderen Umständen getroffen.
Entschuldige.
PS: Ich bin gut zu Hause angekommen.

Verdammter Alkohol! Was hatte ich mir dabei gedacht? Ich hätte es besser wissen müssen. Es war nicht das erste Mal gewesen, dass ich mein mangelndes Selbstbewusstsein mit Cocktails kompensiert hatte. Meistens machte ich damit alles schlimmer, und wie man sah, hatte ich daraus rein gar nichts gelernt.

Stumm blickte ich auf die Nachrichten. Auf keinen Fall konnte ich mich mit Valentin treffen.

Das führte zu nichts!

Tut mir leid, ich habe leider keine Zeit.

Einen Moment dachte ich darüber nach, was ich noch schreiben könnte, um die Absage zu erklären, aber mir fiel nichts ein. Mit einem unguten Gefühl schickte ich die Nachricht ab.

Und nachdem er sie zwar gelesen hatte, jedoch nicht antwortete, schüttelte ich den Gedanken daran ab. Valentin interessierte sich halt nicht wirklich für mich.

Der vergangene Abend und die Nachricht an Valentin waren vergessen, als ich bei Stefanie ankam. Lächelnd öffnete sie mir die Tür und ließ mich in ihre Wohnung.

Meine beste Freundin lebte im angesagten Viertel Montmartre, wo sich auch die Bäckerei befand, in der sie arbeitete. Obwohl sie sich nur ein kleines Apartment leisten konnte, wollte sie unter keinen Umständen in einen anderen Stadtteil ziehen. Ich konnte sie verstehen. Montmartre hatte seinen eigenen Zauber, es fühlte sich kreativ und wild an. Beliebt, jung und frei von veralteten Pariser Vorstellungen.

Kaum hatten wir es uns im Wohnzimmer auf der Couch bequem gemacht, bemerkte ich Stefanies forschenden Blick. Mein Abgang musste überraschend für sie gewesen sein, bestimmt wollte sie mit mir darüber sprechen.

»Frag mich schon, was gestern los war«, murmelte ich, während ich die Weinflasche öffnete und die Gläser füllte.

»Ich denke nicht, dass ich dich das fragen muss. Du bist abgehauen, nachdem Louna dir auf die Toilette gefolgt ist. Was für einen dummen Kommentar hat sie wieder von sich gegeben?«

»Sie hat mir klar gemacht, dass ich mich von Valentin fernhalten soll.«

Stefanie verdrehte genervt die Augen. »Wird sie irgendwann erwachsen? Manchmal frage ich mich ernsthaft, was du ihr getan hast, dass sie dich so hasst. Meine Cousine und ich waren beste Freundinnen und unzertrennlich, bis ich nach Paris gekommen bin.«

Ich zuckte mit den Schultern. Das Verhältnis zwischen Louna und mir hatte sich erst ins Negative gewandelt, als wir in eine gemeinsame Kindergartengruppe kamen. Weil wir bei Familienfeiern immer miteinander gespielt hatten, freute ich mich auf den Kindergarten. Und die ersten Wochen waren schön, bis Louna mehr Zeit mit den anderen Kindern verbrachte und mich nicht länger brauchte. Immer wenn ich versuchte, mit ihr und den anderen zu spielen, ignorierten sie mich oder machten sich über mich lustig. Meine Cousine sorgte dafür, dass ich ausgegrenzt wurde, und ich verlor den Mut, neue Freundschaften zu schließen.

»Können wir bitte nicht länger über Louna sprechen?«, fragte ich und schob die Erinnerungen zurück. »Sie hat schon gestern Abend versaut, ich möchte nicht, dass sie uns auch diesen kaputtmacht.«

»Das verstehe ich vollkommen. Aber wenn du nicht darüber sprichst, kann dir niemand helfen.«

»Was soll ich dazu sagen? Sie hat mir wieder einmal gezeigt, dass sie über mir steht. Genauso wie damals. Lange Zeit habe ich nicht daran gedacht und konnte vergessen, was sie alles angerichtet hat. Bis sie vor ein paar Wochen im Atelier meiner Schwester aufgetaucht ist. Es fühlt sich so an, als würde es von vorn losgehen. Als wäre ich wieder das kleine Mädchen, das Angst davor hat, wie ihre Cousine sie als nächstes quält.«

Stefanie machte ein betrübtes Gesicht.

»Ich möchte heute weder an Louna noch an Valentin denken, sondern einfach einen schönen Abend mit meiner besten Freundin verbringen. Meinst du, wir bekommen das hin?«

»Definitiv«, grinste Steff.

Eine knappe halbe Stunde später waren die Gedanken an meine Cousine vergessen. Nachdem wir uns eine Gesichtsmaske verpasst hatten, die so spannte, dass wir kaum reden konnten, blätterten wir einige Modemagazine durch. Normalerweise las ich so etwas nicht, mir war nur allzu klar, dass ich nie so aussehen würde wie die Frauen darin. Aber in Stefanies Gegenwart fiel es mir leichter. Immer wieder machte sich meine Freundin über die Outfits der Models lustig, zeigte mir Modestücke, die wirklich eine Todsünde waren. In manchen Punkten stimmte ich ihr zu, in einigen widersprach ich ihr.

»Oh mein Gott, sieh dir diesen Hut an.« Stefanie hielt mir das Magazin unter die Nase.

»Verdammt, da kannst du dir gleich ein Sofakissen auf den Kopf setzen«, erwiderte ich und schnappte eines der Kissen auf der Couch. Etwas ungeschickt setzte ich es mir auf den Kopf, zog eine Schnute und posierte vor meiner besten Freundin. Diese schlug sich lachend die Hand vor den Mund und tat es mir gleich. Sie drückte ihr Kissen auf dem Kopf platt und machte zusätzlich komische Posen mit den Händen.

»Meinst du, du könntest Odette davon überzeugen, so einen Hut für die nächste Kollektion zu entwerfen? Ich würde ihn mir glatt kaufen.«

Lachend schüttelte ich den Kopf. »Das will ich sehen, wie du mit so einem Hut auf die Straße gehst.«

»Du weißt, dass ich das durchziehen würde.« Stefanie blinzelte mich herausfordernd an.

»Gerade das macht mir solche Angst«, sagte ich trocken.

Ich hatte dieses Outfit sofort bildlich vor Augen. Ein Kastenhut in der gleichen Farbe wie die braune Hose, das quietschgelbe Oberteil und zum Schluss die gleichfarbigen Puschelschlappen, die Stefanie im Magazin entdeckt hatte.

»Was sollen die scharfen Schuhe kosten?«, erkundigte ich mich ernst.

»Schlappe fünfhundert Euro, das geht doch noch.«

Grinsend nippte ich an meinem Wein. »Natürlich, das habe ich unter meinem Kopfkissen liegen. Odette wäre sicher stolz auf mich, wenn ich ein modisches Statement setze.«

Stefanie schnappte lachend nach Luft. Es fühlte sich gut an, endlich wieder Zeit mit meiner besten Freundin zu verbringen. Diese war den letzten Monaten deutlich zu kurz gekommen. Zeitgleich fragte ich mich auch, wie mein Aufenthalt in Rom uns verändern würde. Mir war klar, dass Stefanie nicht viel von meiner Entscheidung hielt, trotzdem würde mich das nicht davon abbringen, diese Chance wahrzunehmen. Ich konnte ihr nur klarmachen, dass ich um unsere Freundschaft kämpfen würde, egal, wie weit ich entfernt war.

Sieben

Nach dem Chaos mit Valentin wollte ich die neue Woche ruhig angehen lassen. Das Zeichnen half mir, meine Gedanken zu ordnen und herauszufinden, was ich wirklich wollte, und so startete ich den Tag vertieft in meinem Skizzenblock. Verkomplizierte ich die Sache, weil ich Angst davor hatte, verletzt und zurückgestoßen zu werden?

Gerade als ich mir Montagmorgen einen Kaffee kochte, klingelte das Festnetztelefon. Genervt verdrehte ich die Augen, als die Büronummer meiner Schwester auf dem Display aufleuchtete.

»Ja?«, meldete ich mich und hörte im Hintergrund sofort die wirren Stimmen aus dem Atelier.

»Candice, ich brauche dich im Stofflager. Zügig!« Odettes Tonfall ließ keinen Widerspruch zu, trotzdem versuchte ich dagegenzuhalten.

»Nein, du weißt, dass ich dafür weder Zeit noch Lust habe.«

»Du hast Semesterferien. Deine Zeit ist grenzenlos. Also beweg dich hierher. In zehn Minuten erwarte ich dich in meinem Büro.« Sie legte auf und ich sog theatralisch die Luft ein. Ich hasste es, wenn sie über mich bestimmte, als wäre ich ein Kleinkind, das sich nicht allein anziehen konnte.

Sollte ich das Handy ausschalten, meine Zimmertür verbarrikadieren oder mich heimlich davonschleichen?

Seufzend stand ich auf. Ich war viel zu pflichtbewusst und hilfsbereit, als dass ich Odette hängen lassen würde, ganz gleich, wie sie mit mir umsprang. So war ich erzogen worden.

Nachdem ich mich frisch gemacht hatte, verließ ich die Wohnung und marschierte die Treppenstufen nach unten zum Atelier. Im Stofflager begrüßte ich die Angestellten und steuerte auf direktem Weg das Büro meiner Schwester an.

Im Augenwinkel bemerkte ich Valentin, der gemeinsam mit Louna an einem der Schneidertische stand und braunen Stoff in das Licht hielt.

Mit einer zögerlichen Handbewegung begrüßte ich Nic, der von seiner Skizze aufblickte und sanftmütig lächelte, bevor ich an die Glastür von Odettes Büro klopfte und eintrat. Meine Schwester saß am Schreibtisch und verglich zwei Skizzen.

»Komm her«, flüsterte sie und streckte mir die beiden Blätter entgegen. »Sag mir ganz ehrlich, welches dir besser gefällt.«

Ich nahm auf dem Stuhl vor ihrem Schreibtisch Platz und betrachtete beide Kleider. Eines davon war schlicht, das Rockteil ging gerade nach unten und es gab nur wenige Verzierungen. Das andere war das genaue Gegenteil davon. Es besaß ein enges Corsagenoberteil und einen weit ausgestellten Rock mit Spitzenbesatz.

»Das schlichtere Kleid passt besser zur Marke.«

Odette seufzte. »Das meinte ich nicht, Candy. Welches der beiden Kleider würdest du tragen?«

Ich verzog angespannt die Lippen. »Keines, weil ich entweder aussehen würde wie eine Presswurst oder ein Knallbonbon.«

Odette nahm mir die beiden Kleiderskizzen aus der Hand und legte sie missmutig zur Seite. Offenbar war meine Antwort nicht das, was sie sich erhofft hatte.

»Okay, hör zu. Florentine hat sich krank gemeldet und wir bekommen in etwa einer halben Stunde eine neue Stofflieferung. Kannst du mithelfen, alles einzusortieren?«

»Bleibt mir etwas anderes übrig?«, antwortete ich schnippisch.

»Nein.« Sie zuckte mit den Schultern, während ich bereits aufstand und ihr Büro wieder verließ.

Bevor ich mich auf den Weg ins Stofflager machte, wanderte mein Blick automatisch zu Valentin und Louna, die noch immer die Köpfe zusammensteckten. Noch hatten sie mich nicht bemerkt und ich würde alles daran setzen, dass das so blieb.

»Lass uns später zusammen essen gehen, okay?« Valentin grinste Louna an, die ihm zuzwinkerte. Fast im gleichen Moment entdeckte sie mich. Ihr Blick wurde siegessicherer, beinahe so, als würde Valentin schon ihr gehören.

»Ja, sehr gern. In der Nähe gibt es dieses kleine Bistro, das ich dir unbedingt zeigen will.« Sie lächelte gekünstelt und legte eine Hand auf seine Schulter.

»Ich bin gespannt«, erwiderte Valentin locker und mein Körper setzte sich endlich in Bewegung. Mit gesenktem Blick eilte ich durch den Schneiderbereich.

Das Stofflager entpuppte sich als sicherer Ort und die Arbeit lenkte mich von meinen wirren Gedanken ab. Weder Valentin noch Louna betraten das Lager, obwohl mein Herz jedes Mal, wenn die Tür sich öffnete, nervös stolperte.

Ich arbeitete mit den anderen Mitarbeitern den ganzen Tag daran, doch weil wir es nicht schafften, die komplette Lieferung zu katalogisieren und in die dafür vorgesehenen Regalfächer zu räumen, rechnete ich damit, dass Odette mich erneut antanzen lassen würde.

Ich erinnerte mich an die Situation am Morgen, als sie mich nach meiner Meinung zu den beiden Kleidern gefragt hatte. Üblicherweise interessierte es meine Schwester nicht, was ich von ihren Entwürfen hielt. Sie bezog mich nie bei Entscheidungen, die das Label betrafen, mit ein, es sei denn, sie brauchte mich für ihre Sklavendienste.

Als ich jünger gewesen war, hatte ich mir gewünscht, meine Eltern sowie Odette hätten mich teilhaben lassen. Wenn ich Kleider zeichnete, oder interessiert Fragen stellte, wurde ich belächelt. »Keine Angst, Candy, das lernst du, wenn du alt genug bist«, hatte meine Mutter oft gesagt. Èva, die seit Jahren im Stofflager arbeitete, war die Einzige, die mir über die Jahre etwas beigebracht hatte. Als mich niemand sonst in die Abläufe einwies, realisierte ich, dass man mich nicht dabeihaben wollte, also verlegte ich meine Interessen in andere Richtungen und hinterfragte es nicht.

Ich öffnete die Tür des Stofflagers und blickte in das Atelier. Alles lag im Dunklen, auch das Büro meiner Schwester.

Als Kind war ich nachts gern hier herumgeschlichen. Ich hatte mir die Skizzen angesehen, die Stoffe berührt und mich in der Vorstellung verloren, eines Tages auch so wunderschöne Kleider zu tragen.

Mit langsamen Schritten ging ich durch das Atelier, blieb an Nics Platz stehen und betrachtete die Skizze, die er auf dem Tisch hatte liegen lassen. Ein schlichter Hosenanzug mit weitem Kragen. Meine Finger glitten über ein paar der Stoffproben. Er fühlte sich weich an, würde aber sicher unangenehm zu tragen sein, wenn der gesamte Hosenanzug daraus bestand.

Ich lief weiter, stoppte an einer Schneiderpuppe, auf der glänzend weißer Stoff zu einem Kleid zusammengerafft worden war. Es handelte sich um ein kurzes Cocktailkleid, mit schlichtem Rockteil und auffälligem Bustier.

Der Druck in meiner Brust nahm zu. Damals wollte ich so dringend ein Teil dieser Welt werden. Aber niemand hatte meinen Wunsch verstanden. Stattdessen hatten sie mich alle spüren lassen, dass ich niemals zum Haute-Couture-Label *Medeaux* dazugehören würde. Ich war mit dem falschen Körper und der falschen Persönlichkeit geboren worden.

Mein Blick wanderte zum Büro meiner Schwester und das Telefonat mit meiner Mutter kam mir in den Sinn. Wenn es

Hinweise darauf gab, was Odette vor mir verheimlichte, dann wahrscheinlich hier. Es machte keinen Sinn, sie oben in der Wohnung zu verstecken, weil ich mich dort zu oft allein aufhielt. Ihr Büro hingegen war zu jeder Zeit von jedem einsehbar und nachts durch einen Alarm gesichert.

Zielsicher steuerte ich darauf zu und legte die Hand auf die Klinke. Behutsam drückte ich sie herunter und wartete ab, ob etwas passierte. Alles blieb still.

Kurz darauf stand ich überfordert vor dem Schreibtisch meiner Schwester. Da ich nicht wusste, was sie vor mir verheimlichte, hatte ich auch keinen Schimmer, wonach ich suchen sollte.

Ich trat um den Tisch, sank auf den bequemen Bürostuhl und zog das oberste Fach auf. Doch außer Büroartikeln und Bleistiften entdeckte ich nichts. Auch das zweite Fach hielt keine Überraschungen bereit, sondern nur die Ablage.

Ich drehte mich einmal auf dem Stuhl um meine eigene Achse, meine Augen wanderten über die Schränke, in denen Aktenordner standen. Ruckartig stoppte ich und sprang auf. Mit den Fingern strich ich über die Ordnerrücken.

Steuerunterlagen 2010, 2011 ... 2017, 2018 ...

Seufzend zog ich einen beliebigen Ordner heraus und fand Belege und Rechnungen.

Die Ordnerreihe darunter enthielt Entwürfe, Stoffproben und Produktkataloge. Ich zog einen heraus und blätterte ihn lieblos durch. Nichts.

Ob ich mich getäuscht hatte?

»Suchst du etwas Bestimmtes?« Die Stimme traf mich so unerwartet und ich drehte mich so abrupt um, dass ich ungeschickt gegen das Regal knallte und der Katalog aus meiner Hand rutschte.

»Valentin«, brachte ich mit zitternder Stimme hervor. »Ich ... ich dachte, Odette wäre noch hier. Sicher ist sie in der Wohnung.«

Ich bückte mich nach unten, um den Katalog aufzuheben, und schob ihn zurück ins Regal.

»Deine Schwester hatte einen Termin.«

»Weißt du mit wem?«, fragte ich schnell. Vielleicht lieferte mir das irgendwelche Hinweise.

Valentin zuckte mit den Schultern. »Keine Ahnung.« Neugierig ruhte sein Blick auf mir. Er wusste, dass ich nicht nach Odette gesucht hatte. Trotzdem hakte er nicht weiter nach.

»Ich sollte jetzt gehen und du … du solltest auch Feierabend machen.«

Ich holte tief Luft, bevor ich auf Valentin zusteuerte, um mich an ihm vorbeizuschieben. Leider kam ich nicht weit, denn er versperrte mir den Weg.

»Lass uns über Freitag sprechen«, bat er leise. Schüchtern wich ich dem Blick seiner blauen Augen aus.

»Es gibt nichts zu bereden. Vergiss die Nachricht, okay? Ich war betrunken.«

»Du tust es schon wieder«, stellte Valentin resigniert fest.

Was erwartete er denn? Dass ich ihm einfach glaubte, dass er sich für *mich* interessierte? »Louna wird dich schon trösten.«

Valentins Gesichtszüge verspannten sich. Warum zum Teufel hatte ich das gesagt?

»Ich sollte gehen, gute Nacht.«

Hastig eilte ich aus dem Büro und wäre am liebsten im Erdboden versunken.

»Candy?«

Ich stoppte in meiner Bewegung, drehte mich jedoch nicht zu ihm um. Valentins Schritte hallten durch das leere Atelier, bevor er dicht hinter mir stehen blieb.

»Ich habe nicht vergessen, was im Kinderheim beinahe passiert wäre. Ich denke jeden verdammten Tag daran.«

Er machte einen weiteren Schritt auf mich zu und legte seine Hand auf meine Schulter.

»Und ich gehöre nicht zu den Menschen, die so schnell aufgeben«, warnte er mich und ich spürte seine Lippen dicht an meinem Ohr.

Für den Hauch eines Augenblicks schloss ich die Augen.

»Wirf mir nicht vor, ich hätte dich nicht gewarnt, wenn du an mir scheiterst«, erwiderte ich, machte einen Schritt nach vorn und eilte davon.

Die gesamte Nacht hatte ich über Valentins Worte gegrübelt. Es wäre besser, wenn ich ihn auf Abstand hielt. Zum einen, weil ich nicht mit meiner Cousine konkurrieren wollte, zum anderen, weil ich in ein paar Wochen für ein halbes Jahr in Rom studieren würde. Jetzt eine Beziehung anzufangen, wäre unklug, zumindest sagte mir dies die Vernunft.

Nachdem ich geduscht und meine Haare geglättet hatte, verließ ich das Badezimmer und vernahm Stimmen in der Küche.

»Es ist eine große Bereicherung, dass du Valentin eingestellt hast«, hörte ich meine Cousine sagen und verharrte einen Augenblick im Flur, um sie und meine Schwester zu belauschen.

»Er ist in der Tat ein sehr talentierter, junger Mann. Seine Entwürfe passen gut zu unserem Label.«

»Wir waren gestern essen und er hat immer wieder gesagt, wie glücklich er über den Job ist.«

»Ihr seid essen gewesen?« Meine Schwester klang überrascht. »Üblicherweise dulde ich keine Beziehungen am Arbeitsplatz, aber ihr beide wärt ein schönes Paar.«

Musste meine Schwester genau die gleichen Worte sagen wie Louna auf der Damentoilette des *La Nuit Noire*? Waren sie sich so ähnlich?

Mein Herz krampfte sich zusammen, dennoch straffte ich die Schultern und betrat die Küche.

»Guten Morgen«, murmelte ich, steuerte auf die Kaffeemaschine zu und stellte eine Tasse unter den Auslauf.

Ich spürte die Blicke meiner Schwester und Cousine im Rücken, weigerte mich jedoch, mich zu ihnen umzudrehen. Sicher waren sie von mir genervt, weil die Lautstärke der Kaffeemaschine ihre Unterhaltung störte.

»Hast du die Arbeit im Stofflager gestern geschafft?«, fragte Odette.

»Nein«, antwortete ich, goss etwas Mandelmilch in meinen Kaffee und drehte mich zu den beiden um.

»Mach das bitte fertig.«

»Natürlich.« Ich verdrehte die Augen und betrachtete die bunte Auswahl im Kühlschrank.

Odette und Louna aßen wie üblich nichts zum Frühstück. Das würde mir wahrscheinlich auch nicht schaden.

»Das Stofflager ist genau der richtige Arbeitsplatz für dich. Dort muss niemand deinen Anblick ertragen«, mischte sich Louna überheblich ein und ich schluckte ihren dummen Kommentar herunter. »An deiner Stelle würde ich das Frühstück ausfallen lassen, sonst passt dein riesiger Arsch niemals in das Kleid, das Odette für dich designt hat.«

Mit gesenktem Kopf ignorierte ich das Brennen in meiner Brust.

»Louna, hör auf damit«, wies Odette sie zurecht, aber das änderte am Schaden nichts. Er war angerichtet und meine Schutzmauer um eine weitere Steinreihe gewachsen.

»Ich bin im Stofflager«, murmelte ich und verschwand aus der Küche, ohne den Kaffee angerührt zu haben.

Mit schnellen Schritten verließ ich die Wohnung. Ich wollte nur noch Abstand zwischen Louna und mich bringen.

Meine Cousine hatte sich seit der Schulzeit nicht verändert. Sie hielt sich nach wie vor für die Bienenkönigin. Für Louna gab es nur ihre Welt, ihre Ansichten, ihre Ideale. Menschen, die nicht dort hineinpassten, verachtete und erniedrigte sie.

Sie glaubte, dass die Welt sich nur um sie drehte. Doch ich wusste es besser.

Hinter ihrer scheinbar perfekten Fassade steckte ein Mädchen, das sich nach der Aufmerksamkeit ihrer Eltern sehnte. Diese leiteten eine der größten Pariser Versicherungen und hatten keine Zeit für die Träumereien ihrer Tochter. Es war also kein Wunder, dass sie an meiner Schwester klebte wie eine Klette. Odette war immer ihr Vorbild gewesen, eine Powerfrau, nach der man streben konnte. Hübsch, klug und zielstrebig. Mehr musste man in Paris nicht sein, um akzeptiert zu werden.

Die Tür knallte hinter mir ins Schloss und für einen winzigen Augenblick ließ ich meine Gefühle zu. Ich rutschte auf die Treppenstufen vor der Tür des Lagers und starrte ins Leere.

Odette hatte mich vor Louna verteidigt, zumindest nach ihren Möglichkeiten. Dass sie nicht auf mir herumgehackt hatte, wunderte mich. Üblicherweise rieb sie mir unter die Nase, was mit mir alles nicht stimmte. Tränen sammelten sich in meinen Augen und ich tupfte sie hastig weg, bevor sie über meine Wangen rollten.

Mein gesamtes Leben kämpfte ich gegen die Vorurteile und Lügen, die Louna verbreitete. Niemand hatte Interesse daran, hinter die Fassade zu blicken. Eine Fassade, die sich in den letzten Jahren immer weiter verstärkt hatte, bis ich selbst nicht mehr wusste, wer ich eigentlich war.

Als ich die Tür der Wohnung oben hörte, sprang ich schnell auf, fächerte mir Luft zu und verschwand ins Stofflager. Die Arbeit würde mich auf andere Gedanken bringen.

Weil ich die Erste im Lager war, verschaffte ich mir einen Überblick über die Aufgaben, die wir noch zu erledigen hatten. Ich nahm mir einen Block und einen Stift und begann sie gerade zu notieren, als Nic neben mir auftauchte.

»Gut, du bist hier.«

Irritiert legte ich meine Notizen zur Seite. »Was ist los?«

»Du hast geweint«, stellte er nüchtern fest.

Ich zuckte gleichgültig mit den Schultern. »Ein Zusammentreffen mit Louna in der Küche, nichts Neues«, spielte ich die Sache herunter. Dabei hatte sie einen Sturm in meinem Herzen ausgelöst.

»Was hat die dämliche Ziege jetzt schon wieder gemacht?«

Ich machte eine abwinkende Handbewegung, weil ich nicht darüber sprechen wollte. »Nicht so wichtig.«

»Und ich dachte schon, es gäbe Probleme mit Valentin.«

Ich kniff die Augen zu Schlitzen zusammen. »Wie kommst du darauf?«

»Weil er mit schlechter Laune durch das Atelier wütet. Er meckert an allem herum, zerreißt Skizzen, die er gestern noch gut fand. Er beschwert sich über alles. Ich frage mich, ob du ihm das Herz gebrochen hast.«

Ich lachte verächtlich auf. Als ob ... Doch dann breitete sich in mir ein Gefühl aus, das ich nicht in Worte fassen konnte. Das Gespräch gestern Abend kam mir wieder in den Sinn. Hatte Valentin wirklich deswegen schlechte Laune? Sollte ich tatsächlich der Grund dafür sein?

»Frag doch mal Louna, die beiden waren zusammen essen.« Ich schnappte mir einen Stoffballen, hakte ihn auf der Liste ab und brachte ihn zum richtigen Regal.

Nic seufzte resigniert. Er kannte mich gut genug, um zu wissen, wann er nicht weiterkam. Kommentarlos verließ er das Stofflager und ich lehnte mich seufzend an das Regal. Offenbar war Valentin nicht der Einzige, den ich mit meinem Verhalten von mir stieß ...

Wie den Tag zuvor brachte die Arbeit mich auf andere Gedanken. Während die anderen zum Mittagessen gingen, aktualisierte ich unser Onlineverzeichnis um die neuen Stoffe.

Die Tür des Lagers schwang auf und ich hob neugierig den Blick. Überrascht entdeckte ich meine Schwester, die direkt auf mich zusteuerte. Ihr Gesichtsausdruck wirkte nachdenklich, ja beinahe besorgt.

»Wie kommst du voran?«, erkundigte sie sich.

»Gut. Die neuen Stoffe sind einsortiert. Ich trage sie gerade ein.«

Odette nickte und lehnte sich mit verschränkten Armen an den Schreibtisch. Skeptisch musterte ich sie. Seit ich den Brief aus Rom bekommen hatte, verhielt sie sich noch merkwürdiger als sonst.

»Ist noch etwas?«, fragte ich.

»Ich wollte nur sehen, ob alles okay ist. Louna hätte vorhin nicht so mit dir reden dürfen.«

Beinahe hätte ich hysterisch aufgelacht. »Weil nur du das darfst?« Mit eiskaltem Gesichtsausdruck blickte ich meine Schwester an. Sie straffte die Schultern, als würde sie sich selbst Mut machen, und schüttelte den Kopf.

»Ich weiß, dass ich manchmal zu ... direkt bin. Aber ...«

»Direkt trifft es nicht annähernd, Odette«, schnitt ich ihr das Wort ab und verkrampfte die Finger um die Computermaus. »Aber es dich hat die letzten Jahre auch nie interessiert, ob ich das abkann.«

»Candice, ich ...«

»Nein, lass es einfach. Du hast schon genug gesagt.«

Odette seufzte und wurde ebenfalls vor meine Schutzmauer katapultiert. Immerhin war sie mit Valentin, Nic und Stefanie in guter Gesellschaft.

Doch geschlagen gab sie sich noch nicht. »Lass uns gemeinsam Mittagessen gehen, ja? Vor ein paar Wochen hat ein kleines italienisches Restaurant in der *Rue Clément Marot* eröffnet.«

»Ich habe keinen Hunger«, log ich, dabei knurrte mein Magen seit heute Morgen.

»Candy, bitte.«

Vehement schüttelte ich den Kopf. »Tut mir leid, ich möchte mit der Arbeit fertig werden. Damit ich morgen nicht wieder antanzen muss. Denn, ob du es glaubst oder nicht, nur weil ich Semesterferien habe, muss ich trotzdem Aufsätze schreiben.«

»Tut mir leid, wirklich«, entschuldigte sich Odette resigniert und ging. Ich wusste nicht, was ich merkwürdiger finden sollte. Dass Odette mit mir in der Öffentlichkeit Essen gehen wollte, oder dass sie sich bei mir entschuldigt hatte.

Wenn ein Brief aus Rom, von dem sie nicht wusste, was in ihm stand, sie schon so durcheinanderbrachte, wie würde sie erst reagieren, wenn ich ihr meine Entscheidung mitteilte?

Acht

»Candy, mach Schluss, ich aktualisiere die letzten Stoffe«, lächelte mir Èva zu.

»Schon okay. Ich habe es angefangen, ich mache es fertig. Außerdem sind es nur noch ein paar Einträge.«

Sie nickte. »Bist du morgen wieder hier, oder lässt Odette dich endlich deine Semesterferien genießen?«

Èva arbeitete bereits für das Label, als meine Eltern es noch geleitet hatten. Als ich kleiner gewesen war, hatte ich viel Zeit bei ihr im Stofflager verbracht und mir immer wieder die tollen Geschichten über Prinzessinnen und Prinzen angehört, die sie mir erzählt hatte. Èva war früher für mich wie eine Ersatzmutter gewesen, zu der ich gehen konnte, wenn ich mich allein fühlte. In den letzten Jahren hatte ich mich auch von ihr entfernt.

»Ich muss morgen leider in die Bibliothek und einen Aufsatz vorbereiten.«

»Besser als Sklavendienst«, schmunzelte Èva.

Ich nickte und rieb mir über das Gesicht. Die Arbeit am Computer hatte mich müde gemacht. Leise gähnend schraubte ich die Wasserflasche auf und nahm einen kräftigen Schluck, so wie immer in den letzten Stunden, wenn ich Hunger verspürte.

Lounas Kommentar war verletzend gewesen, aber sie hatte recht. Ich würde niemals in das Kleid passen, das Odette mir für die Spendenveranstaltung designt hatte, wenn ich nicht endlich etwas tat. Vielleicht sollte ich morgen Piet, Odettes Personal Trainer, anrufen und einen Termin vereinbaren.

Ich hatte gerade den letzten Stoff eingetragen, als die Tür aufschwang, Valentin das Lager betrat und einen Moment stockte. Als wüsste Èva, was zwischen uns vor sich ging, verschwand sie eilig und gab uns Privatsphäre.

»*Salut*, Candy«, begrüßte mich Valentin und trat zu mir an den Schreibtisch. »Ich wusste gar nicht, dass du hier bist.«

»*Salut*«, antwortete ich leise. »Ich habe meine Arbeit gestern nicht geschafft. Kann ich dir helfen?«

»Ja, ich brauche diesen Stoff.« Er hielt mir eine Musterkarte von cremefarbenen Satinstoff hin. Ich tippte die Nummer auf der Karte in den Computer ein.

Kaum tauchte die Regelfachnummer auf dem Bildschirm auf, stand ich auf. Schwindel ergriff meinen Körper und ich krallte mich an der Tischplatte fest.

»Candy, hey …« Valentin legte eine Hand auf meine Schulter, doch ich zuckte sofort zurück.

»Alles gut«, spielte ich den wackeligen Kreislauf herunter, holte tief Luft und steuerte das Regal an. Natürlich lag der Stoffballen im obersten Fach. Ich zog mir die Leiter heran und kletterte die ersten Stufen nach oben. Als ich die Hand nach dem Ballen ausstreckte, fühlte sich meine Bewegung wie in Zeitlupe an. Es dauerte eine Ewigkeit, bevor ich den Stoff an meinen Fingern spürte. Ich kniff die Lippen aufeinander, mein Mund war schlagartig trocken geworden.

Irgendetwas stimmte nicht.

Mein Herz schlug viel zu heftig in meiner Brust und meine Kehle schnürte sich zusammen.

»Candy?«

Valentins Stimme klang weit entfernt, ich blinzelte angestrengt und fixierte den Stoffballen, der vor meinen Augen verschwamm. Meine rechte Hand klammerte sich an der

Leiter fest … vergebens. Ich verlor die Kontrolle und fiel in die Dunkelheit.

»Candy?« Eine Stimme schlich sich in mein Bewusstsein. Ich wollte die Augen aufreißen, doch um mich herum blieb alles schwarz. Ich hörte meinen panischen Atem, spürte das Zittern, das durch meinen Körper kroch und sich mit meiner Angst vermischte.

»Candice, ganz ruhig. Hey.«

Ich holte tief Luft, blinzelte. Grelles Licht blendete mich und ich drehte den Kopf zur Seite. Valentin hockte neben mir auf dem Boden, meine Beine hatte er am Stoffregal abgelegt.

»Hey, da bist du ja. Kannst du dich aufsetzen?«

Ich nickte benommen und ließ mir aufhelfen. Valentin streichelte mir beruhigend über den Rücken.

»Das hätte schlimm ausgehen können. Ich konnte dich in der letzten Sekunde fangen. Tut dir etwas weh?« Er strich mir eine Haarsträhne aus der Stirn und ließ seine Hand auf meiner Wange ruhen.

»Nein, alles in Ordnung. *Merci*«, murmelte ich und senkte den Blick. Die Situation war mir unangenehm. Wie hatte Valentin das angestellt? Gerade bei meinem Gewicht.

»Ich sollte nach oben gehen und mich hinlegen.«

»Wie konnte das passieren, Candy?« Sanft hoben Valentins Finger mein Kinn an, sodass ich ihm wieder in die Augen sehen musste. Die Besorgnis in seinem Blick löste einen Druck auf meinem Herzen aus. »Hast du zu wenig getrunken?«

Ich schüttelte den Kopf.

»Warte kurz hier, ja?«

Während Valentin das Stofflager verließ, drehte ich mich leicht und lehnte mich mit dem Rücken gegen das Regal. Am liebsten wäre ich geflüchtet, doch ich rechnete fest damit, dass mein Körper mir einen Strich durch die Rechnung machte.

Es dauerte nicht lang, bis Valentin zurückkam. In der Hand hielt er eine Flasche zuckrige Cola und ein paar Snacks aus dem Automaten im Mitarbeiterraum.

Er setzte sich auf den Boden und legte alles vor uns. »Ich wusste nicht, was du magst, deswegen habe ich einfach etwas mitgebracht. Iss, das bringt deinen Blutzuckerspiegel wieder in die Balance.«

Nur widerwillig griff ich nach einem Schokoriegel mit Keks. Ich öffnete ihn und brach mir ein kleines Stück ab, doch mein Magen zog sich sofort schmerzlich zusammen. Valentin nahm sich ebenfalls einen und biss genüsslich hinein. Ich spürte, dass er mich beobachtete, und steckte widerwillig ein zweites Stück in den Mund.

Wann hatte ich das letzte Mal vor einem fremden Mann etwas gegessen?

»Candy, du weißt, dass du jederzeit mit mir sprechen kannst, wenn dich etwas bedrückt, oder?«, durchbrach er die Stille und ich zuckte mit den Schultern.

»Es ist nichts«, versicherte ich ihm wenig überzeugend.

Er seufzte, natürlich glaubte er mir nicht. »Ich überlege die ganze Zeit, wo das Mädchen ist, das ich im Kinderheim kennenlernen durfte.«

»Wir sind zwei unterschiedliche Personen«, murmelte ich. »Im Kinderheim ... das war Candy, die echte Candy.« Die Worte kamen mir nur schwer über die Lippen, sie Valentin zu sagen, fühlte sich jedoch richtig an.

»Und wer bist du jetzt?«

Ich zuckte mit den Schultern. »Die kleine Schwester der berühmten Designerin Odette Medeaux, die ständig ihre Mitmenschen enttäuscht ... weil sie immer zu viel ist.«

Valentin kniff die Lippen aufeinander.

»Du bist nicht zu viel, Candy. Und du enttäuschst niemanden.«

Ich lachte traurig auf und legte den halb aufgegessenen Schokoriegel zur Seite. »Darüber sprechen wir nach der Spendenveranstaltung noch einmal.«

Für einen Moment breitete sich Stille zwischen uns aus. Es war offensichtlich, dass Valentin eine weitere Frage auf der Seele brannte, doch er traute sich nicht, sie zu stellen.

»Was willst du noch wissen?«, fragte ich daher und fing seinen überraschten Blick ein.

In den letzten Jahren hatte ich gelernt, Menschen zu beobachten und aus ihren Gesten zu lesen. Menschen waren offene Bücher, wenn man wusste, wie man sie entschlüsselte und sich die Zeit dafür nahm.

»Ich frage mich, warum du jeden Menschen von dir fernhältst. Was ist dir nur zugestoßen?« Seine letzte Frage hauchte er und schickte mir damit eine Gänsehaut über den Körper.

Wie sollte ich das beantworten, ohne Mitleid zu erregen?

»Odette wurde von uns beiden immer bevorzugt. Egal, was ich erreicht habe, sie war immer besser. Ich hatte eine gute Kindheit, versteh mich nicht falsch. Meine Eltern haben uns alles ermöglicht, aber ... Es klingt wie ein schlechtes Klischee ... Ich stand und stehe noch heute in ihrem Schatten und sie lässt mich das spüren.«

Fragend runzelte Valentin die Stirn. »Inwiefern?«

»Sie nörgelt an mir herum, provoziert mich absichtlich. Es ... es fallen Kommentare über meine Figur und ... sie verschweigt etwas vor mir.«

Ich erzählte Valentin von dem seltsamen Telefonat mit meiner Mutter, das ich belauscht hatte.

»Warst du deswegen gestern in ihrem Büro?«

Ertappt zuckte ich mit den Schultern. »Ja, ich dachte, ich würde einen Hinweis finden. Doch da war nichts.« Ich seufzte leise. »Irgendetwas ist anders. Odette ist – wie soll ich es sagen – versöhnlich. Sie hat mich nach meiner Meinung gefragt und später vor Louna verteidigt. Sie wollte sogar mit mir Essen gehen.«

»Das tut sie sonst nicht?«

Resigniert schüttelte ich den Kopf. »Nein, üblicherweise stimmt sie Lounas Beleidigungen zu. Sie geht nie mit mir Essen, außer es hat irgendeinen Vorteil für das Label – wenn wir also Geschäftspartner treffen, die ich mit meinem Architekturstudium beeindrucken soll.«

»Hast du deiner Schwester je gesagt, wie du dich dabei fühlst?«

»Wieso sollte ich?« Ich sog die Luft tief in meine Lungen. »Ich möchte mich wirklich hinlegen.«

Langsam zog ich mich am Regal nach oben. Valentin sprang ebenfalls auf, um mir zu helfen. Ich fühlte mich immer noch erschöpft, aber bis in die Wohnung würde ich es schaffen.

»Soll ich dich hochbringen?«, bot er mir freundlich an, doch ich schüttelte den Kopf.

»Nein. Danke ... für deine Hilfe.«

»Nicht dafür.«

Mit gesenktem Blick wandte ich mich von ihm ab und steuerte auf die Tür zu, die direkt in den Hausflur führte. Bevor ich hinaustrat, drehte ich mich noch einmal zu Valentin um und schenkte ihm ein schüchternes Lächeln.

Neun

Nach einem kleinen Frühstück am nächsten Morgen fühlte ich mich besser. Odette war bereits im Atelier und ich würde mich innerhalb der folgenden Stunde auf den Weg zur Bibliothek machen.

Nachdem ich meinen Kaffee ausgetrunken hatte, räumte ich die Müslischüssel in den Geschirrspüler und ging in mein Zimmer, um mich umzuziehen und anschließend im Bad frisch zu machen. Routiniert glättete ich die brünetten Locken, legte etwas Make-up auf und schlüpfte schließlich in eine bequeme, schwarze Jeans und ein dunkelblaues Blusentop.

Ich wollte gerade zurück in mein Zimmer gehen und die Unterlagen zusammenpacken, die ich in der Bibliothek benötigen würde, als es an der Tür klingelte. Irritiert marschierte ich in den Flur und warf einen Blick durch den Spion.

Valentin?

Ich öffnete die Tür und betrachtete ihn fragend.

»*Salut*, Candy«, begrüßte er mich und kam einen Schritt auf mich zu, um mich auf die Wange zu küssen.

Völlig überrascht davon, blieb ich wie angewurzelt stehen. »*Salut.*«

»Wie geht es dir?«

»Besser«, murmelte ich. »Was machst du hier?«

»Ich habe heute einen freien Tag und wollte fragen, ob du Lust auf einen kleinen Ausflug hast.«

Ich runzelte die Stirn und lehnte mich gegen den Türrahmen. »Eigentlich muss ich in die Bibliothek, um ein Referat vorzubereiten.«

»Wir können gern vorbeifahren und die Bücher abholen, die du brauchst«, schlug er vor. Abwartend ruhte sein Blick auf mir.

»Ich weiß nicht«, brachte ich leise hervor.

»Was muss ich tun, damit du zusagst?« Valentin bewegte die Augenbrauen albern und ich verkniff mir ein Lachen.

»Hör auf damit«, forderte ich ihn auf und sein Blick wurde ernst.

»Wenn du mich nicht freiwillig begleitest, werde ich dich entführen, verstanden?«

Ich stieß die Luft geräuschvoll aus. »Wenn das so ist, bleibt mir wohl nichts anderes übrig ...« Ich trat aus der Tür. »Komm kurz rein, ich schreibe schnell eine Liste mit den Büchern, die ich benötige.«

Nachdem ich die Liste vervollständigt hatte und in meine Schuhe geschlüpft war, liefen Valentin und ich gemeinsam zu seinem Wagen. Ich nannte ihm die Adresse der Bibliothek und er startete den Motor.

»Hast du schon gefrühstückt?«, fragte er und ich nickte.

»Ja, eine Kleinigkeit.«

Dennoch parkte er den Wagen vor einer *Boulangerie* in Nähe des Campus. »Wartest du kurz?«

Ich nickte und beobachtete Valentin dabei, wie er den Laden betrat. Als er wieder herauskam, hielt er zwei volle Tüten in der Hand, die er kommentarlos auf den Rücksitz legte. Erst jetzt bemerkte ich die Decke und den Picknickkorb. Was hatte er vor?

Valentin begleitete mich in die Bibliothek. Zielsicher steuerte ich die Architekturabteilung an und verschwand in einem schmalen Gang. Konzentriert suchte ich die Reihen ab, zog das richtige Buch heraus und marschierte weiter.

»Ich kann die Bücher tragen, wenn du möchtest.«

Dankbar reichte ich es ihm und begab mich auf die Suche nach den anderen drei Werken, die ich ausleihen musste.

Eine knappe Viertelstunde später waren wir wieder unterwegs. Valentin lenkte den Wagen einmal quer durch Paris, vorbei an *Sacré-Coeur* in Richtung des *Bois de Boulogne*, wo er auf einem Parkplatz anhielt.

Wir stiegen aus und Valentin packte die Bäckertüten in den Korb, welchen er zusammen mit der Decke mitnahm. Schweigend liefen wir nebeneinander her.

Obwohl der Park *Bois de Boulogne* nur eine knappe halbe Stunde zu Fuß von unserer Wohnung entfernt lag, war ich nie dort gewesen. Wir spazierten den schmalen Weg am *Lac Inférieur* entlang, als Valentin plötzlich zwischen zwei Bäumen hindurchlief und wir eine Bucht erreichten, die vom Weg aus kaum zu erkennen war.

»Es ist schön hier«, sagte ich begeistert, als er die Decke ausbreitete.

»Deswegen wollte ich dich herbringen. Wenn ich nicht im *Jardin de la Nouvelle* bin, blicke ich hier über das Wasser. Es beruhigt mich.« Valentin verharrte einen Augenblick. Ich konnte ihn verstehen. Die Sonne spiegelte sich glitzernd in den Wellen, die der lauen Sommerbrise geschuldet waren. Dieser Ort strahlte Ruhe und Frieden aus und man vergaß leicht, dass man sich in einer Weltmetropole befand.

Valentin setzte sich auf die Decke und deutete mir an, es ihm gleich zu tun. Ich winkelte die Beine an und umklammerte sie.

»Wie hoch ist die Chance, heute einen schönen Tag mit der echten Candice zu verbringen?«, fragte Valentin nach einigen Momenten der Stille.

Ich seufzte leise und lächelte sanftmütig. »Ziemlich hoch.«

Seine blauen Augen glitzerten durch den Lichteinfall wie der See vor uns.

»Ich habe gestern lange über das nachgedacht, was du gesagt hast, Candy.« Er senkte den Blick. »Du blockst andere Menschen ab, weil du Angst hast, dass sie dich nicht mögen könnten, richtig? Weil du Angst hast, verletzt und ausgelacht zu werden ...«

Zaghaft nickte ich.

»Aber warum? Du bist so ein herzensguter und bezaubernder Mensch.«

Die Worte machten mich verlegen. Sagte Valentin sie, weil er es so meinte?

»Weißt du überhaupt, welche Ausstrahlung du hast? Mag sein, dass sie nicht jeder erkennt, doch mir ist sie vom ersten Augenblick an aufgefallen. Du bist mir aufgefallen.«

»An mir ist nichts Besonderes«, hielt ich dagegen.

Valentin schüttelte den Kopf. »Das sagst du, weil du in dir nur das Schlechte siehst.«

Dieses Gespräch wurde mir immer unangenehmer und ich überlegte bereits, wie ich es beenden oder aus dieser Situation fliehen konnte.

»Können wir bitte nicht darüber sprechen?«, fragte ich kaum hörbar. Die echte Candy versteckte sich lieber hinter ihrer meterhohen Schutzmauer.

Valentin realisierte, dass er sich mit seinen Feststellungen keinen Gefallen getan hatte. »Entschuldige, ich wollte dir nicht zu nahe treten.« Er holte tief Luft und blickte schweigend über den *Lac Inférieur.*

Plötzlich fühlte ich mich schuldig. Schuldig gegenüber Valentin, der sich so große Mühe gab und den ich immer wieder an meiner Mauer abprallen ließ.

Die Veränderung beginnt im Kopf.

Vielleicht war es an der Zeit, jemanden ein klein wenig an mich heranzulassen.

»Ich ... ich bin gemobbt worden.« Ich schluckte trocken. Sollte ich ihm das wirklich anvertrauen? War das richtig?

Langsam streckte er seine Hand nach meiner aus und ergriff sie, um mir Sicherheit zu geben. »Es waren Louna und ihre drei besten Freundinnen. Sie haben sich über mich lustig gemacht, weil ich mehr gewogen habe. Das begann schon im Kindergarten. Je älter wir wurden, umso schlimmer wurde es. Sie haben mich beleidigt und die halbe Klasse gegen mich aufgestachelt. Sie nannten mich *Walross* oder *Fetti.* Lachten bei allem, was ich tat.«

Tränen sammelten sich in meinen Augen und meine Hände begannen zu zittern. Obwohl ich die anderen Mädchen seit Jahren nicht mehr gesehen hatte, waren die Erinnerungen in meinem Kopf verankert.

»Ich hatte Angst vor ihnen, auch wenn sie mich nie körperlich angegriffen haben. Was sie über die Jahre mit ihren Worten angerichtet haben, war schlimmer als jeder körperliche Angriff. Immer, wenn ich morgens im Bus zur Schule saß, hatte ich diesen Druck auf der Brust. Mir war schlecht, wenn ich aufgestanden bin, und ich bin oft deswegen zu Hause geblieben. Wenn ich in der Stunde aufgerufen wurde, habe ich ihre Blicke gespürt. Wenn ich vor der Klasse sprechen musste, habe ich sie flüstern gehört. Wenn ich zur Bushaltestelle gelaufen bin, habe ich immer gehofft, sie nirgendwo zu sehen. Meine Noten sind abgesackt, ich habe zwar gelernt, doch sobald ich in der Schule war, konnte ich mich nicht mehr konzentrieren. Alles war weg.«

Valentin drückte meine Hand fester.

»Auch die Lehrer haben die Situation verschlimmert. Meine Klassenlehrerin hat die Augen vor der Wirklichkeit verschlossen, obwohl sie viel mitbekommen hat. Genauso wie alle anderen. Am schlimmsten wurde es, als meine Sportlehrerin mich zur Seite nahm und mich über mein Essverhalten ausfragte. Ich muss etwa vierzehn Jahre alt gewesen sein, als sie mir klarmachte, was ich essen konnte und was nicht, um abzunehmen. Anstatt etwas gegen das Mobbing zu unternehmen, signalisierte sie mir, dass mein Körper falsch war und es meine Schuld war. Es wurde erst besser, als ich die Schule gewechselt habe. Dort gehörte ich zwar nicht zu den beliebtesten Mädchen, aber ich kam mit meinen Mitschülern aus. Das war auch die einzige Zeit, in der ich Ruhe vor Louna hatte. Bis sie bei Odette auftauchte und einen Job im Label erhielt.«

Ich ging gegenüber Valentin nicht ins Detail, sondern wollte ihm lediglich die Chance geben, mich etwas besser zu verstehen. Vieles hatte ich so gut verdrängt und tief in mir selbst vergraben, dass ich die Erinnerungen in diesem Moment nicht abrufen konnte. Und das wollte ich auch nicht.

»Candy, das tut mir leid.«

Ich zuckte gleichgültig mit den Schultern, als könne es mir nichts anhaben, dabei bewiesen meine Tränen das Gegenteil. Die Verletzungen aus meiner Schulzeit saßen noch immer so tief, dass sie Einfluss auf mein heutiges Leben hatten. Mit den Jahren hatte ich eine Schicht aus Pflastern auf sie geklebt, welche die Wunden zwar nicht heilten, aber sie vor mir versteckten.

»Das ist der Grund, warum ich so zurückhaltend bin, wenn es darum geht, neue Menschen kennenzulernen. Oder warum ich im *La Nuit Noire* so still war. Es hatte nichts mit dir zu tun. Ich bin kaputt, Valentin.«

Ohne nachzudenken, zog Valentin mich in seine Arme. Ich klammerte mich an ihn und schluchzte leise. Die Umarmung kam so überraschend und fühlte sich gleichzeitig so gut an ... sicher.

»Warum hast du mir das nicht eher gesagt?«

Ich lachte traurig auf. »Was hätte ich denn sagen sollen? *Salut, ich bin Candy. Wundere dich nicht, wenn ich dich von mir stoße. Das hat mit meiner Vergangenheit zu tun, die dank des kindischen Verhaltens meiner Cousine immer wieder hochkommt und noch genauso wehtut wie damals. Deswegen mache ich lieber mein eigenes Ding, als mich auf andere Menschen zu verlassen*«, scherzte ich und wischte mir die Wangen trocken. Behutsam löste ich mich und suchte Valentins Blick. »Ich habe in den letzten Jahren gelernt, meine Gefühle zurückzudrücken und sie niemandem zu zeigen. Nicht einmal meinen besten Freunden.« Meine Lippen verzogen sich zu einem gequälten Lächeln. »Was ich dir an diesem Abend geschrieben habe, war keine Lüge, Valentin, ich mag dich. Wenn du mir versprichst, Geduld zu haben, verspreche ich dir, dass ich dir vertrauen werde.«

Valentin schluckte schwer. Seine Hand wanderte zu meiner Wange und wischte eine Träne weg. Die Berührung kribbelte auf meiner Haut und ich sog die Luft tief ein.

»Ich habe nicht vor, dir wehzutun, Candy. Wir kennen uns noch nicht lange und auch nicht gut genug, jedoch fühlt sich alles so vertraut an. Wir wissen nicht, ob wir unsere Versprechen halten können, aber ich will es versuchen.«

Der Knoten in meiner Brust, der mich während meiner gesamten Erzählung begleitet hatte, löste sich langsam auf, und ich konnte endlich wieder frei atmen.

Valentin näherte sich mir, ich spürte seinen Atem auf meiner Wange und schließlich auf den Lippen. Es kitzelte und hinterließ ein Gefühl aus Nervosität und purem Glück.

Ich hielt den Atem an, wusste nicht, was ich tun sollte, und überließ ihm zu gern die Führung.

Sanft berührten seine Lippen meine und die Welt um mich herum explodierte. Ich vertraute Valentin, vertraute, dass er auf mein angeschlagenes Herz Acht gab und es hütete wie einen Schatz. Dieser unschuldige Kuss gab mir diese Hoffnung und ich drängte all meine Sorgen und Ängste zurück.

Ich wollte dem Ganzen eine Chance geben.

Veränderung begann im Kopf.

In diesem Fall begann meine Veränderung am *Lac Inférieur.*

Zehn

Die Sicherheit, die Valentin mir gab, beflügelte mich und so verging der Tag wie im Flug. Es dämmerte bereits, als er mich nach Hause brachte.

Während der kurzen Autofahrt in die *Avenue Montaigne* sprach niemand von uns ein Wort. Stumm hingen wir den Erinnerungen an die letzten Stunden nach, an die Gespräche, das glitzernde Wasser und die Küsse.

Noch immer prickelten meine Lippen, dort, wo Valentin sie berührt hatte. Wenn sich Glück so anfühlte, wollte ich es nie wieder loslassen.

Valentin parkte seinen Wagen in einer freien Lücke vor dem Atelier. Zeitgleich stiegen wir aus und gingen die wenigen Schritte zur Haustür. Ich umklammerte die Tüte mit den Büchern, die ich mir am Vormittag in der Bibliothek ausgeliehen hatte, und blickte unsicher zu Boden. Wie würde Valentin sich von mir verabschieden? Rechnete er damit, dass ich den ersten Schritt machte?

Verunsichert suchte ich seinen Blick und er schenkte mir ein zauberhaftes Lächeln.

»Danke für den schönen Tag.« Er beugte sich zu mir herunter und berührte meine Lippen. Sofort zog das nervöse Kribbeln erneut durch meinen Körper und ich konnte mein Glück kaum fassen. »Und danke, dass du mir deine Geschichte anvertraut hast.«

»Wenn es hilft, dass du mich ein bisschen besser verstehst«, murmelte ich und er nickte kaum merklich.

»Sehen wir uns die Tage?«

»Bestimmt.« Valentin strahlte und küsste mich erneut.

»*Bonne nuit*, Candice«, hauchte er und wandte sich um.

»*Bonne nuit.*«

Ich beobachtete Valentin einen Augenblick dabei, wie er in seinen Wagen stieg und huschte durch die Haustür, kurz bevor er den Motor startete.

Dieser Tag kam mir so unwirklich vor. Dass ich den Mut gehabt hatte, mich Valentin anzuvertrauen, beflügelte mich auf eine seltsame Art und Weise.

Als ich die Wohnungstür aufschloss, achtete ich nicht auf meine Umgebung. Meine Gedanken kreisten pausenlos um Valentin und die Küsse, die wir getauscht hatten. Ich bemerkte meine Schwester erst, als ich meine Zimmertür öffnete und sie ein lautes Räuspern von sich gab. Erschrocken stoppte ich in meiner Bewegung und drehte mich langsam zu ihr um. Odette hatte die Arme vor der Brust verschränkt.

»Wo bist du gewesen?«, fragte sie und kniff die Augen gefährlich zusammen.

»In der Bibliothek«, log ich und deutete auf die Tüte mit den Büchern in meiner Hand.

»Und warum bringt Valentin Dumas dich nach Hause?«

Hatte sie uns vom Fenster aus beobachtet? Konnte Odette sehen, dass er mich geküsst hatte?

»Wir haben uns zufällig getroffen und er hat mir angeboten, mich nach Hause zu fahren.« Ich klang wenig überzeugend, fühlte mich eingeschüchtert und wurde das Gefühl nicht los, einen Fehler begangen zu haben.

»Läuft etwas zwischen euch?«

Ich kam mir vor wie bei einem Polizeiverhör, verstand den Grund für die harsche Reaktion meiner Schwester jedoch nicht.

»Warum interessiert dich das?«

»Was habt ihr beide am Montag in meinem Büro zu suchen gehabt? Und streite es nicht ab, ich habe die Überwachungsbänder gesehen. Der Sicherheitsmann hat mich darauf aufmerksam gemacht.«

Ich senkte den Blick und seufzte leise. »Valentin hat damit nichts zu tun. Ich ... ich wollte herausfinden, was du vor mir verheimlichst, und habe dein Büro durchsucht. Valentin war noch im Atelier, ich habe ihn nicht bemerkt und er hat mich erwischt.«

Regungslos starrte Odette mich an. »Und was war gestern im Stofflager los?«

»Ich nehme an, du hast die Bänder auch gesehen?«

Sie nickte knapp.

»Ich habe den gesamten Tag nichts gegessen und mir ist schwindlig geworden. Wäre Valentin nicht gewesen ...«

Der strenge Blick meiner Schwester gab mir ein durch und durch schlechtes Gefühl.

»Du musst wirklich besser aufpassen, wie du dich vor meinen Angestellten präsentierst, Candice.«

Ich öffnete geschockt den Mund, konnte nicht glauben, dass sie das wirklich gesagt hatte. Ich war ohnmächtig von einer Leiter gestürzt, dennoch blieb das Label wichtiger.

Odette holte tief Luft. »Ich möchte, dass du dich von Valentin fernhältst.«

»Entschuldige bitte?« Meine Unsicherheit wandelte sich zunehmend in Rage.

»Beziehungen zwischen Angestellten sind tabu. Du weißt das, Candice.« Die Härte in der Stimme meiner Schwester erschreckte mich.

»Gut, dass ich nicht deine Angestellte bin«, knurrte ich. Am liebsten hätte ich mich in meinem Zimmer eingeschlossen und geweint, weil Odette mir diesen wunderschönen Tag ruinierte.

Ich wandte mich um und schlug die Tür hinter mir zu. Lieblos knallte ich die Bücher auf meinen Schreibtisch und kämpfte gegen das Brennen in meinen Augen an.

Meine Tür wurde aufgerissen. »Ich war noch nicht fertig, Candice.«

Der Knoten in meiner Brust zog sich fester zusammen. Dass Odette meine Privatsphäre nicht respektierte, ließ mich vor Wut zittern.

»Lass mich endlich in Ruhe!«, brüllte ich sie an und fuhr zu ihr herum. All die angestauten Emotionen der letzten Tage brachen aus mir heraus. »Du verbietest mir eine Beziehung mit einem deiner Angestellten, hast Louna aber gestern dazu ermutigt. Du machst mir Vorhaltungen, weil ich zu fett bin, doch wenn ich den ganzen Tag nichts esse und deswegen ohnmächtig werde, denkst du nur daran, dass ich dich nicht vor deinen Angestellten blamieren soll. Ich kann nicht mehr, Odette, es reicht! Du machst mich krank«, schluchzte ich.

Meine Schwester starrte mich wie versteinert an. Erst glaubte ich, endlich zu ihr durchgedrungen zu sein, aber ich hatte mich getäuscht. »Hör auf, bei jeder Kleinigkeit zu heulen, und benimm dich wie eine erwachsene Frau, Candice. Wenn du mich am Freitag blamierst, weil es Drama zwischen Valentin, Louna und dir gibt, lernst du mich kennen.«

»Kann es dir einmal im Leben nicht nur um dieses beschissene Label gehen, sondern um mich und meine Gefühle? Du beleidigst mich, du machst mich lächerlich, du traust mir nichts zu. Immer geht es nur um die scheißperfekte Odette Medeaux und ihr millionenschweres Modelabel. Ich habe es satt. Übrigens: Ich habe den Platz für das Auslandssemester bekommen und ich werde in wenigen Wochen nach Rom ziehen. Glaub mir, ich kann es kaum erwarten, endlich von dir und dieser scheinheiligen Scheißstadt wegzukommen. Und dir spielt das ja auch in die Karten: In Rom kann deine peinliche, fette Schwester dich nicht mehr blamieren.«

Nach meinen Worten drehte sie sich einfach um und warf die Tür ins Schloss. Ich blieb zurück und hielt den Blick gesenkt. Die Tränen tropften auf den Fußboden. Durfte ich nicht glücklich sein? Was musste ich tun, um endlich so leben zu dürfen, wie ich es mir wünschte? Selbstbestimmt und glücklich.

Ich sank in die Hocke, schlug die Hände vor das Gesicht und wünschte mir, es würde endlich aufhören wehzutun. Dieser Schmerz hatte sich bereits während der Schulzeit in meinem Herzen eingenistet wie ein Parasit. Jahr für Jahr, Tag für Tag löschte er einen weiteren Teil meines wahren Ichs aus und programmierte mich um. Aber wie sehr ich mich anstrengte, liebenswert für meine Schwester zu sein, desto mehr stieß sie mich weg.

Elf

Den Rest der Woche verbrachte ich allein in meinem Zimmer. Ich passte die Zeiten ab, wenn Odette die Wohnung verließ, und ging ihr aus dem Weg, wenn sie nach Hause kam. War Louna bei uns, verriegelte ich meine Zimmertür.

Ich nahm die Nachrichten meiner Freunde zwar zur Kenntnis, antwortete aber nicht. Selbst Valentins Nachrichten ignorierte ich, schaltete einfach das Handy aus. Zum ersten Mal seit Jahren ging ich Freitagabend nicht ins *La Nuit Noire*, um mich mit Stefanie und Nic zu treffen.

Ich lebte wie ein Phantom in meiner eigenen Welt.

Für das Wochenende hatte ich mir denselben Plan zurechtgelegt. Ich wollte mich in meinem Zimmer verbarrikadieren und an den Hausarbeiten schreiben, die noch zu erledigen waren. Wenn ich mich anstrengte, konnte ich sie bereits am Montag abschicken.

Als es am frühen Nachmittag klingelte, wartete ich einen Moment ab, ob Odette zu Hause war. Doch nachdem ich nichts hörte, ging ich zur Tür. Wie immer blickte ich zuerst durch den Spion, wo niemand stand.

»Ja?«, fragte ich in den Hörer der Gegensprechanlage.

»Hey, ich bin es, Valentin. Darf ich hochkommen?«

Sofort beschleunigte sich mein Herzschlag und mein Mund wurde trocken.

»Ich ... ähm ...« Wenn Odette das mitbekam, würde sie durchdrehen. »Das ist keine gute Idee.«

Valentin seufzte. »Okay.«

Ich stutzte. Gab er sich wirklich so schnell geschlagen? »Okay«, murmelte ich ebenfalls und hing den Hörer an die Halterung in der Wand.

Mein Handy piepte. Ich kniff die Augen zusammen und zog es aus der Hosentasche. Eine Nachricht von Valentin.

Pack ein paar bequeme Sachen und die echte Candy für das Wochenende ein. Ich habe eine Überraschung.

Der Zwinker-Smiley am Ende der Nachricht brachte mich zum Schmunzeln. Dennoch überlegte ich, wie ich aus der Sache herauskommen konnte.

Gleichzeitig war das meine Chance, Odette für ein paar Stunden zu entkommen.

Gib mir zehn Minuten.

Ich schickte meine Antwort ab und verschwand eilig in meinem Zimmer, um einen Rucksack mit Sachen zu packen. Danach schrieb ich Odette einen Zettel und legte ihn in die Küche.

Ich übernachte bei Stefanie!
– Candice

Aus Angst, dass Stefanie im Laufe des Tages hier auftauchte, weil ich gestern nicht in unserer Stammbar erschienen war, schrieb ich auch Nic und ihr eine Nachricht in unseren Gruppenchat.

Entschuldigt, dass ich nicht aufgetaucht bin. Ich hatte Stress mit Odette und Kopfschmerzen. Mir war alles zu viel.
Ich melde mich nach dem Wochenende.
Hab euch lieb.

Ich schickte die Nachricht ab, überlegte noch einmal, ob ich etwas vergessen hatte, und verließ anschließend die Wohnung. Valentin wartete an sein Auto gelehnt und kam auf mich zu, als er mich entdeckte.

»*Salut*«, begrüßte er mich und küsste mich auf die Wange. Dann entfernte er sich wieder von mir und kratzte mit dem Schuh über den Boden. Ihm war seine Unsicherheit deutlich anzusehen, weil ich ihn in den letzten Tagen ignoriert hatte.

»Hey«, flüsterte ich und lächelte sanft. Er nahm mir meinen Rucksack ab und legte ihn auf die Rückbank. Als ich einstieg, wanderte mein Blick eher zufällig in Richtung Atelier. Odette stand an der Tür und beobachtete uns argwöhnisch. Ich musterte sie ausdruckslos, bis Valentin hinter dem Steuer Platz nahm.

»Was war in den letzten Tagen los?« Seine Frage überraschte mich nicht. »Wieso hast du nicht geantwortet?«

»Odette und ich haben uns gestritten, nachdem ich am Mittwoch nach Hause gekommen bin. Sie hat die Aufnahmen der Überwachungskamera gesehen und weiß, dass ich herumgeschnüffelt habe.«

Ich verschwieg Valentin, dass auch er Teil unserer Auseinandersetzung gewesen war, um ihn zu beschützen.

»Und ich dachte schon, ich hätte etwas gemacht.«

Ich schüttelte vehement den Kopf. »Nein, du kannst nichts dafür«, seufzte ich.

»Hat deine Schwester dir mittlerweile erzählt, was sie vor dir verbirgt?«

Ich lachte traurig auf. »Nein, aber meine Zeit in Paris ist vorerst gezählt … soll sie mit ihren Geheimnissen glücklich werden«, murmelte ich.

Neben mir verspannte sich Valentin.

»Rom … das hätte ich beinahe vergessen.« Er holte geräuschvoll Luft und mein Herz wurde schwer. In seiner Gegenwart war es leicht, zu vergessen, dass ich in ein paar Wochen mein Auslandssemester antreten würde.

Das war einer der Gründe gewesen, warum ich ihn auf Abstand halten wollte – was ganz ausgezeichnet funktioniert hatte.

Die Stimmung wirkte plötzlich gedrückt. Ob Valentin gerade realisierte, worauf er sich mit mir eingelassen hatte?

»Wo fahren wir hin?«, versuchte ich, die Situation zu retten, indem ich das Thema Rom ignorierte.

»Lass dich überraschen«, flüsterte Valentin und lächelte gequält. Sein Enthusiasmus war deutlich verpufft und ich bereute, dass ich nicht den Mund gehalten hatte.

Nach einer knappen Stunde Autofahrt erreichten wir die kleine Gemeinde Jablines, in der ich nie zuvor gewesen war. Valentin lenkte sein Auto auf einen Campingplatz.

»Wartest du kurz? Ich bin sofort zurück.« Er stieg aus, marschierte auf ein winziges Häuschen zu und kam nach fünf Minuten mit einem Zettel in der Hand zurück.

»Klärst du mich jetzt endlich auf?«

»Nein.«

»Das ist echt gemein.« Ich atmete theatralisch aus und nach der gedrückten Stimmung zuvor, hielt auch Valentin sich mit seinem Enthusiasmus etwas zurück.

Valentin entfernte sich vom Parkplatz und bog in einen schmalen Feldweg ein, der zwischen zwei Seen entlangführte. Er parkte den Wagen, legte den Zettel, den er aus dem Häuschen mitgebracht hatte, in die Windschutzscheibe. »Wir sind da«, verkündete er und stieg aus.

Irritiert folgte ich ihm, blickte mich in dem Waldstück um und erkannte den See zwischen den Bäumen. Währenddessen öffnete Valentin den Kofferraum und schulterte eine längliche Tasche, in der ich ein Zelt vermutete.

Ich nahm meinen Rucksack, während er eine Kühlbox auf den Boden stellte und das Auto verriegelte.

»Ich hoffe, du magst Camping«, schmunzelte er und wir folgten dem schmalen Trampelpfad in Richtung Wasser.

»Ich war noch nie campen«, gestand ich ehrlich.

»Was?«

Ich zuckte mit den Schultern. »Wenn wir Urlaub gemacht haben, dann nur in schicken Hotels. Meistens hatten meine Eltern so viel mit der Arbeit zu tun, dass Odette und ich nur zuhause waren.«

»Meine Eltern hatten nie viel Geld für Urlaub übrig«, begann Valentin zu erzählen, als wir die kleine Bucht erreichten. »Meine Mutter war lange zu Hause, nachdem sie mich und meine Schwester bekommen hat. Sie hatte nur ein paar Gelegenheitsjobs. Mein Vater hat zwar nicht schlecht verdient, doch das Geld ist beinahe komplett in die Hypothek des Hauses geflossen. Meinem Onkel gehört der Campingplatz hier. Wir waren jeden Sommer da und oft an den Wochenenden. Deswegen dürfen wir auch allein hier hinten zelten und müssen uns nicht wie die Sardinen auf den Hauptplatz quetschen.«

Valentins Beschreibung klang so bodenständig und obwohl ich seine Familie nicht kannte, waren sie mir direkt sympathisch. Ich fragte mich, warum er sich ausgerechnet einen so extravaganten Beruf wie Modedesigner ausgesucht hatte.

Valentin stellte die Kühlbox und das Zelt ab, griff nach meiner Hand und führte mich zum Ufer der Bucht. Glitzernd spiegelte sich die Sonne im See und erinnerte mich an unseren Tag am *Lac Inférieur*. Und doch war hier alles anders. Es fühlte sich an, als wären wir inmitten der Natur, die Vögel zwitscherten und die Ruhe nahm meine lauten Gedanken ein.

Ich schloss die Augen und ließ alles auf mich wirken. Dieser Ort gefiel mir. Er war friedlich und die Anspannung, die mich in Paris umgab, fiel völlig von mir ab.

Valentin zog mich in seine Arme und ich öffnete die Augen. »Was hältst du davon, wenn wir hier einfach Candy und Valentin sind? Zwei Menschen, die ihren Leben für ein Wochenende entfliehen.«

»Das klingt gut, sehr gut sogar.«

Lächelnd beugte sich Valentin zu mir und hauchte mir einen Kuss auf die Lippen. Er fühlte sich an wie nach Hause kommen.

Zwölf

Nachdem wir gemeinsam das Zelt aufgebaut hatten, breitete Valentin eine Decke auf dem schmalen Strandabschnitt aus und deutete mir an, neben ihm Platz zu nehmen.

Mittlerweile versteckte sich die Sonne hinter einigen aufkommenden Wolken, doch es war noch immer drückend heiß.

Mein Blick wanderte über das Wasser vor mir. Stefanie wäre sofort hineingesprungen, ohne sich Gedanken darüber zu machen, was jemand zu ihrem Körper sagen würde. Obwohl hier keine anderen Menschen waren, würde ich mich niemals ausziehen und baden gehen. Zu groß war die Scham, mich Valentin zu zeigen.

»Worüber denkst du nach?«, fragte er und ich zuckte mit den Schultern.

»Nichts.« Ich versuchte, meine Bedenken wegzulächeln.

»Das glaube ich dir nicht.«

Natürlich nicht, dachte ich resigniert.

»Das ist ein sicherer Ort, Candy, du kannst mit mir über alles sprechen.«

Ich kniff die Lippen fest aufeinander. Meine Finger gruben sich in den groben Sand.

»Nichts, es ist nur ... ich war schon ewig nicht mehr schwimmen.« Ich stockte. Warum hatte ich das gesagt?

Valentin lehnte sich zurück und betrachtete mich neugierig.

»Es ist ganz leicht. Du ziehst im Zelt Badesachen an und springst ins Wasser«, schmunzelte er.

Ich bereute, dass ich meine Gedanken ausgesprochen hatte. Warum hatte ich nicht den Mund gehalten?

»Ich beweise es dir.« Valentin sprang auf und war im Begriff, sein Shirt auszuziehen.

»Hör auf, ich werde nicht ins Wasser gehen«, flüsterte ich. »Glaubst du wirklich, ich präsentiere dir meine Speckrollen, während du mir deinen perfekten Körper unter die Na...«

»Halt die Luft an«, schnitt Valentin mir das Wort ab und hockte sich vor mich.

»Wa-was?«, stammelte ich und war aufgrund unserer plötzlichen Nähe irritiert.

Er legte eine Hand auf meine Wange und zwang mich, ihn anzusehen. »Wann begreifst du endlich, dass es mich nicht interessiert, wie groß oder klein du bist, ob du schlank oder curvy bist, oder ob du Speckrollen hast. Du bist wunderschön, so wie du bist, weil du einzigartig bist. Candy, es gibt keine perfekten Menschen.«

Ich schluckte schwer. »Du bist ziemlich perfekt«, brachte ich leise hervor.

»Woran machst du das fest? An meiner Figur? Meiner Kleidung, meiner Ausstrahlung?«

Peinlich berührt schob ich seine Hand von meiner Wange und senkte den Blick. Warum verschlimmerte ich immer alles?

»Lass uns einen Deal machen, okay?« Valentin setzte sich zurück auf die Decke.

»Was meinst du?«

»Du ziehst dir im Zelt ein paar Sachen an, mit denen du baden gehen willst. Ich bleibe hier sitzen. Wenn du so weit bist, halte ich mir die Augen zu, bis du im Wasser bist, wenn du dich damit sicherer fühlst. Du allein entscheidest, wann ich zu dir ins Wasser kommen darf.«

Der Vorschlag klang nicht schlecht. »Was soll uns das bringen?«

»In erster Linie Sicherheit für dich. Und jetzt ab ins Zelt mit dir.«

Ich zögerte einen Moment, stand aber schließlich auf und marschierte ins Zelt. Ich zog meinen Rucksack zu mir und öffnete ihn. Weil ich nicht wusste, wo es hinging, hatte ich keine Badesachen eingepackt – abgesehen davon, dass ich keine besaß. Ich zog ein schwarzes, ärmelloses Top heraus, in denen ich oft schlief, genauso wie eine gleichfarbige Panty.

Bevor mich der wenige Mut verließ, den Valentin mir gemacht hatte, zog ich mich um und öffnete den Reißverschluss des Zeltes.

»Ich bin so weit«, rief ich Valentin zu und er legte die Hände vor die Augen. Unsicher trat ich heraus und blickte an meinen nackten Beinen nach unten. Weil ich sie hasste, versteckte ich sie im Sommer immer in langen Jeans.

Schnell lief ich an Valentin vorbei.

»Nicht schummeln«, erinnerte ich ihn.

»Das würde mir im Traum nicht einfallen.«

Es erleichterte mich, dass er sich für den Platz an der Bucht entschieden hatte. An den Hauptstränden des Campingplatzes hätte ich mich niemals auf diesen Versuch eingelassen.

Als ich an Valentin vorbeiging, kontrollierte ich, ob er nicht zwischen den Fingern hindurchschielte. Er hielt sich an sein Versprechen. Ich holte tief Luft und meine Füße tauchten in das frische Seewasser. Langsam schritt ich hinein. Es war im ersten Moment kalt, doch je mehr ich mich daran gewöhnte, umso angenehmer fühlte es sich auf meiner Haut an. Ich ging weiter hinein, bis mein Körper bis zu meinen Brüsten unter Wasser war.

Am Strand hielt Valentin sich nach wie vor die Augen zu.

Das war die letzte Chance, einen Rückzieher zu machen. Ich konnte noch immer aus dem Wasser stürmen.

Aber wollte ich das?

»Valentin, du ...« Ich räusperte mich. »Du kannst!«, rief ich ihm mit fester Stimme zu. Er schenkte mir ein sanftes Lächeln und stand von der Decke auf.

»Bist du sicher?«, fragte er und öffnete den Knopf seiner Hose.

Unsicher nickte ich und er streifte sie sich von den Beinen. Ich kniff die Lippen aufeinander, mein Blick hing an ihm und versuchte, jeden Zentimeter einzufangen.

Valentins Füße berührten das Wasser und er kam näher zu mir. Der Saum seines Shirts sog sich voll. Warum zog er es nicht aus?

»Weißt du, was einen augenscheinlich perfekten Menschen ausmacht, Candy?«, fragte er leise und blieb dicht vor mir stehen.

Ich schüttelte den Kopf.

»Dass er mit sich selbst, mit seinem Leben, mit seinem Aussehen und sogar seinen Makeln im Reinen ist. Er verurteilt sich nicht für etwas, das er ohnehin nicht ändern kann. Er nimmt sich an, wie er ist.«

Stumm sah ich Valentin in die Augen.

»Wie soll man sich akzeptieren und annehmen, wenn andere Leute einem immer wieder vorhalten, was an einem falsch ist?«

»Indem man lernt, es zu überhören und nicht an sich heranzulassen. Es ist dein Leben, Candy, nicht das der anderen. Sich selbst zu akzeptieren, ist schwierig, gerade wenn man in einer Branche arbeitet und aufwächst, in der es nur um unrealistische Schönheitsideale geht.«

»Du hast bestimmt nie ein männliches Model angesehen und dir seine Figur gewünscht.« Meine Bemerkung klang bissiger, als beabsichtigt und tat mir sofort leid.

Valentin senkte den Blick. Anstatt mir zu antworten, streifte er sich sein Shirt über den Kopf. Mein Blick wanderte über seinen Oberkörper und ich hielt den Atem an.

»Doch, das habe ich. Sehr oft sogar.«

Ich öffnete die Lippen leicht, kein Ton verließ meinen Mund. Stattdessen legte ich die Finger auf Valentins Brust, zog mit den Fingerspitzen die Brandnarben auf seiner Haut nach.

Stumm sah er mich an, ließ meine Berührung geschehen.

»Niemand ist perfekt, Candy, nur die Art, wie man damit umgeht, macht den Unterschied. Mit einer schlanken Figur oder einer makellosen Haut bist du nicht glücklicher, wenn du dich selbst nicht liebst. Nicht deine Figur ist der Makel, sondern der Selbsthass, mit dem du dir Tag für Tag begegnest.«

Ich schluckte schwer.

»Sei ehrlich: Ändern meine Brandnarben etwas an den Gefühlen, die du für mich hegst?«

Ich schüttelte den Kopf. »Nein«, hauchte ich.

»Warum kannst du mich annehmen, mit allen Ecken und Kanten, und dich selbst nicht?«

Tränen sammelten sich in meinen Augen. Valentin hatte recht. Ich wünschte, ich könnte so empfinden. Aber es ging nicht. Er konnte seinen Makel unter Kleidung verstecken. Ich trug meinen tagtäglich zur Schau.

Ja, vielleicht existierte mein Problem nur in meinem Kopf. Doch das änderte nichts an meiner toxischen Umgebung.

»Candy, hey ...«

Valentin legte eine Hand auf meine Wange. Meine Schutzmauer hatte in den letzten Minuten einen gewaltigen Riss bekommen, dennoch erlaubte ich Valentin, einen Blick dahinter zu werfen. »Du hast recht, mit allem«, hauchte ich. »Doch ich werde nicht von heute auf morgen ein neuer Mensch. Es ist schwer.«

»Das weiß niemand besser als ich, Candy.« Valentin machte einen Schritt auf mich zu und legte die Arme um mich. Seine Berührung ließ mich zusammenzucken. Doch anstatt mich loszulassen, verstärkte er seinen Griff und gab mir so Halt. Er zog mich näher zu sich, hauchte mir einen

Kuss auf die Stirn, auf die Wange und schließlich auf die Lippen.

»Wenn du es zulässt, helfe ich dir, zu verstehen, was für ein wunderbarer Mensch du bist.«

»Ich weiß nicht … Ich …«

Lautes Donnern zerriss die Stille und Valentin und ich drehten die Köpfe zur Seite. Von Süden her zog eine schwarze Wolkenwand auf. Ein weiteres Grummeln erklang.

»Wir sollten aus dem Wasser gehen«, sagte Valentin, strich mir noch einmal über die Wange und lief los. Als er bemerkte, dass ich mich nicht bewegte, drehte er sich zu mir um und streckte mir die Hand entgegen. Mein Herz hämmerte in meiner Brust und die Gedanken wirbelten durch meinen Kopf. Sobald ich das Wasser verließ, würde das Top an meinem Bauch kleben und alles offenbaren, was ich mühevoll verstecken wollte. Valentin würde alles sehen!

»Candy«, flüsterte er und seine Augen nahmen eine hoffnungsvolle Nuance an, »sei mutig.«

Mut? Was war das überhaupt? Der Begriff dafür, etwas zu tun, was man nicht wollte?

In mir sträubte sich alles. Doch als ein weiterer Donnerschlag die Luft zum Vibrieren brachte, wollte ich nur noch schnell aus dem Wasser heraus. Entschlossen griff ich nach seiner Hand und er drückte sie fest, dann rannten wir ans Ufer. Valentin drehte sich zu mir und sein Blick wanderte über meinen Körper. Meine Wangen brannten und am liebsten wäre ich vor Scham im Erdboden versunken.

»Sieh mich nicht an, als würden meine Blicke dich foltern.« Er legte eine Hand auf meine Hüfte und zog mich näher zu sich.

»Das tun sie«, brachte ich angespannt hervor.

Als Valentin meinen Widerstand bemerkte, löste er sich leicht von mir. »Du entscheidest«, erinnerte er mich und ich verschwand dankbar im Zelt, um mich umzuziehen.

Das Gewitter brauchte knappe zwei Stunden, bevor es uns erreichte. Valentin hatte mir angeboten, nach Hause zu fahren, doch das hatte ich abgelehnt.

Als die ersten Regentropfen fielen, räumten wir unsere Sachen ins Zelt.

»Es ist kein starkes Gewitter, aber das Regengebiet, was folgt, hängt wahrscheinlich bis in die frühen Morgenstunden über uns. Ich hätte den Wetterbericht checken sollen.« Valentin zog zwei bequem aussehende Campingmatratzen aus dem Kofferraum. »Kannst du den Beutel mit den Decken und Kissen nehmen und den kleinen dort bitte auch?«

»Natürlich.« Ich nahm beides und wir liefen zurück zum Zelt.

Valentin breitete die Matratzen in dem großen Vier-Mann-Zelt aus und nahm mir die Decken und Kissen ab. Innerhalb kürzester Zeit war ein wahres Kuschelparadies entstanden.

»Komm rein«, grinste Valentin. Ich reichte ihm den zweiten, kleineren Beutel, schlüpfte aus meinen Schuhen und setzte mich neben ihn.

»Was ist da drinnen?«, wollte ich neugierig wissen.

»Lichterketten für später.« Er zog die erste heraus und begann, sie zwischen die Streben des Zeltes zu wickeln. Ich half ihm.

Der Regen nahm zu und prasselte auf die Zeltplane. Eine frische Brise wehte über den See und ich rieb mir über die Arme. Ein Blitz zuckte über den Himmel, ein kräftiger Donnerschlag folgte.

Dank des Waldstücks waren wir geschützt, dennoch war mir die Sache nicht geheuer.

»Noch können wir ins Auto gehen«, murmelte Valentin, der meinen sorgenvollen Blick bemerkt haben musste.

»Nein, nein. Lenk mich einfach ab.« Erst jetzt realisierte ich, dass auch seine Oberarme von Narben gezeichnet waren. Plötzlich übermannte mich ein Gefühl von Schuld. Ich war vorhin so auf mich fixiert gewesen, dass ich ihn nicht gefragt hatte, wie es überhaupt dazu gekommen war.

»Was ist?« Valentin legte eine Hand auf meine.

»Ich bin egoistisch«, seufzte ich laut. »Woher stammen die Narben?«

»Als ich dreizehn Jahre alt war, brannte mein Elternhaus ab«, begann er leise. Sein Gesichtsausdruck verriet mir, dass die Erinnerung ihn immer noch schmerzte. »Meine Eltern waren bei Freunden zum Abendessen eingeladen und ich habe auf meine zwei Jahre jüngere Schwester Lynn aufgepasst. Wir hatten einen schönen Abend. Mom hatte uns etwas zu essen vorgekocht, wir haben Filme geschaut und im Wohnzimmer eine Höhle aus allen möglichen Kissen und Decken gebaut, in der wir unbedingt übernachten wollten.«

Ein sanftes Lächeln zog bei der Erinnerung über seine Lippen.

»Wir sind früh eingeschlafen und haben nicht bemerkt, dass der Fernseher einen Kurzschluss hatte. Die Flammen haben sich rasend schnell ausgebreitet. Ich habe mich und Lynn befreit und nach draußen gebracht.«

Valentin senkte den Blick.

»Lynn hat geweint und geschrien, ihre Verletzungen waren übel, sie verlor auf dem Rasen vor dem Haus das Bewusstsein. Ich habe gar nicht realisiert, dass ich ebenfalls schwerste Verbrennungen erlitten hatte, sondern bin zu den Nachbarn gerannt und habe um Hilfe gebeten. Sie haben die Feuerwehr und den Rettungswagen gerufen. Wir hatten Glück, dass ich rechtzeitig wach geworden bin. Ansonsten … wären wir verbrannt.«

Ich schluckte schwer und kämpfte gegen die Tränen. »Das tut mir so leid, Valentin.«

Er wischte mir eine Träne von der Wange, rutschte näher zu mir und küsste mich sanft. »Das muss es nicht. Es war eine dumme Laune des Schicksals, die mich selbst nach all der Zeit vor allem eine Sache gelehrt hat. Wir haben nur dieses eine Leben, Candy, und wir sollten es nicht damit verschwenden, unrealistischen Schönheitsidealen nachzulaufen.«

Erneut fanden seine Lippen meine und ich sank ihm entgegen. Ich war es nicht gewohnt, dass ein Mensch mich so emotional fordern konnte. Den gesamten Tag über schickte Valentin mich durch eine Achterbahn der Gefühle und versuchte, mir deutlich zu machen, dass ich mir selbst schadete und dass es so viele Dinge gab, für die ich dankbar sein konnte. Er wollte meinen Mut hervorkitzeln, mein Strahlen.

Ich löste den Kuss, weil ich mit meinen Gedanken nicht bei der Sache war, und fühlte mich miserabel. Valentin war nur knapp mit dem Leben davongekommen und trug die Erinnerungen daran täglich mit sich herum. Er jammerte nicht, machte sich selbst nicht schlecht und kämpfte. Ganz im Gegensatz zu mir.

»Danke, dass du es mir erzählt hast«, brachte ich leise hervor.

»Dafür musst du dich nicht bedanken. Ich kann es nicht in Worte fassen, Candy, du bedeutest mir nach dieser kurzen Zeit schon so unglaublich viel, dass ich dir alles über mich erzählen möchte.«

»Warum tust du es dann nicht?«, scherzte ich. »Warum hast du Modedesign studiert, wenn du nichts von Schönheitsidealen hältst?«

Valentin schmunzelte. »Das ist in der Tat ein Widerspruch. Lass mich ehrlich sein, ich möchte nicht für den Rest meines Lebens für deine Schwester arbeiten. Mein Traum ist es, ein eigenes Label zu gründen und Mode zu entwerfen, die zu jedem passt, völlig unabhängig von Alter, Größe oder Gewicht. Mode, die ausdrückt, wer du bist und die dich nicht in ein bestimmtes Ideal zwängt.«

»Warum hast du noch kein Label gegründet?«

»Weil mir das Startkapital fehlt und ich mir zunächst einen Namen in der Branche machen möchte. Seit dem Studium habe ich bereits für zwei andere hochrangige Designer in Frankreich gearbeitet, weswegen deine Schwester mich vermutlich eingestellt hat.«

»Warum hast du bei den anderen aufgehört?«

»Ich hasse Stillstand, möchte mich immer weiterentwickeln und neue Dinge dazulernen. Sobald ich gemerkt habe, dass ich mich festgefahren habe oder es nicht voranging, bin ich gegangen. Das klingt komisch, oder?«

»Nein, ganz und gar nicht. Du bist zielstrebig, das ist gut.« Ich lächelte gequält und ließ mir nicht anmerken, dass mir dies auch Sorgen bereitete. Wenn Odette nur ein Sprungbrett für seine Karriere war, was war ich dann? Ein Sprungbrett für Odettes Anerkennung? Ein Zeitvertreib während seines kurzen Zwischenstopps im Label *Medeaux*?

Valentin wusste genau, was er wollte und wie er es bekommen konnte. Was würde ihm eine Beziehung mit mir bringen?

Odette und ich hatten kein gutes Verhältnis und auch sonst hatte ich nichts zu melden, wenn es um das Label ging. Das wusste er.

Ein heftiger Donnerschlag riss mich aus meinen Gedanken und ließ mich zusammenzucken.

»Das war nah«, flüsterte Valentin und ich nickte ängstlich. Er legte die Arme um mich und ich kuschelte mich eng an ihn.

Trotz all meiner Sorgen konnte ich nicht leugnen, was ich für ihn empfand. Ich hatte mein Herz längst an Valentin verloren.

Das Gewitter verzog sich wie vorhergesagt schnell, doch der Regen blieb und prasselte beruhigend auf die Zeltplane.

Valentin und ich redeten lange. Ich erzählte ihm von meinem Studium und was mich daran so begeisterte. Er ließ mich an den Plänen für sein Label teilhaben.

Die Lichterketten spendeten sanftes Licht und die Müdigkeit griff nach mir. Beruhigend strich Valentin mir über den Arm.

»Bist du müde?«, erkundigte er sich und ich gähnte leise.

»Genügt das als Antwort?« Ich lächelte und richtete mich vorsichtig auf. Eine Haarsträhne löste sich aus dem lockeren Knoten und fiel in mein Gesicht. Valentin strich sie mir behutsam zurück und löste dabei geschickt den Haargummi. Meine Locken, die das Wasser hervorgekitzelt hatten, legten sich über meine Schultern.

»Ich mag deine Locken«, hauchte er, doch ich kniff verunsichert die Lippen aufeinander. Er hatte ein ausgesprochenes Talent dafür, alle Dinge, die ich an mir selbst nicht leiden konnte, innerhalb weniger Stunden zur Sprache zu bringen. »Warum glättest du sie immer?«

»Weil ich mich damit sicherer fühle«, antwortete ich ehrlich. »Mit Locken bin ich angreifbar.«

»Warum?«, hakte er nach.

Ich zuckte mit den Schultern. »Es ist ein Grund weniger, über den die Leute herziehen können. Meistens sehen meine Haare morgens aus wie ein Vogelnest«, scherzte ich. »Mir fehlt der Mut, zu ihnen zu stehen. Ich hatte immer das Gefühl, sie passen nicht zu mir.«

Leicht schüttelte Valentin den Kopf. »Manche Frauen würden für deine Locken töten.«

»Und ich für glattes Haar.«

»Sollen wir das Licht ausmachen?«, fragte Valentin und ich nickte. Bis auf die eine unter dem Vordach, die als schwaches Nachtlicht brannte, schalteten wir die Lichterketten aus. Ich kuschelte mich wieder an seine Seite. Seine Hand strich über meinen Rücken, während er die andere auf meine Wange legte und mich sanft küsste.

Vorsichtig, beinahe so, als könne er mich verletzen, tastete Valentin sich meinen Körper entlang. Sofort verspannte ich mich und hielt den Atem an.

Als er bemerkte, dass ich mich von ihm zurückzog, hielt er inne und betrachtete mich. Ich konnte seine verunsicherten Gesichtszüge in der Dunkelheit nur erahnen.

»Ist alles okay?«

Ich schluckte schwer. »Ja, ich ...«, stammelte ich.

»Du entscheidest«, erinnerte er mich und ich musste unweigerlich lächeln. Trotz unserer Nähe ließ Valentin mir genügend Freiraum.

»Es ist okay«, versicherte ich ihm und drängte meine Zweifel beiseite. Behutsam legte er seine Lippen erneut auf meine und lenkte seine Finger vorsichtig unter mein Shirt. Er berührte meinen Bauch, tastete sich zu meinem BH und stoppte vor meinen Brüsten. Als ich ihn nicht davon abhielt, umschloss er sie mit seinen Händen und ich hielt den Atem an.

Er küsste mich, unsere Zungen fanden einander für ein leidenschaftliches Spiel, als er sich aufrichtete und mich mit ihm nach oben zog. Unendliche Sekunden lang blickten wir uns einfach nur an, bevor er sich sein Shirt über den Kopf zog. Ich zögerte, doch Valentin machte es mir unendlich leicht.

Er ergriff den Saum meines Shirts, vergewisserte sich mit einem Blick, ob ich zustimmte, und ich nickte. Verlangend glitt sein Blick über meinen Körper.

»Du bist wunderschön«, hauchte er und ich senkte verlegen den Kopf. Mit dem Zeigefinger drückte er mein Kinn nach oben und küsste mich erneut, während er mich zu sich auf seinen Schoß zog. Ich umschlang seinen Hals mit meinen Armen, während meine Finger sich den Weg in seine Haare suchten. Unser Kuss wurde leidenschaftlicher und ich spürte, wie Valentin unter mir reagierte, während seine Hände weiterhin meinen Körper erkundeten.

Ich ließ mich fallen, vertraute Valentin und genoss seine Berührungen. Er schenkte mir die Sicherheit, die ich mir wünschte. Und obwohl es mir Angst machte, ließ ich mich auf ihn ein.

Dreizehn

Gut gelaunt setzte mich Valentin Sonntagabend vor dem Atelier ab. Die Erinnerungen an das Wochenende beflügelten mich. Wir hatten den kompletten Tag am See verbracht. Valentin schaffte es, mich auf andere Gedanken zu bringen und all die Selbstzweifel und Sorgen hintanzustellen.

Ich hatte mich frei gefühlt, akzeptiert und geliebt. Stumm hatte ich mir gewünscht, für immer an diesem See bleiben zu können. Den Sonnenschein, Valentin und unser kleines Reich – mehr brauchte ich nicht, um glücklich zu sein.

Mit einem Lächeln auf den Lippen blickte ich ihm nach und drehte mich schließlich um. Erschrocken machte ich einen Satz rückwärts, als Stefanie plötzlich vor mir stand. Sie sah mich durchdringend an und verschränkte abwehrend die Arme vor der Brust.

»Du machst nicht den Anschein, als würde es dir schlecht gehen«, bemerkte sie bissig und ich schluckte schwer. »Hast du uns versetzt, um Zeit mit Valentin zu verbringen?«

»Nein, so ist es nicht«, erwiderte ich eilig. »Lass uns nach oben gehen und ich erkläre dir alles.«

Meine Freundin schüttelte den Kopf. »Nicht nötig, so lange wird es nicht dauern. Eigentlich bin ich hergekommen, weil ich mir Sorgen um dich gemacht habe. Aber mein Besuch ist wohl überflüssig.«

Ich schluckte schwer, als sie sich an mir vorbeischieben und wieder abhauen wollte.

»Stefanie, warte«, hielt ich sie auf und griff nach ihrem Handgelenk. »Es ging mir Freitag wirklich nicht gut. Ich wollte allein sein, auch am Wochenende. Valentin hat mich gestern überrascht und ...«

»Und da dachtest du, er wird dich schon auf andere Gedanken bringen? Candy, ich freue mich für dich, wenn ihr euch gut versteht. Aber du solltest nicht vergessen, dass du auch ihn in Paris zurücklässt, wenn du nach Rom gehst. Vielleicht ist es nicht so klug, sich jetzt noch zu verlieben.«

Ich senkte den Blick. Sie hatte recht und allen Grund wütend auf mich zu sein. »Bitte, Steff, komm mit hoch und lass uns ein bisschen quatschen oder einen Film schauen.« Unsicher suchte ich ihren Blick, dessen Kälte mich völlig unvorbereitet erwischte. Sie schüttelte den Kopf.

»Tut mir leid, Candy. Ich habe das Gefühl, dass ich seit der Schulzeit dafür kämpfe, dass es dir gut geht. Versteh mich nicht falsch, ich habe das immer gern getan. Du und ich gegen Louna und ihre gehirnlose Gang – weißt du noch?« Stefanie lächelte traurig und ihre Augen glitzerten. »Aber seit einiger Zeit komme ich nicht mehr an dich heran. Du ziehst dich zurück, triffst Entscheidungen, die nicht zu dir passen, und versetzt uns.«

»Du wirst mich nicht verlieren, egal, was passiert«, flüsterte ich traurig und kam mir dabei hilflos vor.

Stefanie zuckte mit den Schultern. »Habe ich das nicht längst?« Mit diesen Worten wandte sich meine Freundin von mir ab und ließ mich stehen.

»Steff«, hauchte ich und hoffte, sie würde bleiben. Doch sie reagierte wie ich üblicherweise. Sie verschwand, wenn die Situation brenzlig wurde. Und zum ersten Mal spürte ich, wie sehr das schmerzte.

Es klopfte leise an meine Zimmertür. Ich fühlte mich erschöpft, als ich am nächsten Morgen die Augen aufschlug.

»Candy, kommst du frühstücken?« Odette steckte vorsichtig den Kopf durch die Tür, eine Geste, die überhaupt nicht zu ihr passte. Üblicherweise riss sie die Tür auf, fegte wie ein Wirbelsturm in mein Zimmer und hinterließ nichts als Verwüstung.

»Ja, gib mir fünf Minuten.« Sie nickte zufrieden und zog sich wieder zurück.

Irgendetwas stimmte mit meiner Schwester nicht und ich musste endlich herausfinden, was es war.

Ich stand auf, zog mich um und ging ins Badezimmer, um Zähne zu putzen und Haare zu kämmen. Weil ich meine Haare nach meinem Bad gestern Abend nicht geföhnt hatte und ich es nicht mochte, wenn die Locken mir im Gesicht herumhingen, band ich sie zu einem Dutt nach oben.

In der Küche erwartete mich ein bizarres Bild. Odette saß an einem üppig gedeckten Frühstückstisch. Es gab alles, was das Herz begehrte. Croissants, Toast, Aufstriche und frisches Obst. Als sie mich entdeckte, sprang sie auf und nahm den fehlenden Kaffee aus dem Vollautomaten.

»Setz dich.« Sie lächelte und stellte die Tasse vor mich. Ich stutzte. Meine Schwester lächelte? Was zum Teufel war hier los?

Skeptisch betrachtete ich sie und kniff die Augen zusammen.

»Hör auf, so zu schauen, das macht Falten. Glaub mir, das geht schneller, als du denkst«, scherzte sie und die Situation wurde immer merkwürdiger. Doch erst, als sie nach einem buttrigen Croissant griff, verlor ich vollständig den Glauben.

»Wer bist du und was hast du mit meiner Schwester gemacht?« Abwehrend verschränkte ich die Arme vor der Brust.

Odette legte mir ebenfalls ein Croissant auf den Teller. Sie wusste, dass ich sie gern aß, mir aber nie gönnte, aus Angst vor ihren Kommentaren.

»Was soll das hier?«

»Darf ich nicht mit dir frühstücken? Ist das verboten?« Sie bestrich ihr Croissant mit Marmelade und biss genüsslich hinein. Glücklich verzog sie die Lippen zu einem Lächeln. »Ich habe vergessen, wie gut die schmecken.«

»Pass auf, nicht, dass du so fett wirst wie ich«, zischte ich. Ich dachte gar nicht daran, etwas von dem Essen anzurühren, bis ich nicht wusste, was hier gespielt wurde. War das ein Test? Wollte sie mich nach dem ersten Bissen kränken?

Seufzend legte Odette das Croissant nieder. »Bitte, iss. Das ist kein Hinterhalt. Ich möchte in Ruhe mit dir frühstücken und dann mit dir ins Atelier gehen, um dir dein Kleid für die Spendenveranstaltung zu zeigen.«

Daher wehte der Wind. Sicher wollte sie mich im Atelier vor allen, und besonders vor Louna, bloßstellen.

Während sie weiter aß, legte ich mir trotzig etwas Obst auf den Teller und nippte ich an meinem Kaffee. Nachdem ich das Obst aufgegessen, zwei Bissen von dem Croissant genommen und den Kaffee ausgetrunken hatte, stand ich auf.

Ich glaubte ihr nicht. Odette hatte mich zu Ernährungsberatungen geschleift, hatte zugelassen, dass ich mich wie eine komplette Versagerin fühlte, nur weil ich trotz strenger Diät nicht abgenommen hatte.

Was sollte diese gespielte Nettigkeit jetzt? Darauf konnte ich verzichten.

»Candy, kommst du in einer halben Stunde ins Atelier?«

»Ja«, brummte ich und stellte mich darauf ein, lächerlich gemacht zu werden.

Wie üblich betrat ich das Atelier durch das Stofflager. Ich begrüßte Èva und die anderen und steuerte den Schneiderraum an. Als Nic mich entdeckte, marschierte er direkt auf mich zu und schloss mich kommentarlos in die Arme.

»Du lebst noch, wow«, scherzte er, während ich mich nach Valentin umsah.

»Ja, tut mir leid, dass ich mich Freitag nicht gemeldet habe.«

Er machte eine abwinkende Handbewegung. »Lass uns in Ruhe darüber reden, okay? Heute Abend bei mir? Sushi, Rotwein und *Pretty Little Liars*?«

»Wird Stefanie auch kommen?«

Nic schüttelte den Kopf und verzog angespannt den Mund. »Nein, sie ist enttäuscht«, seufzte er. Plötzlich realisierte ich, dass da noch mehr war.

»Was ist los, Nic?«

Er schüttelte leicht den Kopf. »Heute Abend, okay?« Er küsste mich auf die Wange und ging zurück zu seinem Platz.

»Wow, ich liebe das Design«, hörte ich Louna übertrieben sagen und wandte mich um. Sie klammerte sich an Valentins Arm fest und blickte ihm über die Schulter. »Ich wünschte, ich könnte es am Freitag bei der Spendenveranstaltung tragen.«

Mein Magen knotete sich zusammen.

»Das werde ich leider nicht schaffen«, lachte er und schob Louna behutsam von sich. Warum ging er immer noch so vertraut mir ihr um, obwohl er unsere Vergangenheit kannte?

»Schade, vielleicht für einen anderen Anlass. Was hältst du davon, wenn wir heute Abend essen gehen? Dieses süße Restaurant in Montmartre, wie hieß das noch gleich?« Sie setzte sich auf den Schneidertisch, schwang elegant die schlanken Beine übereinander und warf ihr blondes Haar zurück.

Mein Körper gehorchte mir nicht. Die Szene, die sich mir bot, war absurd und erleuchtend zugleich, obwohl Valentin keinen Fehler machte.

»*Maison la vie*«, antwortete er.

»Genau, wir waren ewig nicht mehr dort.« Lounas Augen strahlten. Sie klimperte mit den falschen Wimpern und mir wurde speiübel.

Ich wollte seine Antwort nicht hören, dabei kannte ich sie. Niemand konnte dem Charme meiner Cousine widerstehen und natürlich würde Valentin sie begleiten und ...

Schnell steuerte ich auf Odettes Büro zu, das Rauschen in meinen Ohren wurde unerträglich laut. Ich riss die Tür auf, ignorierte, dass sie telefonierte, und sank mit leerem Blick auf den Stuhl vor dem Schreibtisch.

»*Oui*, Monsieur LaGarre, der Empfang beginnt ab sechzehn Uhr.« Odette nickte. »Ich freue mich auf Sie. *Au revoir.*« Meine Schwester legte das Telefon weg.

»Alles in Ordnung? Ist dir wieder schwindlig? Du hättest mehr essen sollen ...«, plapperte sie ganz untypisch. War das Sorge in ihrem Blick?

Ich schüttelte den Kopf. »Nein, alles bestens. Lass uns die Anprobe hinter uns bringen.«

»Na dann, komm.« Odette führte mich in ihren privaten Kreativraum, der als einziger vor den Blicken der anderen geschützt war. Ich stutzte. Üblicherweise musste ich mein Kleid für die Spendenveranstaltung immer im offiziellen Vorführraum anprobieren, vor den schonungslosen Blicken aller.

Ich hinterfragte Odettes Verhalten nicht, wappnete mich stattdessen auf das Kleid, das wie jedes Jahr zwicken und spannen würde, obwohl sie vor einigen Wochen meine Maße genommen hatte.

Odette hatte sich nie viel Mühe mit meinen Kleidern gegeben und scheute sich nicht, mir unter die Nase zu reiben, dass sie solche *Säcke* nicht entwerfen konnte. Ich rechnete mit dem Schlimmsten.

Im Raum standen drei Modepuppen. Das linke Kleid war champagnerfarben und besaß ein wunderschön gefertigtes Spitzenoberteil. Es wirkte durch den geraden Schnitt und das bodenlange Rockteil elegant und elfenhaft. Das war eindeutig Odettes Kleid. In der Mitte hing ein kurzes, apricotfarbenes Cocktailkleid mit Strasssteinen und einigen Spitzenapplikationen. Es war durch die Corsage sexy und gleichzeitig verspielt. Eindeutig etwas für Louna.

Ich fixierte mein Kleid und traute meinen Augen nicht. Ich ging darauf zu, berührte die langen Spitzenärmel, den dunkelblauen, bodenlangen Stoff und das Seidenband an der Taille. Es war wunderschön.

»Gefällt es dir?« Odette trat lächelnd an mich heran. Schon wieder.

»Das sage ich dir, wenn ich es anprobiert habe.«

Meine Schwester nickte und zog das Kleid von der Modepuppe. Sie reichte es mir und ich zog mich um. Als ich aus der Umkleide trat und mich vor den wandhohen Spiegel stellte, traute ich meinen Augen nicht. Odette kam auf mich zu und zog den Reißverschluss nach oben. Er ging zu. Das Kleid war an der Taille sogar etwas zu weit.

Stumm betrachtete ich mich im Spiegel und konnte nicht glauben, dass meine Schwester ein Kleid entworfen hatte, dass meiner Figur schmeichelte. Das Seidenband betonte meine Kurven, ohne aufzutragen. Die Spitzenärmel kaschierten meine Arme, das Rockteil bedeckte meine Beine.

Ich drehte mich und musterte den V-förmigen Rückenausschnitt. An meinem Hintern trug das Kleid etwas auf, dennoch fühlte ich mich wohl.

»Du siehst wunderschön aus, Candice«, hauchte Odette. Sie zupfte an dem Stoff. »Ein paar winzige Änderungen, dann sitzt das Kleid perfekt. Und? Wie gefällt es dir?«

Ich betrachtete Odette durch den Spiegel.

»Ich frage es dich noch einmal: Wer bist du und was hast du mit meiner Schwester gemacht?«

»Auch wenn du es mir nicht glaubst, ich liebe dich.«

»Du hast eine komische Art, das zu zeigen.«

»Ich arbeite daran, versprochen.«

Sie lachte leise, legte die Arme um meine Schultern und zog mich zu sich. So viel Nähe war ich von ihr nicht gewohnt, doch es fühlte sich überraschend gut an.

Vierzehn

Als ich Odettes Büro verließ, hing Louna weiterhin wie eine Klette an Valentin.

»Louna, ich würde gern in Ruhe arbeiten.«

»Du Spielverderber.« Sie stellte sich auf die Zehenspitzen und küsste ihn auf die Wange. »Ich freue mich auf heute Abend.«

»Ich habe dir gesagt, dass ...«

Sie schnitt ihm mit einer abwinkenden Handbewegung das Wort ab. »Ich freue mich«, flötete sie und marschierte geradewegs auf mich zu.

»Geh zur Seite, Walross«, knurrte sie und schob mich von der Bürotür weg.

Ich atmete tief durch und kämpfte gegen mein brennendes Herz. Würde es jemals aufhören, wehzutun?

Mit gesenktem Blick steuerte ich an Valentin vorbei, in der Hoffnung, dass er mich wie vorhin nicht bemerkte. Doch das Glück war nicht auf meiner Seite.

»Candy, hey.«

Ich tat so, als hätte ich ihn nicht gehört und schlüpfte durch die Tür zum Lager.

»Candy.« Valentins Hand schloss sich um mein Handgelenk und ich drehte mich langsam zum ihm um.

»Hey«, brachte ich leise hervor.

»Ist alles okay bei dir?« Er legte die Stirn in Falten.

»Ich weiß nicht, ist alles okay?«, fragte ich. »Oder stehe ich Louna und dir im Weg?« Ich verstand nicht, woher meine Wut und meine plötzliche Eifersucht kamen.

Er öffnete den Mund leicht. »Keine Ahnung, was du mitbekommen hast, aber ich gehe nicht mit Louna essen.«

»Ach nein? Dann wird sie heute Abend wohl allein im *Maison la vie* sitzen.«

»Und wenn schon, das interessiert mich nicht. Was soll das, Candy?«

»Es wird immer Frauen wie Louna geben, die versuchen werden, dir den Kopf zu verdrehen. Ich weiß nicht, was das zwischen euch beiden ist, doch es macht mir Angst.« Ich schluckte schwer. »Letztes Mal im *La Nuit Noire* hat sie mir gedroht, dass ich die Finger von dir lassen soll. Was denkst du passiert, wenn sie herausfindet, wie nah wir uns bereits gekommen sind?«

Ich blendete die Frauen im Lager völlig aus. Èva holte tief Luft. Im Augenwinkel sah ich, wie sie die anderen hinausschickte.

Valentin senkte enttäuscht den Kopf. »Du willst es nicht begreifen, oder? Andere Frauen interessieren mich nicht, genauso wenig wie Louna. Sie geht mir auf die Nerven.«

Tränen stahlen sich in meine Augen. Ich glaubte ihm kein Wort. Wahrscheinlich war das ein krankes Spiel, um mir vor der Abreise nach Rom noch einmal richtig zu zeigen, dass ich hier nicht gewollt war.

»Wenn du wirklich glaubst, dass ich dir etwas vormache, dann …«

»Dann was, Valentin?«

Ich war auf Streit aus, das spürte er, deswegen wandte er sich ab und verließ ohne ein weiteres Wort das Stofflager.

Leise schluchzend lehnte ich mich an den hohen Arbeitstisch in der Mitte des Raumes und umschlang meinen Körper mit den Händen.

»Schätzchen …« Èva trat an mich heran und umarmte mich fürsorglich. »Wenn du immer nur um dich schlägst, erwischt du oft die Falschen.«

Èvas Worte hingen mir noch nach, als ich am späten Nachmittag bei Nic ankam. Mein bester Freund lebte in der *Avenue de New York*, die nicht nur direkt an der Seine gelegen war, sondern auch einen einzigartigen Blick auf den Eiffelturm bot. Er bezahlte zwar eine Unmenge an Miete und hatte damals großes Glück gehabt, die Wohnung überhaupt zu bekommen, aber ich beneidete ihn jedes Mal, wenn ich zu Besuch war.

Nachdem Nic mich ins Haus gelassen hatte, lief ich die Treppen nach oben in den dritten Stock. Mein bester Freund umarmte mich, doch sein forschender Blick sagte mir, dass ihm die Auseinandersetzung zwischen Valentin und mir nicht entgangen war.

»Lass uns auf den Balkon gehen. Ich brauche ein bisschen Eiffelturm-Entspannung und Wasserglitzern.«

»Ich kümmere mich um den Wein.« Nic zwinkerte mir zu, bevor ich im Wohnzimmer durch die Balkontür trat. Mit dem Blick fing ich den Eiffelturm ein, das Wahrzeichen von Paris, das so vielen Menschen ihr Herz gestohlen hatte. Ich verband mit dem Turm das Gefühl von Heimat und gleichzeitig große Erwartungen. Man versprach sich hier Freiheit, Romantik, Glamour.

Nic kam zu mir auf den Balkon, stellte die Gläser und den Rotwein ab und entkorkte ihn. »Wie viele Flaschen werden wir heute brauchen?«, fragte er breit grinsend und ich zuckte mit den Schultern.

»Das kommt darauf an, ob ich heute bei dir übernachten darf.«

»Selbstverständlich.«

»Dann mindestens vier. Fünf sind wahrscheinlicher. Oder sechs – je nachdem, welches Problem Stefanie mit mir hat.«

»Gut, dass ich meinen Vorrat erst aufgefüllt habe.« Nic reichte mir mein Glas. »Auf uns selbst«, prostete er mir zu und ich stieß mein Glas gegen seines.

Der fruchtige Wein rann meine Kehle hinab, gab mir jedoch nicht das Gefühl von Freiheit, das ich mir wünschte.

»Also, von vorn. Was war los bei dir?«

Ich atmete lange aus, bevor ich Nic alles der Reihe nach erzählte. Angefangen beim Nachmittag im Kinderheim mit Valentin, Lounas Sticheleien im *La Nuit Noire*, bis hin zu meinem Ohnmachtsanfall im Stofflager und dem gemeinsamen Zeltwochenende.

Ich ließ nichts aus und Nic hörte mir aufmerksam zu. Weil ich mir allen Frust von der Seele reden musste, erzählte ich ihm auch von dem Telefonat zwischen meiner Mutter und Odette, sowie ihrem merkwürdigen Verhalten in den letzten Tagen und dem traumhaftschönen Kleid, das sie für mich entworfen hatte.

»Das Kleid ist wirklich bezaubernd. Sie hat mich nach meiner Meinung gefragt.«

»Trotzdem stimmt mit ihr irgendetwas nicht.«

»Vielleicht hat sie realisiert, dass sie allein ist, sobald du in Rom bist.« Nic zuckte mit den Schultern.

»Pah, sie hat doch Louna.«

»Täusch dich nicht. Deine Cousine mag es anders darstellen, doch Odette wimmelt sie im Atelier ziemlich häufig ab.«

»Weswegen sie sich jetzt an Valentin klettet.« Ich verdrehte genervt die Augen, auch wenn der Gedanke schmerzte.

»Hör mal, ich habe die Sache zwischen den beiden heute mitbekommen und Valentin hat Louna deutlich abgewiesen. Du weißt, wie sie ist. Sie akzeptiert kein Nein. Aber Valentin ist ein guter Kerl, der erkannt hat, was für ein toller Mensch du bist. Hab keine Angst vor deinen Gefühlen, Candy.«

»Was soll das bringen, Nic? In ein paar Wochen werde ich in Rom sein und er hier in Paris. Wieso soll ich für etwas kämpfen, das keine Zukunft hat?«

»Dir ist es also wirklich ernst mit Rom?«

Ich nickte. »Natürlich, sonst hätte ich mich nicht beworben. Ich muss hier raus, Nic. Paris macht mich krank. Ja, mag sein, dass ich nicht plötzlich ein anderer Mensch bin, nur weil ich in einem anderen Land lebe. Doch wie soll ich mich selbst kennenlernen, wenn ich nichts riskiere? Ich muss endlich einen Schritt nach vorn machen.«

Kommentarlos prostete Nic mir zu und lächelnd stieß ich mein Glas gegen seines. Mein bester Freund würde hinter mir stehen, selbst wenn mein Entschluss uns ein halbes Jahr voneinander trennte.

Nachdem wir einen ersten Schwips hinter uns hatten, verzogen wir uns in die Wohnung, die dank der Klimaanlage angenehm kühl war.

Nic bestellte Sushi und ich freute mich darauf. Vor ihm zu essen, bereitete mir keine Probleme. Ich vertraute ihm und wusste, dass er mich nicht verurteilte, egal, was ich zu mir nahm. Der Grund, warum ich dennoch nicht aufaß, waren die bevorstehende Spendenveranstaltung und das wunderschöne Kleid, das Odette für mich angefertigt hatte. Ich wusste noch zu gut, wie fett mein Hintern darin ausgesehen hatte.

»Bist du schon satt?«, fragte Nic und starrte auf die halbe Portion, die ich übrig gelassen hatte. Ich nickte.

»Ja, irgendwie habe ich keinen Hunger. Iss ruhig.« Ich schob Nic die Packung zu und er verputzte meinen Rest in Seelenruhe. Mein bester Freund gehörte zu den Menschen, die alles essen konnten, ohne auch nur ein Gramm zuzunehmen. Immer wenn ich ihn fragte, wie er das machte, zuckte er mit den Schultern. »Ich denke einfach nicht darüber nach«, gab er mir meistens als Antwort. Verstanden hatte ich das bis heute nicht.

Während Nic aufaß, schaltete ich den Fernseher und unsere Lieblingsserie *Pretty Little Liars* ein. Während die vier Mädels versuchten, *-A* zu enttarnen, hing ich meinen Gedanken nach. Diese Mädchen waren augenscheinlich perfekt und doch kämpften auch sie mit einer Form von Mobbing und mit sich selbst. Vielleicht liebte ich die Serie genau aus diesem Grund so sehr. Die Probleme anderer zu sehen, lenkte mich von meinen eigenen ab.

»Stefanie wollte wirklich nicht wegen mir herkommen, oder?« Nach dem Ende einer Folge wandte ich mich meinem besten Freund zu.

»Nein, weil ich sie nicht gefragt habe.«

Irritiert runzelte ich die Stirn. »Weshalb? Im Atelier klang es so …«

Nic holte tief Luft und ich ahnte, dass ich gleich etwas hören würde, das mir nicht gefiel. »Nachdem du am Freitag nicht aufgetaucht bist, hat sie mir ihr Herz ausgeschüttet.«

»Was meinst du?« Irritiert betrachtete ich meinen besten Freund.

»Sie versteht nicht, warum du nach Rom gehen willst, oder warum du dich emotional zurückziehst. Es kommt ihr vor, als würdest du uns auf Abstand halten und uns gegen Valentin austauschen. Sie hasst ihn.«

Ich öffnete den Mund, wusste gar nicht, auf welche dieser Aussagen ich zuerst reagieren sollte.

»Warum?«, flüsterte ich.

»Sie glaubt, dass ein Typ wie Valentin nicht ernsthaft an dir interessiert sein kann – was absoluter Blödsinn ist. Und sie ist der festen Überzeugung, dass er und Louna etwas verheimlichen. Zumindest hätte sie das im *La Nuit Noire* gesehen.«

»Und, glaubst du das auch?«

Nic schüttelte heftig den Kopf. »Nein, da war absolut nichts, was man hätte so deuten können. Wenn du mich fragst, hat sie furchtbare Angst, dich zu verlieren. Du bist ihre Bezugsperson in Paris und es tut ihr weh, dass ihr euch in den letzten Monaten so sehr voneinander entfernt habt. Ich habe Stefanie mir gegenüber noch nie so offen erlebt, wie am Freitag. Sie hat mich gestern Abend auch weinend angerufen und mir erzählt, dass sie bei dir war.«

Ich fühlte mich schuldig und ließ den Kopf hängen. »Ich möchte euch nicht gegen Valentin austauschen und mir ist unsere Freundschaft unendlich wichtig. Es war nie meine Absicht, Stefanie oder dir wehzutun.« Ich kämpfte gegen die aufsteigenden Tränen an.

»Das habe ich Stefanie auch gesagt. Du musst dich mir gegenüber nicht erklären. Ich weiß genau, was in dir vorgeht. Seit Louna im Atelier angestellt ist, hast du begonnen, dich abzukapseln. Ich bekomme mit, wie sie mit dir umgeht, aber ich habe nicht immer die Chance einzugreifen. Das Miststück hat mich deswegen schon einmal bei Odette angeschwärzt und es so aussehen lassen, als hätte ich einen Fehler bei der Kollektion gemacht.«

Ich verstand Nic und machte ihm keinen Vorwurf deswegen.

»Es fühlt sich an wie damals in der Schule. Als würde ich in einem Loop feststecken, der alles wiederholt. Früher habe ich mich oft auf Stefanie verlassen, doch heute habe ich das Gefühl, damit allein fertig werden zu müssen.«

»Also ziehst du dich zurück«, murmelte Nic. »Wenn du ihr das erklärst, wird sie dich verstehen. Ihr müsst miteinander sprechen, sonst geht eure Freundschaft wirklich kaputt.«

Ich schluckte schwer. »Das will ich auf keinen Fall.«

Fünfzehn

Ich zog mich den Rest der Woche zurück und verließ die Wohnung nur einmal, um im Kinderheim vorbeizuschauen. Bisher hatte ich mich nicht getraut, Minon über mein Auslandssemester zu informieren. Je länger ich es herauszögerte, umso schwerer würde es jedoch werden.

Heute war der Tag der Spendenveranstaltung und ich wünschte, ich hätte diesen Freitag überspringen können.

Das Gespräch mit Stefanie schob ich vor mir her. Ich gab ihr Freiraum, wusste aber, dass ich mir nicht zu viel Zeit lassen durfte.

Auch Valentin ließ nichts von sich hören und Odette benahm sich seltsam friedlich.

Ich holte tief Luft und verließ am frühen Nachmittag die Wohnung, um ins Atelier zu gehen, wo wir uns in Odettes Kreativraum stylen lassen würden.

Die Spendenveranstaltung fand im Showroom des Gebäudes statt. Der Ablauf war wie immer der gleiche. Empfang, die Modenschau mit den Kleidungsstücken, die versteigert werden sollten, anschließend die Auktion und Small Talk mit Häppchen und Unmengen an Alkohol. Ich hasste es.

Daran würde ein schönes Kleid auch nichts ändern.

Das Stofflager und auch der Schneiderraum waren wie leergefegt. Ich ging zum Büro meiner Schwester und marschierte durch die geöffnete Tür ihres privaten Kreativraumes. Schon von Weitem hatte ich Lounas übertriebenes Lachen gehört und wäre am liebsten wieder umgedreht. Wäre ich mit Odette allein gewesen, hätte dieser Nachmittag erträglich werden können. Doch meine Cousine würde alles daransetzen, ihn mir zur Hölle zu machen.

Als meine Schwester mich entdeckte, winkte sie mich zu sich. Lounas giftiger Blick schoss in meine Richtung und sie kniff die Augen zusammen. Sie wollte mich definitiv nicht hier haben.

»Jetzt, wo wir vollständig sind, können wir anfangen. Louna, du lässt dich zuerst frisieren, Candy du gehst zum Make-up und ich probe noch einmal meine Rede, bevor ich mich umziehe.« Odette klatschte in die Hände und ich marschierte zum freien Platz vor dem Schminkspiegel.

Eine halbe Stunde später betrachtete ich mich gebannt. Meine bernsteinfarbenen Augen waren durch ein zartes Blau und einen zartgeschwungenen Lidstrich hervorgehoben wurden. Meine Haut wirkte wie die einer Porzellanpuppe, auf meinen Wangen lag ein Hauch Rouge. Meine Lippen waren mit einem matten roséfarbenen Lippenstift nachgezogen worden, der gut zu mir passte.

Odette trat hinter mich und legte mir ihre Hände auf die Schultern. Sie hatte sich in der Zwischenzeit umgezogen. Der Stoff schmiegte sich an ihre schlanke Figur und ich bewunderte die Eleganz, die das Kleid meiner Schwester verlieh.

Ich richtete den Blick auf meine Hände, die ich im Schoß gefaltet hatte.

»Gefällt dir das Make-up nicht?«, fragte Odette, die meinen Blick missverstanden hatte.

»Doch, es sieht toll aus.«

»Was ist dann los?« Sie setzte sich auf den Stuhl neben mich.

»Wahrscheinlich hat Candy gerade realisiert, dass nicht einmal die teuerste Schminke sie gut aussehen lassen wird.«

Odettes Blick schnellte in die Richtung meiner Cousine. Wut blitzte in ihren Augen auf.

»Noch so eine Bemerkung und ich streiche dich aus der Show«, knurrte sie, so aggressiv hatte ich Odette noch nie erlebt. Louna schwieg und kniff die Lippen aufeinander.

»Komm kurz mit.« Odette nahm meine Hand und zog mich auf die Beine. Sie führte mich in ihr Büro und schloss die Tür. »Ein Wort und ich setze Louna vor die Tür. Sie kann sich oben in der Wohnung fertigmachen.«

Die Verlockung war groß, dennoch schüttelte ich den Kopf. Ich wollte den Hass meiner Cousine nicht noch mehr auf mich ziehen.

»Hör mal, ich wollte mich bei dir entschuldigen.« Plötzlich griff Odette mich an den Händen und drückte sanft zu. »Ich schieße oft über das Ziel hinaus und ... du hattest mit allem recht, was du in letzter Zeit gesagt hast. Mein ganzes Leben hat sich immer nur um das Label gedreht, dabei habe ich völlig vergessen, dass du genauso wichtig bist. Ich ... ich dachte mir, dass du die Zusage für Rom bekommen hast, und deswegen wollte ich, dass die letzten Wochen noch schön werden. Wir nicht im Streit auseinandergehen.«

Odette senkte den Blick.

»Ich habe mich in den letzten Jahren nicht immer fair verhalten, das weiß ich und das tut mir leid. Ich kann es dir nicht erklären ... noch nicht. Aber bitte, lass uns den Abend heute genießen und so viel Geld wie möglich für die Kleinen sammeln. Das Kinderheim ist dein Spendenprojekt.«

Ich nickte, ein stummes Zeichen meiner Zustimmung.

»Danke. Valentin hat mir auch die Shirts gegeben, die ihr gemeinsam gestaltet habt. Ich würde die Auktion gern mit ihnen eröffnen und wünsche mir, dass du ein paar Worte zum Heim und deiner Arbeit dort sagst.«

Ich hielt den Atem an. »Ich ... ich weiß nicht, ob ich das kann.«

Es war eine Sache, während dieser Veranstaltung anwesend zu sein, eine andere vor Dutzenden von Gästen zu sprechen.

»Ich glaube an dich, Candy.«

»Bitte zwing mich nicht dazu.« Blanke Panik machte sich in mir breit. Odette seufzte, drückte meine Hände aber ein letztes Mal, bevor sie mich losließ.

»Das werde ich nicht, die Entscheidung liegt bei dir. Ich würde mich freuen. Und du kennst die Kinder und Minon am besten.« Sie schenkte mir ein aufbauendes Lächeln und deutete mir an, dass wir zurück zu Louna und den Stylisten gingen.

Während wir uns unterhalten hatten, war Louna fertig frisiert worden und hatte bereits den Platz vor dem Schminkspiegel eingenommen. Odette ließ sich frisieren, und ich schlüpfte in mein Kleid. Eine der Stylistinnen schloss den Reißverschluss. Ich hielt die Luft an. Ging er schlechter zu als noch am Montag? Hatte Odette das Kleid zu eng angepasst, oder hatte ich zugenommen?

Mir wurde flau. Ich hatte kaum gegessen, immer nur kleine Mahlzeiten am Tag. Ein bisschen Salat oder Obst. Keine fettigen Sachen, keine leeren Kohlehydrate. Nichts.

Ich trat aus der Umkleide, vermied jeden Blick in den Spiegel.

»Du siehst umwerfend aus«, sagte Odette von ihrem Platz am Frisiertisch aus.

»Wie eine Presswurst kurz vorm Platzen«, raunte Louna mir im Vorbeigehen zu und ich schluckte die Bemerkung herunter. Odette schien sie nicht gehört zu haben.

Eine halbe Stunde später musste ich mich doch betrachten, als die Stylistinnen mir den letzten Schliff verpassten. Mir fielen meine brünetten Haare in großen, geschwungenen Locken über die Schulter.

Stumm stand ich vor dem Spiegel, drehte mich nach links und nach rechts und scannte jede meiner Problemzonen ab. Obwohl das Kleid sich enger anfühlte, schmiegte es sich noch genauso schmeichelnd an meine Kurven wie am Montag.

Und trotzdem wirkte ich neben meiner Schwester und meiner Cousine wie ein Bauerntrampel.

Wir wurden gerade rechtzeitig vor dem Empfang fertig. Eilig liefen wir in den Showroom. Odette gab letzte Anweisungen, bevor wir die Türen für die Gäste öffneten.

Ich hielt nach Nic Ausschau, der mit Èva in Nähe des Laufstegs stand. Zielsicher steuerte ich auf ihn zu und stockte, als ich Valentin bemerkte, der gerade bei ihnen ankam.

Ich kniff die Lippen aufeinander. Er trug eine dunkelblaue Anzughose, dazu ein weißes Hemd und eine farblich passende Weste. Der Farbton entsprach exakt dem meines Kleides.

»Ich habe ihm einen Tipp gegeben.« Ich wandte den Kopf in Odettes Richtung. Das ergab alles keinen Sinn.

»Ich dachte ...«

»Wenn du ihn magst, ist das okay für mich.«

»Und was ist mit Louna?« Ich fixierte meine Schwester und wollte in ihrem Gesicht lesen, ob sie die Wahrheit sagte.

»Ich habe die beiden die ganze Woche beobachtet. Louna hat sich ihm angeboten wie ein kleines Flittchen, er hat sie jedes Mal zurückgewiesen.« Odette zwinkerte. »Und jetzt begrüß ihn.«

»*Merci*«, flüsterte ich und schenkte meiner Schwester ein seltenes Lächeln.

Ich sprach mir selbst Mut zu, streckte den Rücken durch und nahm die Schultern nach hinten, während ich auf Valentin und die anderen zusteuerte.

Langsam setzte ich einen Fuß vor den anderen. Auch wenn ich in High Heels laufen konnte, fühlte ich mich ein wenig unsicher, weil ich sie nur zu Anlässen wie diesen trug.

Valentin hob den Blick und riss die Augen auf, öffnete leicht die Lippen und schien völlig auszublenden, was um ihn herum geschah.

Ohne auf die anderen zu achten, kam er auf mich.

Vielleicht gab es doch noch eine Chance für uns. Ich musste ihm nur erklären, was in mir vorging und was ich empfand.

Doch da schob Louna sich zwischen uns und zog ihn zu sich.

»*Salut* Valentin, ich habe dich überall gesucht. Du siehst heiß aus«, flötete sie mit engelsgleicher Stimme und ich erstarrte in meiner Bewegung.

Als Valentin sich nicht mehr zu mir umdrehte, sondern sich direkt in ein ausgelassenes Gespräch mit meiner Cousine vertiefte, realisierte ich, dass er nicht mich so angesehen hatte. Sondern sie.

Sechzehn

Valentin ging mir aus dem Weg, das ließ sich nicht mehr schönreden. Er verbrachte die meiste Zeit in Lounas Gegenwart. Ich war sauer und gleichzeitig so enttäuscht, dass ich mich an einem Champagnerglas nach dem nächsten festhielt – natürlich war das nicht die Lösung für mein Problem.

Stumm stand ich neben Nic, lauschte seinen Gesprächen und nickte ab und zu, auch wenn es völlig unpassend war.

Jeden Moment würde die Modenschau beginnen, anschließend die Auktion, zu deren Beginn ich das Kinderheim vorstellen sollte.

Ich brauchte mehr Alkohol, um das durchzustehen. Schnell leerte ich mein Glas und tauschte es gegen ein volles aus.

»Hey, du weißt, dass es meistens übel endet, wenn du so viel trinkst«, erinnerte mich mein bester Freund und ich zuckte gleichgültig mit den Schultern.

»Odette will, dass ich gleich vor all diesen Leuten spreche.«

Herrisch nahm Nic mir das Glas aus der Hand. »Gerade aus diesem Grund solltest du eine Pause machen.« Er stellte es einem Kellner auf das Tablett und angelte einen Orangensaft herunter, den er mir reichte.

»Großartig«, grummelte ich in dem Moment, in dem meine Schwester mit einem Finger auf das Mikrofon tippte.

»Vielen Dank, dass Sie alle so zahlreich erschienen sind. Wenn ich Sie nun bitten dürfte, Ihre Plätze am Runway einzunehmen. Die Show beginnt in wenigen Minuten.«

Odette winkte Nic zu sich. Bevor er ging, wandte er sich noch einmal zu mir. »Lass die Finger vom Champagner, bitte.«

»Ja ja«, murmelte ich und steuerte auf meinen Platz in der ersten Reihe zu. Aus dem Augenwinkel bemerkte ich, wie Louna in den Backstagebereich eilte. Zu meiner Überraschung folgte Valentin ihr nicht.

Seufzend nahm ich mein Namensschild vom Platz und ließ es in meiner Clutch verschwinden.

»Candice, Sie sehen bezaubernd aus.« Violetta Hayes, eine reiche britische Witwe, deren Mann sein Geld mit dem Verkauf von Immobilien gemacht hatte, nahm neben mir Platz.

»Danke, Sie auch, Madame Hayes«, erwiderte ich falsch lächelnd. »Wie geht es Ihnen?«

»Sehr gut, vielen Dank. Und Ihnen? Ihre Schwester erzählte, Sie würden für ihr Studium einige Zeit nach Rom gehen. Was studieren Sie gleich noch, Candice?«

»Architektur und ja, das stimmt. Ich freue mich darauf, ein neues Land kennenzulernen.«

»Sehr interessant. Mein Mann – Gott habe ihn selig – war ebenfalls Architekt, aber er hat die Leidenschaft irgendwann verloren und lieber mit fertigen Immobilien gehandelt.«

Ich nickte, wusste nicht, was ich darauf erwidern sollte. Denn meine Welt begann sich zu drehen, als Valentin neben mir Platz nahm. Ich schluckte schwer.

»*Salut*«, flüsterte er und ich starrte ihn fassungslos an. Seine blauen Augen fanden meine. »Du bist wunderschön.«

War das ein schlechter Scherz? Erst ignorierte er mich, hielt sich lieber bei Louna auf und dann sagte er so etwas?

»*Merci.*« Ich wandte den Blick von ihm ab, wollte mir nicht anmerken lassen, wie sehr es wehtat, dass er an Lounas Lippen hing wie ein liebeskranker Teenager.

»Wie geht es dir?« Seine Frage überraschte mich.

»Okay.«

»Können wir später reden? Ich ... ich habe das Gefühl, es gibt einiges, das wir klären sollten.«

»Meinetwegen.« Ich versteckte mich feige hinter meiner Schutzmauer und ließ sie die Arbeit machen. Sie würde sich um meine lästigen Gefühle kümmern.

Das Licht wurde gedimmt, die Musik setzte ein und das erste Model stolzierte über den Laufsteg. Ich scannte ihre magere Figur, die dünnen Beine und Arme und ihr schwarzes Abendkleid. Ihre Haare waren glatt und streng nach hinten gebunden. Elegant posierte sie für die Fotografen am Ende des Runways, wandte sich um und lief zurück.

Kleidungsstück für Kleidungsstück wurde präsentiert. Models kamen und gingen. Gegen Ende betrat meine Cousine in einem verspielten Cocktailkleid den Laufsteg. Sie tänzelte darüber, sprühte vor Lebensfreude. Als sie Valentin und mich passierte, zwinkerte sie ihm übertrieben zu. Unauffällig musterte ich ihn von der Seite, eine Reaktion blieb aus.

Dafür ging ein Raunen durch die Menge. »Das ist Louna Villiers, Medeaux' Cousine. Ich habe gehört, sie soll das Label irgendwann übernehmen.«

»Und die kleine Schwester?«, nuschelte eine andere Frau.

»Als ob so eine Person ein Label wie dieses repräsentieren könnte.«

Ich hielt den Atem an, schluckte die Bemerkung herunter und spürte plötzlich Valentins Hand auf meiner. Er drückte sie aufbauend, doch die fürsorgliche Geste kam nicht gegen die Demütigung an.

»Schon gut«, raunte ich ihm wortlos zu und beobachtete meine Schwester dabei, wie sie mit zwei Kindermodels den Laufsteg betrat. Die beiden Mädchen trugen die Shirts, die Valentin und ich im Kinderheim gestaltet hatten.

Odette lächelte mir zu und ich erwiderte es gequält. Sie nahm den Abend ernst und wahrscheinlich wollte sie wirklich, dass ich ihn genoss. Sie konnte nicht ahnen, dass diese

Scheinwelt und ich uns nicht vertrugen. Dass wir wie Feuer und Wasser waren.

Kurz vor der Versteigerung nahm Odette mich zur Seite. »Wie sieht es aus, Candy, sagst du ein paar Worte?«

Seufzend zuckte ich mit den Schultern, während sich mein Puls beschleunigte. Normalerweise hätte ich mich zurückgezogen, hätte mich leise bemitleidet und in mein Kissen geweint. Aber irgendetwas weckte den Kampfgeist in mir. Ich konnte ein Label wie Medeaux nicht repräsentieren, weil ich ein paar Kilo mehr auf den Hüften hatte? Das machte mich nicht zu einem schlechteren Menschen, das sagte nichts über meine Fähigkeiten aus.

»Ich mache es«, antwortete ich schneller, als meine Unsicherheit es mir ausreden konnte.

Meine Schwester strahlte mich regelrecht an.

»Das freut mich. Dann lass uns gehen.«

Wie ferngesteuert folgte ich Odette in den Backstagebereich. Die Auktion würde direkt auf dem Runway stattfinden. Ein Mitarbeiter baute gerade das Pult auf. Odette sortierte ihre Karten, die ihr als Gedankenstütze dienten, und betrat schließlich den Runway.

Ich beobachtete sie vom Rand aus und bewunderte sie für ihr Selbstbewusstsein. Die Worte gingen ihr ganz natürlich über die Lippen, sie lächelte charmant und die Menschen in der ersten Reihe sahen bewundernd zu ihr auf. Odette wusste, wie man Menschen begeistern konnte.

Was, wenn meine Stimme zitterte und ich keinen Ton herausbekam? Was, wenn die Menschen mich auslachten? Wenn ich nicht die richtigen Worte finden und versagen würde? Warum hatte ich nur zugestimmt?

Ich schloss die Augen, atmete tief ein und wieder aus, als ich spürte, dass meine Kehle sich zusammenzog. Meine Hände waren schweißnass und ich hatte das Gefühl, jeden Augenblick in Ohnmacht zu fallen.

Ich würde Odette blamieren.

Schon wieder.

»Bevor wir zur Versteigerung des ersten Kleidungsstückes kommen, bitte ich meine Schwester Candice auf die Bühne. Sie wird Ihnen etwas über die Einrichtung erzählen, an welche die Spendengelder dieses Abends gehen.«

Alle klatschten und meine Füße setzten sich von allein in Bewegung. Mein Körper gehorchte nicht mehr. Als ich das Pult erreichte, klammerte ich mich daran fest, betrachtete einen Augenblick die unzähligen Menschen vor mir und fand Valentin zwischen den Gästen. Er lächelte mir aufmunternd zu.

Mein Herz klopfte so heftig in meiner Brust, dass es jeden Augenblick herausspringen würde. Meine Finger zitterten, der Druck auf meinen Brustkorb war enorm.

»*Bonsoir*«, begrüßte ich die Menschen, »und vielen Dank, Odette.«

Meine Stimme klang dünn und zittrig.

Ich holte tief Luft.

Dachte an die Freude der Kinder bei unseren gemeinsamen Zeichenstunden.

»Die Spenden der diesjährigen Veranstaltung gehen an das Kinderheim *Bonheur à la maison*, in welchem ich ehrenamtlich arbeite. In dem Heim leben Kinder jeden Alters, die entweder von ihren Familien abgegeben oder sie durch tragische Unfälle und Schicksalsschläge verloren haben.«

Mit jedem Wort gewann ich an Sicherheit. Ich warf einen Blick in Odettes Richtung, die mir zufrieden zunickte.

»Aktuell wird das Kinderheim in Eigenregie durch die Leiterin modernisiert. Viele Möbel und auch die Spielzeuge sind bereits sehr alt und teilweise kaputt. Leider fehlt das Geld an allen Ecken und Enden. Aus diesem Grund möchte ich Sie bitten, heute nicht lange zu zögern, wenn Ihnen etwas gefällt. Die Kinder können jeden Cent gebrauchen, damit sie trotz ihres harten Schicksals glücklich aufwachsen können.«

Odette kam mit den beiden Kindermodels auf die Bühne und trat neben mich.

»Vielen Dank, Candice. Kannst du uns kurz noch etwas zu den beiden Shirts erzählen, die Amelie und Nicolette tragen?«

Ich nickte. »Ich male oft mit den Kindern. Bei einem Besuch vor drei Wochen haben wir T-Shirts designt. Dabei hatte ich Unterstützung von unserem neuen Designer Valentin Dumas.«

Ich deutete in seine Richtung und er nickte mir zu.

»Die beiden Shirts, die Sie hier sehen, haben wir gestaltet. Und meine Schwester hat sie mit ihrer Unterschrift und dem offiziellen Logo des Labels versehen.«

Odette nickte mir zu und übernahm daraufhin die Versteigerung. Ich zog mich von der Bühne zurück. Zum ersten Mal seit Langem war ich stolz auf mich, weil ich mich etwas getraut hatte. Mein kleiner Auftritt hatte nur wenige Minuten gedauert, doch er hatte sich befreiend angefühlt.

Leise, damit ich die Versteigerung nicht störte, aber mit erhobenem Kopf, schlich ich zu meinem Platz neben Valentin. Heute hatte ich meine Schwester nicht blamiert. Es gab keinen Grund, mich kleinzumachen.

»Du warst großartig.«

»*Merci.*« Ich schenkte ihm ein ehrliches Lachen und vergaß für einen Moment, dass ich ihn eigentlich auf Abstand halten wollte.

Die Versteigerung zog sich in die Länge, doch die Summe, die ich im Kopf grob überschlagen hatte, überstieg meine Vorstellung um ein Weites.

Als auch das letzte Kleidungsstück seinen neuen Besitzer fand, atmete ich erleichtert aus.

»Und damit geht das Sommerkleid für siebentausend Euro an Madame Hayes.«

Die Frau neben mir klatschte erfreut in die Hände und ich lächelte ihr zu.

»Ich danke Ihnen allen für die großzügigen Spenden. Die Kinder werden es Ihnen ebenfalls danken. Und denken Sie daran, die Kleinen brauchen nicht nur aktuell unsere Hilfe. Das Heim steht jedes Jahr vor einer enorm hohen Summe an Kosten. Wenn Sie können, helfen Sie. Diese Kinder sind unsere Zukunft und sie brauchen unseren Schutz. Vielen Dank.« Applaus brach los. »Und jetzt lassen Sie uns den Abend genießen.«

Als der Applaus verklang, erhob ich mich von meinem Platz und Valentin tat es mir gleich.

»Sollen wir einen Moment nach draußen gehen?«, fragte er mich, doch ich war noch nicht bereit dafür.

»Vielleicht später. Ich ... ich muss kurz mit Odette sprechen.«

Er nickte und ich verschwand, ohne, dass er mich aufhielt. Ich hatte ihm eine Ausrede aufgetischt ... war es wirklich eine Ausrede? Oder hoffte ich insgeheim doch darauf, dass Odette mich loben würde?

Dennoch gab es nur zwei Möglichkeiten, wie das Gespräch mit Valentin ausging. Entweder wir klärten ruhig und sachlich, dass wir uns verrannt hatten und es besser war, das zwischen uns zu beenden. Oder die Situation würde wieder eskalieren wie neulich im Stofflager. So oder so stand fest, dass es keine Zukunft für Valentin und mich gab. Ich wollte nicht gegen die unzähligen unsagbar schönen Pariserinnen ankämpfen, die stets um ihn buhlen würden.

»Oh Candy, gut, da bist du ja.« Odette steuerte auf mich zu und schloss mich ohne Vorwarnung in die Arme. »Du warst unglaublich. Die Summe, die wir zusammenbekommen haben, ist viel höher als im letzten Jahr. Ich denke, deine Worte haben die Gäste berührt.«

»Ich habe doch kaum etwas gesagt.« Ich machte eine abwinkende Handbewegung. Das Kompliment meiner Schwester brachte mich in Verlegenheit. Dennoch tat es mir gut.

»Offensichtlich waren es die richtigen Worte. Ich bin mir sicher, die Presse wird begeistert sein und Minon auch. Begleitest du mich bei der Übergabe des Schecks nächste Woche?«

»Wenn du das möchtest, sehr gern.«

»Gut. Dann lass uns jetzt anstoßen. Ich hoffe, dir macht der Abend genauso viel Spaß wie mir.« Sie grinste breit und ich wusste instinktiv, dass sie es ernst meinte. Odette angelte sich zwei Gläser Champagner vom Tablett eines Kellners und reichte mir eines davon. Laut ließ sie ihr Glas gegen meines klingen und trank einen kräftigen Schluck.

»Odette, ernsthaft, was ist los mit dir?«

Sie senkte ihr Glas und ein versöhnlicher Ausdruck erschien auf ihrem Gesicht. »Ich habe Angst, dich zu verlieren, das ist alles.« Sie strich mir über die Wange und sah mich einen Augenblick mit diesem merkwürdig liebevollen Ausdruck an.

»Was wäre, wenn du nicht erfahren hättest, dass ich nach Rom gehe? Wäre dann alles beim Alten?« Ich konnte mir die Fragen nicht verkneifen. Ihre Beleidigungen hatten mich getroffen und Narben auf meiner Seele hinterlassen, die vermutlich nie heilen würden. Ich wollte meiner Schwester so gern verzeihen, immerhin gehörte sie zu meiner Familie. Trotzdem begleitete mich dieser fade Beigeschmack. Sie verheimlichte mir etwas und ein Teil von mir fragte sich, ob das der wahre Grund für ihr versöhnliches Verhalten war.

»Wahrscheinlich hätte ich viel später begriffen, was ich angerichtet habe. Mir ist klar, dass du mein Verhalten nicht verstehst. Doch das wirst du ... irgendwann.«

Ich schüttelte den Kopf. »Warum kannst du es mir nicht gleich erklären? Worauf wartest du?«

»Das ist nicht so einfach, Candy.«

Odette konnte mir nicht in die Augen sehen. Und plötzlich kam mir ein schrecklicher Verdacht. Die Art, wie sie mich ansah, wie sie versuchte, mich unauffällig in das Unternehmen einzuarbeiten ... die gemeinsame Zeit, das Frühstück ... der Tipp an Valentin.

War Odette krank? Hatte sie vielleicht nicht mehr lange zu leben?

Sie sah nicht krank aus, aber in den letzten Wochen war sie blasser und schlanker geworden, als würde sie etwas belasten. Hatte sie deswegen Angst davor, dass ich nach Rom ging? Wusste sie, dass sie während dieser Zeit, in der ich nicht zu Hause war, sterben könnte?

»Bist du krank?«, entfuhr es mir und Tränen sammelten sich in meinen Augen. Obwohl sie mir so oft wehgetan hatte, war sie noch immer meine Schwester. Ich wollte sie nicht verlieren.

»Candy, ich ... was?« Ihr Gesichtsausdruck verhärtete sich. War sie etwa wütend? »Das reicht jetzt. Wir reden, wenn es so weit ist. Ich muss mich um meine Gäste kümmern.«

Perplex ließ sie mich stehen und ich blickte ihr irritiert nach. Offenbar hatten Odette und ich doch mehr gemeinsam, als ich annahm. Auch sie versteckte sich hinter einer meterhohen Schutzmauer, damit niemand bemerkte, wie verletzlich sie in Wirklichkeit war.

Siebzehn

Nachdem Odette mich stehengelassen hatte, leerte ich den Champagner in einem Zug, steuerte durch den Raum und verschwand nach draußen.

Ich brauchte frische Luft. In den letzten Stunden war so viel passiert, dass mir der Kopf schwirrte und ich nicht mehr wusste, wo oben und unten war.

Ich lief ein Stück und ignorierte, dass meine Füße schon kurze Zeit später in den High Heels schmerzten. Ich lehnte mich gegen eine Hauswand und sog die angenehme Abendluft tief ein. Sie war immer noch warm, obwohl die Sonne längst am Horizont verschwunden war.

Wenn Odette wirklich krank war und ich sie verlieren würde ... Was sollte dann aus dem Label werden? Hatte die Frau recht, würde Louna es übernehmen?

Das durfte auf keinen Fall passieren! Was würden meine Eltern davon halten? Und würde ich mich in der Lage fühlen, in die Fußstapfen meiner Schwester zu treten? War es das, was ich wollte?

»Hier bist du, ich habe dich überall gesucht.« Valentins sanfte Stimme ließ mich zusammenzucken. Er stellte sich neben mich und berührte meinen Oberarm. »Alles in Ordnung? Hattest du wieder Streit mit Odette?«

»Nein, ganz im Gegenteil. Sie ist so versöhnlich seit einiger Zeit, dass sie mir Angst macht. Ich habe keine Ahnung, was vor sich geht und jede Theorie, die ich aufstelle, ängstigt mich nur noch mehr.«

»Hast du sie direkt darauf angesprochen?«

»Natürlich, sie weicht mir wie immer aus. Aber das ist jetzt nicht wichtig. Du hast mich gesucht?«

Die verworrene Situation um meine Schwester hatte mich die Angst vor dem Gespräch mit Valentin fast vergessen lassen.

»Ja, ich dachte, wir könnten einen Moment in Ruhe reden ... über uns. Lass uns ein Stück laufen.«

Ich stimmte zu, auch wenn meine Füße mich in den Schuhen umbringen würden. Schweigend spazierten wir nebeneinanderher.

»Du gehst mir aus dem Weg«, stellte Valentin nüchtern fest und ich blieb abrupt stehen. Fassungslos blinzelte ich und verschränkte abwehrend die Arme vor der Brust.

»Ich gehe dir aus dem Weg?«

»Du hast dich die gesamte Woche nicht blicken lassen und dich nicht gemeldet.«

»Ich wusste nicht, dass du nach unserem letzten Gespräch darauf Wert legst. Außerdem hat Louna sich heute Abend hervorragend um dich gekümmert.«

Ich starrte zu Boden.

»Als ich dich heute Abend gesehen habe ... ich war ... komplett sprachlos. Du siehst umwerfend aus.« Seine Hand wanderte an meinen Rücken. »Dann hat sie sich einfach zwischen uns gedrängt ...«

Ruckartig schnellte mein Kopf nach oben. »Du hättest ihr sagen können, dass du das nicht willst.«

Valentin stieß die Luft aus.

»Ich konnte nicht ...«, brachte er angespannt hervor.

»Warum nicht?«

Warum sagte mir niemand, was vor sich ging? Wo war das Problem?

»Weil du es falsch verstehen würdest.«

Ich lachte freudlos auf. »Und deswegen verschweigst du es mir lieber? Dann bist du nicht besser als meine Schwester.

Wenn euch wirklich etwas an mir liegt, dann seid endlich ehrlich zu mir.«

Da Valentin weiter schwieg, wandte ich mich ab und marschierte zurück.

»Candy, warte.« Er langte nach meinem Arm und hielt mich nun doch auf. »Ich sage es dir.«

Langsam drehte ich mich zu ihm um. »Louna und ich kennen uns schon länger. Eine gemeinsame Freundin stellte uns einander vor und wir wurden ein Paar. Die Beziehung hielt nur bis kurz nach ihrem Abschluss, aber wir haben den Kontakt nie verloren. Sie hat mir den Job bei deiner Schwester besorgt. Sie hatte mich damit in der Hand. Candy, das hat nichts mit uns beiden zu tun, hörst du?«

Ich trat einen Schritt zurück, hatte das dringende Bedürfnis Abstand zwischen Valentin und mich zu bringen.

»Hat sie dich darauf angesetzt, mir näher zu kommen und dafür zu sorgen, dass ich mich in dich verliebe?«

Er schnappte nach Luft. »Natürlich nicht, was denkst du denn von mir?«

»Sag mir einfach die Wahrheit.«

Valentin verringerte den Abstand und zog mich an meiner Hüfte zu sich. Ich hielt den Atem an, war überrascht und trotzdem überwältigt von dem guten Gefühl, das seine Berührung bei mir auslöste. Er ließ mich nicht kalt, aber war sein Interesse wirklich echt? »Niemand hat mich auf dich angesetzt, Candy, verstehst du das? Alles, was ich dir in den vergangenen Wochen gesagt habe, war wahr.«

»Ich würde dir so gern glauben ...«

Valentin schnaubte. »Das tust du. Aber du schiebst mich weg, weil es für dich leichter ist, als zu akzeptieren, dass Menschen dich tatsächlich lieben.«

Er umfasste mein Gesicht mit seinen Händen und zwang mich, ihn anzusehen.

»Es tut mir leid, dass ich nicht von Anfang an ehrlich zu dir war. Verzeih mir.«

Ich wollte mich von ihm lösen, aber er verstärkte seinen Griff. Und doch hielt er mich so sanft, als wäre ich etwas Kostbares.

»Das mit uns kann nicht funktionieren, Valentin. In ein paar Wochen wirst du in Paris bleiben, während ich in Rom sitze und mich frage, ob du wieder Gefühle für Louna entwickelst. Das ertrage ich nicht.«

»Hör endlich auf, deinen Verstand die Entscheidungen treffen zu lassen, und sag mir, was dein Herz will. Dein Herz hat keine Angst vor Herausforderungen, dein Verstand redet es ihm nur ein.«

Ich schluckte schwer.

»Sag mir, dass du keine Gefühle für mich hast, und ich werde dich in Ruhe lassen.«

Tränen traten in meine Augen. »Das kann ich nicht«, brachte ich mit zitternder Stimme hervor. Valentin senkte seinen Kopf und legte seine Lippen auf meine. Er hatte keine Ahnung, wie sehr er mir in den letzten Tagen gefehlt hatte. Immer und immer hatte ich ihn von mir gestoßen, trotzdem gab er nicht auf.

Dazu hatte er mir die Sache mit Louna anvertraut und obwohl sie mir Sorgen bereitete, spürte ich, dass er mich nicht anlog. Sie bedeutete ihm nichts mehr.

Ich löste den Kuss und suchte Valentins Blick. Behutsam strich er mir eine Haarsträhne aus dem Gesicht und seine Mundwinkel zuckten nach oben.

»Bitte, hab in Zukunft keine Angst mehr. Ich weiß, dass geradeso viel auf einmal passiert, aber ich bin nicht der, gegen den du kämpfen musst. Ich stehe an deiner Seite und unterstütze dich, wo ich nur kann.«

Seine Worte berührten mich und ich schloss ihn in die Arme. Er hatte eine Stelle tief in meinem Herzen erreicht und ich glaubte ihm. Valentin stand an meiner Seite, egal, was passieren würde. »Lass uns zurückgehen, ja.«

Als wir wieder am Atelier ankamen, war die Party in vollem Gang. Die Musik drang bis auf die Straße und ich warf einen Blick durch das große Schaufenster in den Showroom.

»Bist du bereit, heute noch etwas zu riskieren?«, fragte Valentin und ich nickte.

Er griff nach meiner Hand und ich holte tief Luft, bevor wir gemeinsam ins Innere des Gebäudes gingen. Es fühlte sich an, als würden alle Blicke zu uns herumschnellen, doch nur einer erreichte mich wirklich. Meine Cousine verengte die Augen und erstarrte in ihrer Bewegung.

Ich rechnete fest damit, dass sie auf uns zusteuern und mit Beleidigungen um sich schlagen würde. Stattdessen drehte sie sich um und ging. Diese Runde hatten wir vielleicht gewonnen, doch mir war klar, dass der Krieg gerade erst begonnen hatte.

Doch dann eilte schon Madame Hayes auf uns zu, um uns in ein Gespräch zu verwickeln.

»Oh, wie schön, meinen Glückwunsch«, grüßte die alte Dame mit Blick auf unsere verschränkten Finger. »Aber jetzt erzählen Sie schon, Monsieur Dumas, ist *das* der Grund, warum Mademoiselle Candices Gesicht ihr selbst designtes T-Shirt ziert?«

Valentins Wangen färbten sich vor Verlegenheit rosa, bevor er antwortete, und ich versuchte, mich über diesen kleinen Sieg aufrichtig zu freuen.

Odette ging mir den restlichen Abend aus dem Weg und ich wurde das Gefühl nicht los, dass ich mit meiner Vermutung richtig lag. Während Valentin und Nic sich mit mir ausgelassen über die neue Herbst-/Winterkollektion unterhielten, die bald präsentiert werden würde, verfolgte ich meine Schwester mit Blicken.

Obwohl mir die Zeit gefehlt hatte, ihr Büro gründlich zu durchsuchen, glaubte ich nicht, dass ich dort noch etwas Brauchbares finden würde. Sie wusste, dass ich mich nicht davor scheute, es erneut zu versuchen. Wo würde sie wichtige Dinge also verstecken?

»Wenn du deine Schwester weiter so anstarrst, wird sie jeden Augenblick tot umfallen«, scherzte mein bester Freund. »Was geht in deinem hübschen Köpfchen vor sich?«

»Ich denke darüber nach, wie ich ihr Geheimnis herausfinde.«

»Hast du schon einmal unter ihrem Bett geschaut. Ich habe mal gelesen, dass die meisten Menschen das für ein sicheres Versteck halten. Warum auch immer.« Nic zuckte mit den Schultern.

»Ihr Schlafzimmer, natürlich ... Entschuldigt mich kurz, das kann nicht warten.« Weil ich nach wie vor den Verdacht hatte, Odette könnte krank sein, wollte ich mir keine Zeit lassen. Einen besseren Moment würde es nicht geben, immerhin war Odette durch die Spendengala abgelenkt.

»Candy, wo willst du hin?«, rief Nic mir nach. Unauffällig verschwand ich in dem von den Gästen abgetrennten Backstagebereich hinter dem Runway und steuerte auf die Tür zum Schneiderraum zu. Ich legte die Hand auf die Klinke und wollte sie gerade herunterdrücken, als jemand an meinen Haaren zerrte. Ich spürte nur noch Schmerz, als mein Kopf gegen eine Kante knallte und ich auf dem Boden aufschlug. Panisch schnappte ich nach Luft und versuchte, mich zu orientieren.

Louna stand über mir und funkelte mich bitterböse an. Ich wollte mich aufrichten, doch sie ließ mir keine Chance.

»Hast du vergessen, was ich dir gesagt habe, Walross? Lass die Finger von Valentin. Und was tust du? Du marschierst händchenhaltend mit ihm hier herein, sodass es jeder sieht.« Sie hockte sich auf meinen Körper, fixierte mit den Knien meine Arme auf dem Boden und umschloss mit ihrer Hand meinen Hals. Ihre spitzen, langen Fingernägel bohrten sich in meine Haut und sie presste die Hand fest zu. Ich war wie gelähmt, konnte mich nicht rühren. »Ich schwöre dir, ich bringe dich um, wenn du die Sache nicht beendest.«

Mir war speiübel. Das Blut rauschte in meinen Ohren und etwas Warmes lief über meine Schläfe.

»Spätestens wenn du dich vor Valentin ausziehst und er das ganze Fett sieht, das du mit dir rumschleppst, wird er sich angeekelt verziehen. Schau dich nur an, Candice, wie erbärmlich du bist. Du hässliche, fette Schlampe.«

Lounas Stimme klang weit entfernt, der Druck auf meine Kehle war unerträglich, meine Lungen verlangten nach Sauerstoff. Ich wollte nach ihrem Arm greifen, sie wegschieben, aber um mich herum drehte sich alles.

»Lass ... mich«, krächzte ich. Meine Stimme klang fremd.

Im Augenwinkel nahm ich einen Schatten wahr, mein Blick war tränenverschleiert und ich fragte mich, ob ich ihn mir nur einbildete.

Doch plötzlich löste sich Lounas Hand von meinem Hals und sie verschwand aus meinem Blickfeld.

»Lass sie ihn Ruhe, du Geisteskranke.«

Das war Nic.

Jemand zerrte Louna fort und ich hustete. Hektisch füllten meine Lungen sich wieder mit Luft und ich rollte mich in Embryostellung zusammen. Jemand presste mich an sich und legte eine Hand schützend auf meinen Kopf. »Ist ja gut. Dir kann nichts mehr passieren.«

Valentin.

Ich klammerte mich fester an ihn und schluchzte laut auf. Es war nichts Neues, dass meine Cousine mich verbal angriff. Damit konnte ich umgehen. Mit dem körperlichen Angriff nicht. Die Tränen suchten sich den Weg über meine Wangen.

»Ich will hier weg«, schluchzte ich und löste mich leicht von Valentin, der mir half, mich auf meine wackeligen Beine zu stellen. Mechanisch führte ich die Hand an die schmerzende Stelle an meiner Stirn.

»Wir sollten einen Arzt rufen«, sagte mein bester Freund und ich betrachtete wie paralysiert das Blut an meinen Fingern.

»Nein, ich bin oka...« Weiter kam ich nicht.

»Was ist hier los?«, donnerte meine Schwester. Als sie die Platzwunde an meinem Kopf bemerkte, wich ihr die Farbe aus dem Gesicht. »Was ist passiert? Hast du ihr das angetan?« Wütend funkelte Odette Valentin an, der instinktiv einen Schritt zurückweichen wollte, aber ich klammerte mich an ihm fest.

»Louna«, brachte ich schwach hervor und Odette kniff die Augen zusammen.

»Louna?«, stammelte sie. »Aber ...«

Nic übernahm und erzählte knapp, was er und Valentin verhindert hatten.

»Ich ... ich möchte nur nach oben und mich hinlegen, okay?« Ich konnte mich kaum auf die Worte konzentrieren, mein Hals brannte.

»Gut, ich ... ich schicke alle nach Hause und dann sollten wir einen Arzt ...«

»Odette, nein«, unterbrach ich sie. »Das ist dein Abend.«

»Ich werde mich um sie kümmern.« Valentin legte einen Arm um mich und meine Schwester nickte beruhigt.

»Okay.« Behutsam strich Odette mir über die Wange und lächelte sanft. »Ich schaue später noch einmal nach dir.«

Auch Nic presste mir einen Kuss auf die Stirn, bevor er mit meiner Schwester zurück in den Showroom ging.

Valentin brachte mich in die Wohnung und kümmerte sich rührend um mich. Er reinigte meine Wunde, kochte mir einen Tee und erkundigte sich ständig, ob mir etwas fehlte. Die Platzwunde war nur klein und musste zum Glück nicht genäht werden. Währenddessen versuchte ich, immer noch zu verstehen, warum Louna mich angegriffen hatte. Lag es wirklich nur daran, dass Valentin und ich händchenhaltend zurückgekommen waren?

Ich setzte mich auf die Couch und wickelte mich in eine Decke ein. Gegenüber Valentin spielte ich die Sache herunter, innerlich saß ich zusammengekauert hinter meiner Schutzmauer und weinte.

Leider war Valentins Gespür für mich besser, als ich annahm. »Du musst vor mir nicht die Starke spielen, das weißt du«, erinnerte er mich und ich kniff die Lippen aufeinander.

»Ich möchte es einfach nur vergessen.« Meine Augen begannen zu brennen. Egal, wie sehr ich versuchen würde, die Tränen zurückzuhalten, ich würde scheitern.

»Ich werde mit Louna darüber sprechen.«

Ein seltsames Lachen verließ meinen Mund. »Was soll das bringen, Valentin? Sie hasst mich und sie will dich zurück. Ich kenne meine Cousine. Sie wird sich dir gegenüber verständnisvoll zeigen, die Sache auf den Alkohol schieben. Vielleicht erzählt sie dir auch irgendwelche Märchen darüber, dass ich angefangen habe und sie sich nur verteidigt hat.«

»Das hatte nichts mit Verteidigung zu tun. Eigentlich könntest du sie anzeigen.«

Leicht schüttelte ich den Kopf und schnaubte. »Natürlich, als ob das etwas bringen würde. Und darum geht es mir auch gar nicht.« Eine Träne suchte sich den Weg über meine Wangen und eine zweite folgte ihr. »Denkst du, es gibt diese Probleme erst, seit wir beide uns kennen? Odette war immer besser als ich. Louna war immer hübscher, freundlicher, aufgeschlossener. Und ich? Ich war nie genug. Candy, tu das nicht, das passt nicht zu dir. Nein, Candy, ich kann dich nicht mitnehmen. Wie soll das denn auf die Presse wirken? Kannst du nicht ein bisschen mehr sein wie deine Cousine, Candy?«

Valentin lauschte still, während ich mir plötzlich all meinen Schmerz von der Seele redete. Als wäre Lounas Angriff der Auslöser, all das nicht mehr mit mir allein auszumachen. Valentin hatte gesagt, dass er mich unterstützen wollte, also sollte er sich des vollen Ausmaßes bewusst werden, wie kaputt ich war.

»Meine Eltern haben Odette in die Geschäfte der Firma eingeführt, seit sie ein Kind war. Die Kunden kannten und liebten sie. Als ich auf die Welt kam, war Odette sechzehn. Sie hat neben der Schule schon im Label gearbeitet. Ich habe sie bewundert und wollte ihr nacheifern. Aber man ließ mich nicht. Während Odette mit zu Geschäftsessen ging, wurde ich bei Èva im Stofflager geparkt. Sie ließ mich mit dem Stoff herumexperimentieren und zeichnen. Mit elf Jahren habe ich mein erstes Kleid gezeichnet.« Die Erinnerung traf mich unvorbereitet, doch der Schmerz fühlte sich genauso an wie damals. »Ich wollte es meinen Eltern und Odette zeigen. Ich war so stolz. Sie hatten jedoch nur ein müdes Lächeln für mich übrig. Das war der Augenblick, in dem ich realisierte, dass ich das fünfte Rad am Wagen und nicht erwünscht war. Ich war fünfzehn, als meine Eltern Odette das Geschäft übertrugen und wegzogen. Das war der schlimmste Tag in meinem Leben.« Ich schluckte trocken, meine Stimme zitterte leicht. »Odette hat sich nie für mich interessiert. Aufgrund unseres Altersunterschieds hatten wir nie eine enge Beziehung. Kaum waren meine Eltern weg, nörgelte sie an mir herum. Ihre ganze Welt dreht sich nur um das Label. Da war kein Platz mehr für Geschwisterliebe oder meine Probleme in der Schule. Da war kein Platz für mich.«

Mit dem Handrücken wischte ich mir über die Augen.

»Ist ja gut«, hauchte Valentin und rutschte näher zu mir.

»Und auch heute ist da kein Platz für mich, weswegen ich mich für das Auslandssemester in Rom beworben habe. Ich möchte lernen, einen Platz für mich zu schaffen.«

Ich hörte ein leises Schluchzen und plötzlich wurde eine Tür zugeschlagen. Ich konnte nicht sagen, ob es die Wohnungstür oder Odettes Zimmertür war.

Lounas Angriff hatte mir nur einmal mehr klar gemacht, dass die Pariser Modewelt ein giftiger Ort für mich war.

Achtzehn

Irgendwann schickte ich Valentin nach Hause, doch an Schlaf war nicht zu denken. Mein Kopf dröhnte. Nachdem ich eine Schmerztablette genommen hatte, kuschelte ich mich in meine Bettdecke und starrte emotionslos ins Leere. In den letzten Stunden hatte ich so viel geweint, dass offensichtlich keine Tränen mehr übrig waren. Ich fand keine Ruhe, drehte mich immer wieder von einer auf die andere Seite, bis ich vor Erschöpfung einschlief.

Als ich die Augen am nächsten Morgen aufschlug, waren meine Kopfschmerzen so stark, dass ich noch eine weitere Tablette nahm.

Zu meiner Überraschung saß Odette im Wohnzimmer. Sie starrte ins Leere und wirkte mit ihren Gedanken unendlich weit weg. Sie hatte sich nicht zurechtgemacht, sondern saß in Jogginghose und Shirt da. Ihre Haare hatte sie zu einem lockeren Dutt nach oben gebunden und ihre Augen wirkten aufgequollen.

»Guten Morgen«, begrüßte ich sie und ihr Blick wanderte sofort in meine Richtung.

»Guten Morgen, wie geht es dir?«

»Ich habe Kopfschmerzen, ansonsten okay.«

»Zieh dich an, wie fahren ins Krankenhaus. Ich will das abgeklärt haben.«

»Es ist nicht so schlimm.«

Odette stand auf. »Kopfverletzungen muss man ernst nehmen. Keine Widerrede.« Sie marschierte an mir vorbei in ihr Zimmer.

Eine halbe Stunde später saß ich in der Notaufnahme des *Hôpital Lariboisière*. Odette hatte während der gesamten Autofahrt nicht mit mir gesprochen. Mittlerweile war ich mir sehr sicher, dass sie meinen emotionalen Ausbruch gestern Abend mitbekommen hatte.

»Mademoiselle Medeaux«, rief mich eine Schwester nach nur knapp zwanzig Minuten Wartezeit auf. Ich folgte ihr in einen Behandlungsraum, wo mich wenig später ein Arzt untersuchte.

»Da ich schwerere Verletzungen nicht ausschließen kann, würde ich das durch ein CT abklären. Bitte nehmen Sie noch einmal im Warteraum Platz, man wird Sie gleich aufrufen.«

»*Merci*«, murmelte ich und ging wieder nach draußen. Odette sah mich hoffnungsvoll an.

»Und?«

»Sie wollen ein CT machen, nur, um sicherzugehen.«

Als ich auch dieses hinter mir hatte und der Arzt mir versicherte, dass ich nur eine leichte Gehirnerschütterung hatte, fuhren wir wieder nach Hause. Ich hatte einen Folgetermin in sechs Wochen, sowie ein paar stärkere Schmerzmittel bekommen, zweifelte aber daran, dass ich sie nehmen würde.

Weil mir Odettes Schweigen Sorgen bereitete, durchbrach ich die Stille auf dem Rückweg. »Du hast gestern gehört, was ich zu Valentin gesagt habe, oder?«, fragte ich nüchtern und sie nickte.

»Ja. Ich habe mir Sorgen um dich gemacht und wollte bei dir sein. Nic hat angeboten, alle Gäste nach Hause zu schicken und die Situation zu erklären.« Ihre Hände verkrampften sich um das Lenkrad.

»Ich wollte dich nicht verletzen. Wenn ich gewusst hätte, dass du ...«

»Das hast du nicht, Candy ... Die Dinge, die ich in den vergangenen Jahren gesagt habe, waren schlimmer. Du hast mir die Augen geöffnet. Es gibt so viel, dass ich dir noch beichten muss, doch jetzt solltest du erst mal gesund werden.«

Ich nickte.

»Und ich werde mir Louna später vorknöpfen. Ich habe die Aufnahmen der Überwachungskamera heute Morgen gesichtet.«

»Du warst im Büro?«

Odette nickte. »Ja, um fünf Uhr schon. Ich ... Louna verliert ihren Job. Ich habe lange genug ignoriert, wie sie dich beleidigt und angreift. Familie hin oder her, ich dulde keine Gewalt.«

Ich konnte nicht beschreiben, was ich in diesem Moment fühlte. Odette hatte keine Ahnung, was mir diese Entscheidung bedeutete.

»Nicht daran zu denken, was geschehen wäre, wenn Nic und Valentin nicht dazwischen gegangen wären.« Odette lächelte sanftmütig und lenkte ihren Blick wieder auf die Straße. Doch ich sah ihr an, dass ihr noch etwas auf der Seele brannte.

»Frag«, flüsterte ich. Überrascht blickte sie zu mir, nachdem sie an einer roten Ampel gehalten hatte.

»Du wolltest als Kind wirklich mit mir im Atelier arbeiten?«

Ich richtete meinen Blick auf meine Hände, die ich im Schoss gefaltet hatte. »Ja.«

»Und ... und könntest du dir das noch immer vorstellen?«

»Falls du mich fragst, ob ich in Paris bleibe und nicht nach Rom gehe, lautet die Antwort: Nein.«

Sie schüttelte den Kopf. »Nein, das frage ich nicht. Ich meinte eher, ob du es dir irgendwann vorstellen könntest.

Ich kenne deine Skizzen und Zeichnungen. Und ich weiß, dass du in deinem Schreibtisch eine Mappe mit Modezeichnungen versteckst.« Odette zwinkerte mir zu.

»Hast du etwa in meinen Sachen geschnüffelt?« Im Normalfall hätte ich ihr eine Szene gemacht, weil sie meine Privatsphäre verletzt hatte. Doch mein Kopf explodierte aufgrund der Schmerzen beinahe.

»Entschuldige, ich bin manchmal übers Ziel hinausgeschossen. Also, was ist?«

Ich nahm mir die Zeit, in Ruhe über die Frage meiner Schwester nachzudenken. Hatte ich noch Interesse daran? In den vergangenen Jahren hatte ich mich stets vor dem Modezirkus verschlossen. »Ich weiß es nicht. Ja ... möglicherweise. Aber ich möchte erst herausfinden, ob die Architektur das richtige für mich ist.«

»Das ist in Ordnung, Candy. Ich ... Du kannst jederzeit zu mir kommen und ich dann werde ich dir alles zeigen. Und wenn nicht, bin ich einmal Gast bei der ... Eröffnung eines deiner Gebäude.«

Ich wollte ihren Worten so sehr glauben, aber die Zweifel nagten an mir.

Ich atmete tief aus. »Sagst du das nur, weil Louna raus ist? Bei der Show haben zwei Frauen darüber gesprochen, dass sie das Label irgendwann übernehmen soll.«

Odette lachte beinahe hysterisch auf. »Nur über meine Leiche. Ich habe nie mit dem Gedanken gespielt, glaub mir.«

Odette parkte den Wagen vor dem Atelier und stellte den Motor ab. »Ich habe es dir nie gesagt, aber für den Fall, dass mir etwas Schlimmes passiert, stehst du als Alleinerbin des Labels *Medeaux* in meinem Testament.«

Ich öffnete den Mund und sah meine Schwester fassungslos an. Und plötzlich tauchte die Frage wieder in meinem Kopf auf, die ich gestern schon gestellt hatte. »Odette, wenn ich recht hatte und du krank bist, dann ... dann musst du es mir sagen. Bitte.«

Lächelnd schüttelte sie den Kopf. »Nein, Süße, ich gehe dir auf die Nerven, bis ich alt und grau bin und du mir die Windeln wechseln musst.« Odette stieg aus dem Wagen. Ich verstand nicht, wer diese Frau war, die zwar aussah wie meine Schwester, sich jedoch nicht so benahm ... ich mochte sie.

»Ich muss etwas im Atelier holen, kommst du mit?«, fragte Odette und ich folgte ihr. »Bist du so lieb und holst die violette Mappe mit den Modeskizzen aus dem Büro? Ich geh schon mal ins Stofflager und suche mir den Stoff, den ich brauche.«

»Warum arbeitest du nicht hier unten? Dann musst du nicht alles hin- und herschleppen.«

»Weil irgendwer auf dich aufpassen muss, bis Valentin dich abholt. Du hast eine Gehirnerschütterung, schon vergessen?«

Ich runzelte die Stirn und verstand nur Bahnhof. Grinsend verschwand meine Schwester in Richtung Stofflager, ohne mich aufzuklären.

»Oh Mann«, murmelte ich und verzog mich in ihr Büro. Ich suchte nach der violetten Mappe, die natürlich nicht, wie behauptet, auf dem Schreibtisch lag. Ich stapelte Zettel um, legte Bleistifte und Kugelschreiber beiseite und fragte mich, seit wann meine Schwester so ein Chaos verbreitete. Sie war immer ordentlich gewesen. In der Wohnung durfte nie etwas herumliegen, ansonsten bekam sie einen Tobsuchtsanfall.

Ich schob einen Stapel Papiere zur Seite, als ich etwas Violettes aufleuchten sah, und stieß dabei aus Versehen gegen die Maus. Der Computerbildschirm sprang an und erforderte das Passwort.

Als ich Odettes Büro durchsucht hatte, hatte ich nicht an den Computer gedacht.

Ich sank auf den Bürostuhl, nachdem ich mich noch einmal versichert hatte, dass meine Schwester im Stofflager war.

Das Passwort – wie konnte es lauten?

Ich gab Odettes Geburtstag ein. Fehlanzeige. Auch das Standardpasswort der Rechner im Atelier funktionierte nicht. Auf dem Schreibtisch sah ich mich nach einer Notiz um, doch meine Schwester war viel zu klug, als dass sie das Passwort herumliegen lassen würde.

Aus einer spontanen Eingebung heraus tippte ich meinen Namen und mein Geburtsdatum ein und der Desktop erschien. Ich war so perplex darüber, dass ich das offene E-Mail-Programm erst nicht bemerkte.

Irritiert überflog ich die eingegangenen E-Mails und stutzte, als ich den Namen Jean-Luc Redeaux las.

Liebe Odette,

wie könnte ich dich vergessen?
Es geht mir gut, danke. Ich freue mich, von dir zu hören.
Es ist viel zu lange her.
Ja, ich lebe noch in Paris und würde dich gern treffen.
Schreib mir, wenn es dir passt.
Ich schicke dir meine Telefonnummer mit. Ruf mich an.

Herzlichst,
Jean-Luc

Ich stutzte.

Diese Mail klang nach allem, nur nicht nach einem Geschäftstermin.

Eilig suchte ich nach der Mail, die Odette diesem Jean-Luc geschrieben hatte, und wurde schnell fündig.

Lieber Jean-Luc,

ich hoffe, es geht dir gut?
Ich weiß nicht, ob du dich noch an mich erinnerst. Mein Name ist Odette. Wir sind damals gemeinsam zur Schule gegangen und waren zu dieser Zeit ein Paar.
In den letzten Jahren habe ich mich immer wieder gefragt, was du machst und wie es dir so ergangen ist.
Entschuldige, dass ich nach all der Zeit Kontakt mit dir aufnehme, aber es gibt etwas Wichtiges, worüber ich mit dir sprechen muss – worüber ich längst mit dir hätte sprechen sollen.
Ich würde mich sehr freuen, wenn wir uns auf einen Kaffee treffen könnten, sofern du noch in Paris lebst.

Herzlichst,
Odette Medeaux

Das wurde immer verrückter.

Hatte meine Schwester wirklich Kontakt zu ihrer alten Jugendliebe aufgenommen? Doch warum gerade jetzt? Ich überprüfte, von wann ihre Mail stammte und stellte erschrocken fest, dass es der Tag war, an dem ich sie und meine Mutter belauscht hatte. War das nur ein Zufall, oder gab es einen Zusammenhang, den ich nicht erkannte?

Ob meine Schwester nur so umgänglich war, weil sie sich verliebt hatte? War das das große Geheimnis?

Ich öffnete die Mail von Jean-Luc wieder, schaltete den Ruhemodus ein und zog die violette Mappe aus dem Stapel Papiere.

Gerade als ich das Büro verließ, steckte Odette den Kopf durch die Tür des Stofflagers.

»Wo bleibst du denn?«, fragte sie ungeduldig.

»Dein Büro ist ein Saustall, ich habe die Mappe nicht gefunden«, erwiderte ich lachend.

»Ja, ich weiß. Ich habe etwas gesucht. Vielleicht kümmere ich mich morgen darum.«

»Morgen ist Sonntag. Es würde dir nicht schaden, wenn du ein bisschen entspannst.«

Odette stapelte einige Stoffballen auf die Arme und zuckte mit den Schultern. »Wo du recht hast. Vielleicht können wir zusammen frühstücken? Und danach könntest du mir deine neusten Zeichnungen zeigen.«

»Klar, warum nicht.«

Sie schenkte mir ein aufrichtiges Lächeln, während ich noch immer überrascht war, dass sie mir zugestimmt hatte.

Neunzehn

Valentin klingelte am Nachmittag und Odette öffnete ihm die Tür. Sie hatte mich die gesamte Zeit nicht aus den Augen gelassen. Während ich mich, nachdem ich ihr meine neusten Zeichnungen gezeigt hatte, von einer Serie auf Netflix berieseln ließ, experimentierte sie mit ihren Stoffen herum, zeichnete und fragte mich gelegentlich nach meiner Meinung. Anfangs war es ungewohnt und ich hielt mich mit meinen Kommentaren zurück. Doch als ich bemerkte, dass sie meine Ideen umsetzte, wurde ich mutiger.

»Hallo Valentin«, begrüßte Odette ihn.

»Hallo Madame Medeaux.«

»Nenn mich Odette, bitte. Immerhin datest du meine kleine Schwester.«

Ich schmunzelte, das war untypisch für Odette.

Valentin betrat das Wohnzimmer und begrüßte mich mit einem sanften Kuss auf die Lippen, bevor er sich neben mich auf die Couch setzte. »Wie geht es dir?«

»Ich habe Kopfschmerzen, ansonsten ist alles okay.«

»Sie will die Schmerzmittel nicht nehmen, die der Arzt ihr verschrieben hat«, petzte meine Schwester sofort.

Valentin verdrehte die Augen.

»So schlimm ist es nicht«, verteidigte ich mich. »Außerdem vertrage ich starke Schmerzmittel nicht. Du weißt das, Odette.«

Sie und Valentin tauschten einen Blick, den ich nicht verstand.

»Hast du Lust auf einen kleinen Ausflug?«, fragte er und sprang wieder auf.

»Ich gehe mich nur schnell umziehen.«

Nachdem ich Shirt und Jogginghose gegen eine Jeans und ein leichtes Blusentop getauscht hatte, kämmte ich meine Haare und verließ anschließend die Wohnung mit Valentin.

»Wo fahren wir hin?«, erkundigte ich mich, nachdem wir ins Auto gestiegen waren und er den Motor startete.

»Wir besuchen jemanden«, antwortete er kryptisch, doch ich hatte schon eine Vermutung.

Valentin lenkte den Wagen in Richtung Montmartre, einem der beliebtesten Viertel in Paris, parkte vor einem Wohnhaus mit weißen Fensterläden und stieg aus. Doch er steuerte nicht auf das Haus zu, sondern auf ein Café auf der anderen Straßenseite. Ich folgte Valentin ins Innere und atmete den Duft von frisch gemahlenem Kaffee tief ein.

An einem Fensterplatz saß eine junge Frau mit schulterlangen, brünetten Haaren. Als sie uns entdeckte, stand sie auf und lächelte freundlich. Je näher wir kamen, umso deutlicher waren die Brandnarben in ihrem Gesicht zu erkennen.

»Hallo, kleine Schwester«, begrüßte Valentin sie und die beiden schlossen sich in eine herzliche Umarmung. Lynn strahlte über beide Ohren und löste sich von ihm. Dann blickte sie mich direkt an.

»*Salut*, du musst Candy sein. Ich bin Lynn.«

»*Salut*, Lynn.« Sie machte einen Schritt auf mich zu und küsste mich auf die Wangen, bevor ich Platz nahm.

»Ich gehe uns Kaffee besorgen«, sagte Valentin schnell, der nach wie vor stand.

Kaum hatte er uns allein gelassen, sah ich unsicher aus dem Fenster, weil ich nicht wusste, was ich sagen sollte. Ich war nicht gut darin, neue Menschen kennenzulernen.

»Ich freue mich wirklich, dich endlich zu treffen. Valentin redet die ganze Zeit über dich.«

Peinlich berührt lächelte ich. »Ich freue mich auch«, brachte ich unbeholfen hervor.

Ich war froh, als Valentin mit dem Kaffee zurück an den Tisch kam und er und Lynn die Unterhaltung übernahmen. Wie immer hörte ich aufmerksam zu und beobachtete Lynn. Ich fand es bewundernswert, wie unbeschwert sie war. Obwohl sie die Narben des schrecklichen Unfalls seit Jahren mit sich trug, versank sie nicht in Selbstzweifeln und Selbsthass. Sie scherte sich nicht darum, ob man sie anstarrte.

»Candy, Valentin hat erzählt, dass du bald für ein Auslandssemester nach Rom gehen wirst?«, fragte Lynn und ich nickte.

»Ja, das stimmt. Ich ha...« Das Klingeln von Valentins Telefon unterbrach mich und er zog sich entschuldigend damit zurück.

»Was wolltest du sagen?«

»Hm?« Fragend sah ich Lynn an, als hätte ich meine Worte vergessen. Sie lachte leise und beugte sich weit zu mir über den Tisch.

»Egal, vergiss den Small Talk. Ich sage dir, was gleich passiert. Valentin kommt zurück an den Tisch, sagt, dass er dringend weg muss. Er wird uns beide allein lassen, damit wir uns besser kennenlernen und ich dir davon erzähle, wie ich es geschafft habe, trotz meiner Narben so selbstbewusst zu sein. Er wird sich tausend Mal entschuldigen und dir versichern, dass er bald zurück ist. In Wirklichkeit werden wir beide dann in die WG gehen, dort weiter Kaffee trinken und quatschen, bis er circa gegen achtzehn Uhr mit Pizza auftaucht und sich weitere tausend Mal entschuldigt. Vertrau mir.«

Die Art, wie Lynn dabei das Gesicht verzog, brachte mich zum Lachen und ich hatte Schwierigkeiten, ernst zu bleiben, als Valentin mit betretener Miene zurück an unseren Tisch kam.

»Es tut mir furchtbar leid. Candy, das war deine Schwester. Es gab einen Notfall im Atelier, irgendetwas mit den Computern. Sie hat mich gefragt, ob ich schnell vorbeikommen kann. Es dauert bestimmt nicht lange.«

»Schon in Ordnung«, erwiderte ich und hätte am liebsten laut gelacht.

»Ich passe auf Candy auf und ich nehme später gern eine Vier-Jahreszeiten-Pizza, wenn es dir keine Umstände macht.« Lynns trockener Humor war bewundernswert, auch wenn Valentin nur irritiert das Gesicht verzog.

Er hauchte mir einen flüchtigen Kuss auf die Lippen und verschwand.

»Woher wusstest du das?«, wandte ich mich an Lynn.

»Valentin hält sich für ziemlich schlau, aber er vergisst immer, dass ich schlauer bin.« Sie nippte an ihrem Kaffee und wischte sich den Milchschaum aus den Mundwinkeln. »Er hat mir erzählt, dass du schüchtern bist, wenn es darum geht, jemanden kennenzulernen. Das ist sein Versuch, dich ins kalte Wasser zu schubsen.«

Ich seufzte leise. »Ja, das macht tatsächlich Sinn.«

»Was ist mit deinem Kopf passiert?« Lynn deutete auf das Pflaster an meiner Schläfe.

Ich holte tief Luft. »Lange Geschichte.«

»Wie gut, dass wir Zeit haben.«

Tatsächlich brach die Geschichte von Lounas Angriff endgültig das Eis zwischen Lynn und mir.

»Furchtbare Person«, schimpfte sie. »Als Valentin sie damals mit nach Hause brachte, konnte ich sie von Anfang an nicht leiden. Wie sie mich immer angesehen hat, als wäre ich eine Aussätzige.«

»Das kann sie gut«, seufzte ich. »Ich habe Angst davor, was passiert, wenn meine Schwester sie aus dem Label schmeißt. Wie ich meine Cousine kenne, wird sie das nicht hinnehmen.«

»Lass dich von ihr nicht unterkriegen. Mädchen wie Louna sind es gewohnt, zu bekommen, was sie wollen. Es ist nur fair, wenn das mal nicht der Fall ist.«

Nachdem wir unseren Kaffee ausgetrunken und bezahlt hatten, wechselten wir die Straßenseite, wo Lynn die Tür eines Mehrfamilienhauses aufschloss.

Sie marschierte die Treppenstufen nach oben in den zweiten Stock und bat mich in die Wohnung. »Willkommen in unserem Reich.« Lynn machte eine ausladende Handbewegung.

»Du und Valentin wohnt zusammen?«

»Ja.« Die Info war mir neu.

Während Lynn einen Kaffee kochte, setzte ich mich in das modern eingerichtete Wohnzimmer und wartete. Valentin und seine Schwester waren das komplette Gegenteil von Odette und mir. Sie standen sich sehr nah und waren einander wichtig. Sie waren sprichwörtlich füreinander durchs Feuer gegangen, das schweißte zusammen.

Lynn stellte zwei Tassen auf den Tisch und nahm neben mir Platz.

»Kann ich dich eine Sache fragen?«

»Natürlich, alles, was du willst.«

Ich holte tief Luft. »Wie hast du es geschafft, mit dem Unfall und seinen Folgen klarzukommen?« Abwartend sah ich Lynn an, die bedrückt die Lippen aufeinander kniff. In diesem Moment war ich mir nicht sicher, ob sie den Brand tatsächlich verarbeitet hatte.

»Ich hatte am Anfang viele Schwierigkeiten.« Sie machte eine Pause und ich wartete ab, bis sie weitersprach. »Als wir nach dem Brand aus dem Krankenhaus kamen, meldeten unsere Eltern uns bei einer Psychologin an. Anfänglich habe ich mich geweigert, denn ich war der Ansicht, dass sie mir sowieso nicht helfen konnte. Im Gegensatz zu Valentin habe ich mich nicht darauf eingelassen und jeden Menschen um mich herum abgeblockt.«

»Irgendwann konntest du es?«, fragte ich unsicher.

»Nicht sofort. Ich brach die Therapie ab. Ich habe mein Leben gehasst, ich habe die Narben gehasst. Immer wenn ich mich im Spiegel angesehen habe, habe ich mich gefragt, warum mir das passiert ist. Je älter ich wurde, umso schlimmer wurde es, obwohl ich meinen Eltern und Valentin heile Welt vorgespielt habe. Ich habe nicht verstanden, warum ich so bestraft werde. Ich bin völlig in Selbstmitleid und Selbsthass versunken. Jahrelang. Auch in der Schule war das nicht immer einfach. Meine Mitschüler waren gnadenlos. Als sie bemerkten, dass ich damit zu kämpfen hatte, mobbten sie mich wegen der Narben. Meine Zweifel und Ängste wurden immer schlimmer.«

Lynn wich meinem Blick aus, und ich wusste, dass sie mir gleich ein Geständnis machen würde, dass nicht zu der selbstbewussten und ausgeglichenen Person passte, die ich vor wenigen Stunden im Café kennengelernt hatte.

»Was ist dann passiert?«

»Ich gelangte irgendwann an einem Punkt an, an dem ich mein Leben beenden wollte. Ich hatte keine Kraft mehr und sah darin den einzigen Ausweg. Ich wollte, dass die abschätzigen Blicke und Kommentare ein Ende finden. Immer wenn ich auf die Straße gegangen bin, immer in der Schule und auch immer, wenn ich nach Hause kam, war ich ihnen ausgesetzt.«

Lynn schluckte trocken. Es fiel ihr sichtlich schwer, darüber zu sprechen. Obwohl ich ähnliche Erfahrungen gesammelt hatte, konnte ich mir nicht vorstellen, was sie ertragen musste.

»Ich war sechzehn Jahre alt, Valentin war bei Freunden und meine Eltern waren nicht zu Hause. Ich habe in unserem Medizinschrank die Schlaftabletten meiner Mutter entdeckt und sie zusammen mit einer Flasche Wein hinuntergespült. Als hätte Valentin es im Gefühl gehabt, kam er viel eher nach Hause als geplant. Er hat mich gefunden, sofort den Notruf gewählt und mich dazu gebracht, dass ich mich übergeben. Wäre er nicht gewesen, wäre ich nicht mehr hier.«

Ich sog die Luft scharf ein und konnte nicht glauben, was Lynn da erzählte. Das Leben hatte Valentins Schwester schwer getroffen und sie hatte mit den gleichen Problemen zu kämpfen gehabt wie ich momentan. Dass sie jedoch versucht hatte, sich das Leben zu nehmen, schockierte mich. Bisher hatte ich nie einen Gedanken daran verschwendet, mein Leben zu beenden. Natürlich hatte ich gelitten, aber deswegen das wegschmeißen, was man hatte? Das konnte ich mir nicht vorstellen.

Ich hatte zu viel Angst davor, mir das Leben zu nehmen, so wie ich vor allem Angst hatte.

»Ich wurde dann ins Krankenhaus gebracht und gründlich durchgecheckt. Nach meinem Selbstmordversuch war eine Therapie Pflicht, also landete ich wieder bei der Psychologin, die schon Jahre zuvor versucht hatte, mich aus meinem Tief zu holen. Der Unterschied war, dass ich es diesmal ernst nahm. Ich sog jedes Wort auf wie ein Schwamm und versuchte, daraus zu lernen. Sie gab mir Übungen und Möglichkeiten an die Hand, wie ich das Leben wieder schätzen lernte, und plötzlich kam ich mir so dumm vor, weil ich es wegwerfen wollte. Es hat eine Weile gedauert, aber ich habe begriffen, das Aufgeben niemals eine Option ist. Es kann mir egal sein, was andere Menschen über mich denken, solange ich mit mir im Reinen bin.«

Ich bewunderte Lynn für ihren Mut. Natürlich wünschte ich mir, auch so frei leben zu können wie sie. Frei von Ängsten und Selbstzweifeln, die ein ständiger Begleiter meines Lebens waren und sich nicht von heute auf morgen abschütteln ließen. Doch könnte ich genauso stark sein wie sie?

Ich hatte schon oft mit dem Gedanken gespielt, mir Hilfe zu suchen. Aber es war ein Teufelskreis, aus dem ich mich nicht eigenständig befreien konnte. Ich hatte Angst davor, was die Leute sagen würden ... was meine Schwester sagen würde.

Zeugte es nicht von Schwäche, sich Hilfe zu suchen? Ich war immer der Meinung gewesen, dass ich alles allein bewerkstelligen musste. Meine Schutzmauer regelte das. Doch nachdem ich Lynns Geschichte gehört hatte, begann ich daran zu zweifeln. Es gab Menschen, die mir helfen konnten, indem sie mir zuhörten. Doch im Moment fühlte sich dieser Schritt für mich noch nicht richtig an.

Ich wollte zunächst sehen, was Rom mir brachte, wie ich mich in einer neuen Stadt veränderte und meinen eigenen Weg ging.

Vielleicht war das Auslandssemester die Lösung meines Problems. Und wenn nicht, hatte ich noch immer die Möglichkeit, mir Hilfe zu suchen.

Zwanzig

Lynn behielt recht. Valentin tauchte kurz nach achtzehn Uhr mit drei Pizzen in der WG auf. »Es tut mir leid, dass es so lange gedauert hat. Aber irgendwie haben sich alle Rechner im Atelier aufgehangen. Odette und ich wussten nicht, was wir tun sollten, also haben wir einen Techniker angerufen. Er ist ewig nicht aufgetaucht.«

Valentin stellte die Pizzakartons auf den Couchtisch und sah mich entschuldigend an. »Ich wusste nicht, welche Pizza du am liebsten magst, deswegen habe ich mich für Tomate-Mozzarella entschieden. Ich hoffe, das ist okay? Ansonsten kannst du gerne etwas von meiner Salami-Pizza haben.«

Er setzte sich zu mir auf die Couch.

»Tomate-Mozzarella ist in Ordnung.«

Es bereitete mir immer weniger Sorge, vor Valentin zu essen. Dass Lynn dabei war, erschwerte die Sache allerdings. Ich vertraute Valentins Schwester, ohne Frage, trotzdem war es mir unangenehm. Wie sah es denn aus, wenn eine Person wie ich sich eine fettige Pizza hineinstopfte und im gleichen Atemzug darüber jammerte, dass sie mit ihrer Figur unzufrieden war?

Während Valentin und Lynn genüsslich in ihre Pizza bissen, zog ich mir ganz langsam ein Stück aus dem Karton und betrachtete es. Obwohl sich mein Magen beim Anblick der Pizza schmerzhaft zusammenzog, weigerte sich irgendetwas in mir, den ersten Bissen zu machen. Ich spürte Lynns Blick auf mir und wäre am liebsten im Erdboden versunken.

»Hast du keinen Hunger?«, fragte sie und ich schluckte schwer.

»Doch«, brachte ich leise hervor und auch Valentin musterte mich.

»Es ist doch die falsche Sorte, oder?«, wollte er wissen und ich schüttelte eilig den Kopf.

Um Valentin nicht zu verletzen, biss ich unsicher in das Stück. Ich kaute langsam und bemerkte, dass Lynn und Valentin ihre Blicke von mir abwandten. Ein Gefühl von Sicherheit nahm mich ein und ich biss ein weiteres Mal ab.

Nach dem ersten Stück realisierte ich, dass die beiden mich nicht dafür verurteilten, wenn ich aß. Es interessierte sie nicht.

Während Valentin und Lynn innerhalb kürzester Zeit aufaßen, kapitulierte ich nach drei Stücken. Überraschenderweise genügte mir das und ein Gefühl von Leichtigkeit breitete sich in meinem Inneren aus. Zum ersten Mal seit Jahren hatte ich auf meinen Körper gehört und vertraute ihm. Ich verweigerte das Essen nicht aus Scham und ich löste keine angestauten Emotionen damit. Ich kämpfte nicht gegen mich selbst, sondern achtete auf die Signale meines Körpers.

Ohne, dass ich es kontrollieren konnte, zog ich die Mundwinkel nach oben und war stolz auf mich selbst.

»Sollen wir uns auf den Weg machen?«, fragte Valentin mich. Ich nickte zustimmend und bedankte mich bei Lynn für den schönen Nachmittag.

Tatsächlich hatte es mir gutgetan, mich mit ihr zu unterhalten. Allerdings wurde mir dadurch auch schmerzlich bewusst, dass mir noch ein Gespräch mit meiner besten Freundin bevorstand. Stefanie hatte sich nicht bei mir gemeldet, seit wir uns nach dem Camping-Wochenende begegnet waren. Ich musste sie dringend anrufen und die Sache aus der Welt schaffen.

Eine halbe Stunde später waren Valentin und ich auf dem Weg. Als er den Wagen vor dem Atelier parkte, war ich enttäuscht darüber, so wenig Zeit mit ihm verbracht zu haben.

»Was hältst du davon, wenn wir noch einen kleinen Spaziergang machen?«, schlug ich Valentin vor. »So schön, wie der Nachmittag mit deiner Schwester auch war, du hast mir gefehlt.«

Sanft lächelnd hauchte er mir einen Kuss auf die Lippen. »Es tut mir leid, die Sache war anders geplant.«

Skeptisch sah ich Valentin an und grinste breit. »Sei ehrlich, das war eine abgesprochene Sache mit Odette.«

Unsicher kratzte er sich am Hinterkopf. »Du hast mich erwischt. Ich dachte, es würde dir helfen, etwas Zeit mit meiner Schwester zu verbringen. Ich bin mir sicher, dass ihr euch gut verstanden habt. Hat sie dir erzählt, wie sie nach dem Unfall zu kämpfen hatte?«

»Ja, ehrlich gesagt, habe ich nicht damit gerechnet, dass sie eine Fremde direkt in ihre dunkelsten Erfahrungen einweiht.«

Valentin atmete geräuschvoll aus und wandte den Blick einige Augenblicke in den Himmel. »Es war einer der schlimmsten Momente in meinem Leben, als ich sie in ihrem Zimmer gefunden habe. Sie war völlig weggetreten und kaum ansprechbar. Ich stand unter Schock, aber ich habe einfach funktioniert. Ich konnte unter keinen Umständen zulassen, dass sie stirbt.«

»Du und deine Schwester, ihr steht euch extrem nah, oder?« Ich drückte Valentins Hand fest, während wir durch die dunklen Straßen von Paris in Richtung *Jardin de la Nouvelle* liefen.

»Meine Schwester bedeutet mir unendlich viel und ich würde alles tun, um sie zu beschützen. Wenn ich sie damals nicht hätte retten können, hätte ich mir das nie verziehen.«

»Aber du konntest es und darauf solltest du stolz sein. Du hast sie zweimal gerettet.«

Valentin blieb plötzlich stehen. »Kann ich dich etwas fragen, Candy?«

Überrascht nickte ich. »Natürlich.«

»Was war beim Essen vorhin los? Als ich angekommen bin, hatte ich das Gefühl, dass du entspannt bist. Kaum ging es um das Essen, war da wieder diese Blockade.«

Ich seufzte leise. »Das klingt für dich vielleicht albern, aber ... ich esse nicht gern vor anderen Menschen.«

Fragend kniff er die Augen zusammen. »Du hast schon oft vor mir gegessen ... wobei ...« Er schien in seinem Gedächtnis nach Erinnerungen zu suchen.

»Immer wenn ich vor anderen Leuten essen muss, frage ich mich, was sie wohl gerade denken. Wie unglaubwürdig ist es, wenn jemand, der Probleme mit seiner Figur hat, plötzlich eine fettige Pizza isst? Es passiert in meinem Kopf, ohne, dass ich es kontrollieren kann.«

»Du machst dir so viele Gedanken, die dich ausbremsen und *nur für dich* eine Rolle spielen.«

»Ich stimme dir absolut zu. Als ich es bemerkt habe, konnte ich mich etwas entspannen.« Wieder trat das Lächeln auf meine Lippen. »Das ist noch nie zuvor passiert«, fügte ich stolz hinzu, klammerte mich an Valentins Arm und schlug mit ihm den Weg zum *Jardin de la Nouvelle* ein.

Es war nur ein kleiner Schritt in die richtige Richtung, doch für mich fühlte er sich an, als hätte ich einen Teil von mir selbst wiedergefunden.

Glücklich betrat ich nach dem Spaziergang die Wohnung und spielte mit dem Gedanken, Odette von meinem kleinen Fortschritt und dem schönen Nachmittag zu erzählen.

»Odette?«, rief ich in die Wohnung hinein und erhielt keine Antwort. Auch nachdem ich mich umgesehen hatte, konnte ich sie nirgendwo entdecken. Seufzend sank ich auf die Couch und bemerkte erst jetzt die Zeitungen auf dem Tisch. Wahllos griff ich nach einer und überflog den Text.

Spendenveranstaltung endet in Familiendrama

Schon die Überschrift ließ mir das Blut in den Adern gefrieren und die gute Laune, die ich eben noch verspürt hatte, fiel in sich zusammen wie ein Kartenhaus.

> Wie jedes Jahr sorgte die Spendenveranstaltung von Odette Medeaux für viel Trubel in der Hauptstadt. Dieses Jahr sammelte die Modedesignerin Geld für das Kinderheim *Bonheur à la maison*, in welchem ihre Schwester neben dem Studium ehrenamtlich arbeitet.
> Laut Medeaux selbst war der Abend ein voller Erfolg.
>
> Was sich jedoch hinter den Kulissen abspielte, bekam kaum einer der Gäste mit. Es wurde plötzlich hektisch, als der Chef-Designer Nic Blanc die Gäste nach Hause schickte.
> Louna Villiers, die Nichte der Modedesignerin erklärt völlig traumatisiert, was geschehen ist:
> »Alles ging so schnell. Ich wusste nicht, was mir passiert.«
> Sie ist den Tränen nah, als sie uns erzählt, dass sie ohne Vorwarnung von ihrer Cousine Candice angegriffen wurde.
> »Sie stürzte sich auf mich und zog mich an den Haaren und …«

Ich knüllte den Artikel zusammen, ohne ihn fertig zu lesen. Meine Hände zitterten, als ich die anderen Zeitungsausschnitte überflog, in denen ausnahmslos ein und dieselbe Lüge stand.

Ich hatte Louna angegriffen und sie hatte nichts anderes getan, als sich zu wehren?

Tränen sammelten sich in meinen Augen und ich wünschte, Odette wäre hier, um mir ein Gefühl von Sicherheit zu geben. Sie hatte die Aufnahmen der Überwachungskamera gesehen. Sie wusste, dass ich nicht angefangen hatte, geschweige denn, dass ich mich gewehrt hätte. Wie immer hatte ich die Demütigung stumm ertragen.

Ich wusste nicht, was mehr wehtat. Lounas Angriff an sich, oder die Tatsache, dass sie eine Lüge an die Presse verkaufte und mich als gewalttätiges, eifersüchtiges Monster hinstellte. Warum war meine Cousine nur derart bösartig? War das wirklich nur wegen Valentin? Ging sie so weit, um ihren Ex-Freund zurückzubekommen, oder steckte noch mehr dahinter? Hing es mit dem Label und meiner Schwester zusammen? Woher hatten die Frauen das Gerücht, Louna würde das Label irgendwann von Odette übernehmen? Von meiner Schwester jedenfalls nicht, so viel stand fest.

Ich legte mich auf die Seite, schob ein Kissen unter meinen Kopf und kniff die Augen fest zusammen. Manchmal fragte ich mich, ob es für meine Familie einfacher gewesen wäre, wäre ich nie geboren worden. Ich hatte nie zu ihnen gepasst, ständig gab es Probleme und immer stand ich im Mittelpunkt des Dramas.

Einundzwanzig

Direkt zu Beginn der nächsten Woche entschied ich mich, Stefanie anzurufen und endlich aus der Welt zu schaffen, was Nic mir erzählt hatte. So dankbar ich für seine Ehrlichkeit war, ich musste es selbst von meiner besten Freundin hören.

Stefanie und ich verabredeten uns in einem kleinen Café an der Seine. Als ich ankam, wartete sie bereits an einem der schattigen Außenplätze auf mich. Sie wirkte bedrückt und begrüßte mich mit einer verhaltenen Umarmung.

Nachdem wir uns einen Kaffee bestellt hatten und Stefanie zusätzlich noch ein Stück Kuchen, rang ich mich dazu durch, mein Schweigen zu brechen.

»Danke, dass du hier bist. Ich hatte das Gefühl, wir sollten reden«, murmelte ich und meine beste Freundin sah skeptisch auf.

»Ja«, antwortete sie leise.

Ich holte tief Luft und wusste, dass ich den Anfang machen musste. »Es ging mir wirklich nicht gut, als ich euch versetzt habe. Das hatte nichts mit Valentin zu tun. Er stand Samstag überraschend vor meiner Tür. Ich wollte erst nicht mit ihm mitfahren, aber er hat mich überzeugt. Es war meine Chance, allem für ein paar Stunden zu entfliehen.«

Stefanie nickte unsicher.

»Ich weiß, dass es gewirkt haben muss, als wäre Valentin mir wichtiger als unsere Freundschaft, aber das stimmt nicht. Im Moment prasselt so viel gleichzeitig auf mich ein, dass ich mir hilflos vorkomme. Als Louna begann, mit

Odette zusammenzuarbeiten, fühlte es sich an, als würde sich die Schulzeit wiederholen. Ich war ihren Sticheleien ständig ausgesetzt und habe mich deswegen zurückgezogen.«

In einer Kurzfassung erzählte ich Stefanie anschließend, dass Louna und Valentin ein Paar gewesen waren und sie nun krampfhaft versuchte, ihn zurückzubekommen. Ich ließ auch nicht aus, was am Abend der Spendenveranstaltung geschehen war. Fassungslos öffnete meine beste Freundin den Mund.

»Ich wusste, dass Louna zu allem fähig ist, aber das …« Stefanie fehlten die Worte. Plötzlich wurde ihr Blick nachdenklicher. »Bist du sicher, dass Valentin ehrlich zu dir ist?«

Steff glaubte nicht, dass jemand wie Valentin es ernst mit mir meinte. Doch ich vertraute ihm und würde auch sie von seiner Aufrichtigkeit überzeugen.

»Nic hat mir erzählt, was du über ihn denkst.«

Sie holte tief Luft. »Ich mache mir Sorgen und habe Angst, dass er dir wehtut. Ich habe gefühlt, dass zwischen Louna und ihm irgendetwas ist. Die beiden sind an dem Abend im *La Nuit Noire* sehr vertraut miteinander umgegangen, vor allem, nachdem du weg warst.«

Ich verstand ihre Bedenken. »Valentin hat sich in der letzten Zeit immer weiter von Louna zurückgezogen.«

»Bitte sei trotzdem vorsichtig«, bat mich meine Freundin und ich nickte.

Für einen Moment wurde es still, doch es stand noch eine Sache zwischen uns, die geklärt werden musste.

Mein Auslandssemester in Rom.

»Wie wird es mit Valentin und dir weitergehen, wenn du nach Rom gehst?«, durchbrach Stefanie die Stille und ich zuckte mit den Schultern. Ich war dankbar, dass sie das Thema von allein anschnitt.

»Darüber haben wir bisher nicht gesprochen. Das Semester dauert ein halbes Jahr, das ist keine Ewigkeit. Und vor allem ist es nicht genügend Zeit, um unsere Freundschaft zu vergessen.« Verunsichert lächelte ich sie an, doch der Blick meiner Freundin ging starr auf den Tisch.

»Angenommen es gefällt dir in Rom und du entscheidest dich, dein Studium dort fertig zu machen oder für immer zu bleiben.« Sie sah auf und ich erkannte die Angst in ihren Augen. Aus einem Reflex heraus griff ich nach ihrer Hand.

»Ganz egal, was passiert, du wirst mich nicht verlieren. Wir können Nachrichten schreiben, telefonieren, facetimen. Du kannst mich besuchen kommen, oder ich dich. Es gibt so viele Möglichkeiten.«

Stefanie schluckte schwer. »Aber es wird nicht das Gleiche sein. Wir haben in den letzten Monaten kaum Zeit füreinander gehabt, wie soll das erst werden, wenn uns mehrere hundert Kilometer trennen? Bereitet dir der Gedanke keine Sorgen?«

»Doch, natürlich«, versicherte ich ihr. »Aber wenn ich hierbleibe, werde ich nie herausfinden, wer ich bin und was ich in diesem Leben erreichen will.«

»Das verstehe ich. Trotzdem macht es mir Angst.«

»Wir schaffen das«, flüsterte ich. Ich streckte meine Hände nach ihr aus und zog sie schließlich in eine Umarmung.

Als ich wieder zu Hause ankam, war ich besorgt. Ich konnte Stefanies Ängste nachempfinden, hoffte jedoch auch, dass sie mir eine Chance gab, zu beweisen, wie viel mir unsere Freundschaft bedeutete. Auf keinen Fall würde ich zulassen, dass meine Entscheidung diese gefährdete.

Ich schloss die Wohnungstür auf und hoffte darauf, dass Odette nicht zu Hause war. Als ich einen Blick ins Wohnzimmer warf, entdeckte ich sie auf der Couch. Normalerweise arbeitete meine Schwester um diese Zeit noch im Büro. Doch da sie neuerdings viele unerwartete Dinge tat, hinterfragte ich das nicht.

»Hey, wo kommst du denn her?«, wollte sie neugierig wissen.

»Ich habe mich mit Stefanie getroffen.« Ich setzte mich zu ihr. Nachdenklich betrachtete sie mich.

»Ist alles in Ordnung? Ich habe sie lange nicht mehr hier gesehen.«

»Ich weiß es nicht.« Im Groben erzählte ich meiner Schwester, was unsere Freundschaft so durchgerüttelt hatte. Es war eine völlig neue Erfahrung für mich, mit ihr über solche Sachen zu reden. Gleichzeitig genoss ich das neugewonnene Vertrauen zwischen uns.

»Ich hoffe, unsere Freundschaft ist stark genug«, endete ich und meine Schwester griff nach meiner Hand.

»Was Stefanie und dich verbindet, habe ich mir über all die Jahre auch gewünscht. Ihr beiden seid wie Pech und Schwefel. Euch kann so schnell nichts auseinanderreißen und das Auslandssemester schon gar nicht. Natürlich kann niemand von uns vorhersehen, was in der Zukunft passieren wird, aber solange ihr aneinander festhaltet, wird alles gut.«

»Danke«, hauchte ich.

Weil ich mit meiner Schwester noch nicht über die Artikel rund um Spendenveranstaltung gesprochen hatte, schob ich das Thema Stefanie beiseite.

»Ich habe die Artikel über die Spendenveranstaltung gelesen.«

Meine Schwester seufzte laut, offenbar war sie dieses Thema leid. »Ich bin bereits zu Louna gefahren und habe ihre Eltern zu einem Gespräch gebeten. Ich hatte die Aufnahmen der Überwachungskamera dabei, damit sie sich nicht rausreden kann. Allerdings habe ich Louna zunächst die Chance gegeben, die Sache zu berichtigen, bevor ich das Video gezeigt habe. Sie hat direkt gegen dich geschossen, erzählte mir irgendein Märchen davon, dass sie und Valentin wieder ein Paar wären und du ihn ihr wegnehmen wolltest. Nachdem ich die Aufnahmen gezeigt habe, ist sie ganz kleinlaut geworden. Sie hat sich entschuldigt und wollte mich davon überzeugen, dass es ein einmaliger Ausrutscher gewesen war.«

»Hast du das geglaubt?«

Odette schüttelte den Kopf. »Nein, natürlich nicht. Dieser Hass und diese Wut, die auf den Aufnahmen zu sehen waren, haben mich erschreckt. Ich habe Louna als ganz anderen Menschen kennengelernt und ich weiß wirklich nicht, wie ich in Zukunft mit ihr umgehen soll. Ihre Eltern waren ebenfalls geschockt, jedoch verständnisvoll, als ich ihnen die Aufhebung des Arbeitsvertrages auf den Tisch legte. Louna hingegen ist kommentarlos verschwunden.«

»Denkst du, sie wird die Sache einfach so hinnehmen?«

Meine Schwester schüttelte den Kopf und das war genau das, was ich befürchtet hatte. »Nein, ich denke, sie wird hier auftauchen und versuchen, mich umzustimmen. Aber ich habe meine Entscheidung getroffen.«

Ich wusste nicht, was ich dazu sagen sollte, und war überrascht, dass meine Schwester sich entschieden hatte, sich auf meine Seite zu stellen.

»Ich habe auch direkt eine Stellungnahme an die Presse weitergeleitet und die Sache klargestellt. Es sind Ausschnitte des Videos beigefügt, allerdings mit einer Klausel unseres Anwalts, dass diese nicht verwendet werden dürfen.«

Es bedeutete mir viel, dass meine Schwester die Sache regelte, und trotzdem fühlte ich mich seltsam angreifbar. Wie würde Louna darauf reagieren? Würde sie Odettes Entscheidung hinnehmen, oder mich dafür verantwortlich machen?

Zweiundzwanzig

»Wird die Presse da sein?«, fragte ich meine Schwester, als wir uns für die Übergabe des Spendenschecks fertig machten.

»Ja, das sind sie jedes Jahr.« Odette holte tief Luft und wandte sich mir zu. »Sei darauf gefasst, dass sie dir Fragen stellen, was wirklich zwischen Louna und dir passiert ist. Versuche, möglichst neutral zu antworten.«

»Was meinst du mit neutral?«

Odette zuckte mit den Schultern, als wüsste sie es selbst nicht. »Wir sollten die Sache nicht weiter aufbauschen, am besten äußern wir uns überhaupt nicht dazu und versuchen, Fragen in diese Richtung zu ignorieren. Wenn sie wissen wollen, ob es dir gut geht, antwortest du mit Ja.«

Ich nahm Odettes Anweisung so hin, obwohl es mir alles andere als gut ging. Erst gestern Nacht hatte ich von Lounas Angriff geträumt, fühlte mich direkt in diese Situation hineinversetzt und war schweißgebadet aufgewacht. Ich hatte Tränen in den Augen und habe nach Luft gerungen. Aber ich spielte mit, weil es an diesem Tag nicht um mich ging, sondern um das Kinderheim.

Auf der einen Seite freute ich mich, Minon und die Kinder zu sehen und sie mit der großzügigen Spendensumme zu überraschen. Auf der anderen Seite war mir einfach nur übel, wenn ich an die Presse dachte. Odette hatte mir versprochen, die Führung zu übernehmen. Meine Anwesenheit war lediglich erforderlich, weil ich mich dafür eingesetzt hatte, dass für das Kinderheim gesammelt wurde.

Als wir ankamen, gab es von der Presse noch keine Spur, was hauptsächlich daran lag, dass wir viel zu zeitig da waren. Minon wartete bereits auf uns und wirkte aufgeregt. Sie begrüßte meine Schwester mit zwei förmlichen Küsschen auf die Wange und mich mit einer herzlichen Umarmung.

»Ich bin so nervös und bekomme sicher kein Wort heraus.«

»Mach dir keine Gedanken«, beruhigte Odette sie, die den Medienzirkus gewohnt war. »Ich übernehme die Sache mit der Presse und ihr lächelt freundlich in die Kamera.«

Gemeinsam gingen wir zum Spielzimmer der Kleinen, die sofort strahlend auf mich zu gelaufen kamen. Wild brabbelten sie meinen Namen durcheinander und zerrten an mir, um mir ihre schicken Outfits zu zeigen, die sie extra für den Tag bekommen hatten – eine Zusatzspende meiner Schwester.

»Ihr seht alle so schick aus.« Die Kleinen grinsten mich glücklich an und ich freute mich schon auf ihre Gesichter, wenn erst die neue Einrichtung geliefert wurde.

Doch in diesem Moment wurde mir auch schlagartig klar, dass meine Zeit mit ihnen sich dem Ende zuneigte. Noch immer stand ein Gespräch mit Minon aus und ich wusste, dass ich es nicht länger herauszögern konnte. Direkt nach der Übergabe der Spendenschecks würde ich mit ihr über mein Auslandssemester sprechen.

Zu meiner Überraschung verlief die Übergabe entspannt. Die Presse war verträglich und konzentrierte sich nur auf die Spende, auf das Kinderheim und auf Minons Zukunftsvisionen. Stumm stand ich neben ihr und meiner Schwester und tat nichts anderes, als freundlich in die Kamera zu lächeln.

Auf der einen Seite war ich dankbar, dass niemand mehr Fragen stellte. Auf der anderen Seite verspürte ich zunehmend den Drang, meine Meinung dazu zu äußern. Doch weil ich wusste, dass es unklug war, zog ich mich zurück und entschied mich dafür, ein bisschen mit den Kleinen zu spielen, während Minon die Presse durch das Heim führte und ihre Pläne schilderte.

Am Ende posierten wir alle für ein Foto, auf dem Minon den Spendenscheck von unglaublichen einhunderttausend Euro stolz in die Kamera hielt. Außerdem erzählte sie der Presse, dass direkt nach Odettes Veranstaltung weitere Spenden bei ihr eingegangen waren. Meine Schwester war sich sicher, dass das meinem Aufruf zu verdanken war.

Als die Presse sich verabschiedete, machte sich auch Odette auf den Weg. »Ich wäre gerne geblieben, aber ich muss leider los. Ich habe einen Geschäftstermin mit einem neuen Stofflieferanten.«

»Candy, bleibst du noch etwas?«, fragte Minon.

»Ja. Hast du dann eine Minute für mich? Wir müssen über etwas sprechen.«

Die Leiterin des Kinderheims kniff die Augen zusammen und sah mich fragend an. »Oh, das klingt nicht gut.«

»Wie man es nimmt«, murmelte ich bedrückt.

»Ich kümmere mich nur schnell um eine Aufsicht für die Kleinen, dann können wir mein Büro gehen. Odette, ich begleite dich noch nach draußen.«

»Bis später, Candy«, verabschiedete sich meine Schwester und ich lächelte ihr zu.

Ich setzte mich an einen der Tische, wo die kleine Mila gerade auf einem Blatt Papier herumkritzelte. »Hey Candy, wie findest du das?«, wollte sie wissen und hielt mir ihr Blatt unter die Nase. Ich betrachtete ihre Skizze eines Waldes und war erstaunt. Mit jedem Bild schien sie besser zu werden.

»Das gefällt mir sehr gut. Schau mal, wenn du mit dem Bleistift ein paar Schatten malst, sieht der Baum realistischer aus.«

»Kannst du mir das zeigen?« Sie reichte mir den Stift und ich begann, einen der Bäume zu schattieren.

»Siehst du, was ich meine? Du musst gedanklich einen Punkt aussuchen, an dem die Sonne stehen soll. Auf der entgegengesetzten Seite malst du die Schatten.« In die linke obere Ecke des Bildrandes zeichnete ich einen winzigen Kreis. »Dieser Kreis ist die Sonne. Ihre Strahlen fallen von oben auf die Bäume und erzeugen genau hier den Schatten. Das machst du für alle anderen Gegenstände auf dem Bild auch.«

»Cool, danke.«

Ich reichte Mila den Stift zurück und sie begann sofort, die Bäume zu schattieren.

Als Minon mit einer Betreuerin zurückkam, deutete sie mir mit einer Kopfbewegung an, dass ich ihr ins Büro folgen sollte. Ich schenkte Mila noch ein Lächeln und stand schließlich auf. Im Büro nahmen wir in der Sitzecke Platz und Minon bot mir einen Kaffee an. Ich lehnte ihn dankend ab und faltete die Hände im Schoß.

»Ich hätte dieses Gespräch eher mit dir führen sollen, aber ich zögere es seit Wochen hinaus, weil ich dich nicht enttäuschen möchte.«

»Als ob du mich jemals enttäuschen könntest, Candy.«

Noch einmal holte ich tief Luft und überlegte mir genau, was ich sagen wollte. Ich war nicht gut darin, Menschen schlechte Botschaften zu überbringen. Wobei mein Auslandssemester etwas Gutes war.

»Ich habe mich vor einiger Zeit für ein Auslandssemester in Rom beworben. Ich habe die Zusage bekommen.« Unsicher suchte ich Minons Blick, die sichtlich überrascht wirkte.

»Das bedeutet also, dass du in Zukunft nicht mehr mit den Kindern malen wirst?«

»Das Semester geht im Oktober los, ich spiele jedoch mit dem Gedanken bereits Ende August nach Rom zu reisen, um mich einzuleben und die Stadt kennenzulernen.«

»Dann kommst du noch höchstens zwei oder dreimal?«

Ich senkte bedrückt den Blick. »Ja.«

Minon lehnte sich in ihrem Stuhl zurück und faltete die Hände über dem Kopf. »Auf der einen Seite freue ich mich für dich, weil du versuchst, einen neuen Weg einzuschlagen. Ich weiß, dass du dich in Paris nie richtig wohlgefühlt hast. Aber auf der anderen Seite werde ich keinen guten Ersatz für dich finden. Die Kinder haben dich ins Herz geschlossen.«

»Das Auslandssemester dauert nur ein halbes Jahr, danach komme ich nach Paris zurück.«

»Dann ist es kein Abschied für immer. Damit werden die Kinder besser umgehen können. Du kommst doch zurück?« Hoffnungsvoll betrachtete sie mich und ich nickte.

»Natürlich, wenn ich darf?«

»Was für eine Frage.«

»Ich habe trotzdem keine Ahnung, wie wir es den Kleinen beibringen sollen.« Diese Sache beängstigte mich. Allein die Vorstellung ihrer traurigen Gesichter trieb mir die Tränen in die Augen.

»Am besten kurz und schmerzlos. An deinem letzten Tag hier. Ich lasse mir etwas einfallen.«

»Danke, Minon.« Ich war erleichtert, dass ich Minon endlich die Wahrheit gesagt hatte und dass es für mich noch immer einen Platz gab, wenn ich zurückkehrte.

Nach dem Gespräch mit Minon machte ich mich auf den Weg nach Hause. Obwohl ich mich erleichtert fühlen sollte, dass ich endlich mit ihr gesprochen hatte, empfand ich bloß Traurigkeit.

Ich würde das Kinderheim und die Arbeit vermissen. Niemand war mir mit Vorurteilen begegnet und alle hatten mich so angenommen, wie ich war. Im Kinderheim konnte ich Candy sein. Würde es so einen Platz auch in Rom geben? Und obwohl ich vor Kurzem noch so überzeugt gewesen war, übermannte mich nun wieder die Angst. Was, wenn Stefanie recht hatte und Rom eine Ausrede war? Was, wenn ich dort einsamer war als hier?

Und was, wenn ich den größten Fehler meines Lebens beging, indem ich Valentin in Paris zurückließ? Selbst meine Schwester war mittlerweile ein Grund, um hierzubleiben. Sie setzte alles daran, mich besser zu kennenzulernen. War Architektur überhaupt das, was mich aus tiefstem Herzen interessierte?

Oder sollte ich mir endlich eingestehen, dass es nur eine Flucht war. Eine Flucht vor mir selbst.

Dreiundzwanzig

Ich saß gerade am Schreibtisch und arbeitete ein Referat über die Architektur der Antike aus, als es an der Tür klingelte. Irritiert, weil ich keinen Besuch erwartete, stand ich auf und erblickte Valentin in unserem Hausflur.

»Was machst du denn hier?«, fragte ich lächelnd.

»Ich entführe dich. Eigentlich hatte ich diesen Ausflug für letzten Sonntag geplant, aber da ging es dir nicht gut.«

»Und lass mich raten, du verrätst mir nicht, wohin es geht.«

»Hm, doch. Ich habe eine Radtour an der Seine geplant. Das Wetter ist heute genau richtig dafür. Null Prozent Regenwahrscheinlichkeit.« Mit einem Lachen präsentierte Valentin mir eine Wetter-App, die dies bestätigte.

Über diese Entführung freute ich mich sehr, denn es war Ewigkeiten her, dass ich mich aufs Rad geschwungen hatte.

Valentin wartete geduldig, bis ich mich fertig gemacht hatte, und nach einer knappen halben Stunde brachen wir endlich auf. Weil mein Fahrrad im Keller eine Generalüberholung gebraucht hätte, war ich sehr dankbar, dass er Fahrräder ausgeliehen hatte. Auf dem Gepäckträger von Valentins Rad klemmte ein Picknickkorb, auf meinem eine Decke.

Schon nach wenigen Minuten erreichten wir die Seine und ich genoss es, wie der Fahrtwind mir die Haare aus dem Gesicht wehte. Heimlich betrachtete ich Valentin von der Seite. Seit der Spendenveranstaltung hatten wir nur kurz miteinander gesprochen und uns meistens Nachrichten geschrieben. Weil er im Atelier viel zu tun hatte, fehlte uns die

Zeit für ein Treffen allein. Aber das war in Ordnung, denn ich musste ohnehin den letzten fehlenden Aufsatz für die Uni schreiben. Außerdem hatte ich mich in dieser Woche damit beschäftigt, wann und wie ich nach Rom reisen würde.

Die Zweifel, die ich nach dem Besuch im Kinderheim hatte, waren wie weggeblasen. Als weitere Artikel über die Sache zwischen Louna und mir auftauchten, wollte ich nichts mehr, als endlich hier zu verschwinden. In Rom kannte mich niemand, dort stellte niemand Erwartungen an mich. Dort musste ich nicht die kleine Schwester von Odette Medeaux sein, sondern einfach nur Candy.

Während wir am Ufer der Seine aus der Stadt herausfuhren, sprachen Valentin und ich kaum ein Wort. Stattdessen ließen wir die Umgebung auf uns wirken. Ich betrachtete die Häuser, die an uns vorbeizogen, prägte mir die Menschen ein, die uns auf unserem Weg begegneten. Und ich liebte das Glitzern der Sonne im Wasser des Flusses. Es hatte etwas Magisches, wirkte beruhigend auf mich und sorgte dafür, dass der Stress der letzten Tage und Wochen von mir abfiel. Valentin wusste genau, wie man schöne Momente zauberte, und erneut wurde mir schmerzlich klar, was ich mit ihm zurücklassen würde. Hatten wir eine Chance, wenn ich Paris verließ? War unsere Beziehung nach der kurzen Zeit stark genug, um diese Distanz zu überleben? Würde ich damit umgehen können?

»Worüber zerbrichst du dir dieses Mal den Kopf?« Valentin betrachtete mich. Inzwischen hatten wir Paris verlassen und fuhren auf einer ruhigen Landstraße entlang.

»Ich habe in der vergangenen Woche angefangen, meine Reise nach Rom zu planen. Es wird langsam ernst und …« Ich wusste nicht, wie ich meine Gedanken in Worte fassen sollte.

»Und was?«, erkundigte er sich.

»Aus irgendeinem Grund wandeln sich die Dinge in Paris langsam, sodass ich mich frage, ob es wirklich die richtige Entscheidung war, den Platz in Rom anzunehmen.«

»Bedeutet das, du willst überhaupt nicht nach Italien gehen?«

Ich zuckte mit den Schultern. Obwohl meine Entscheidung feststand, hatte ich das Bedürfnis, mit Valentin darüber sprechen zu müssen. »Auf der einen Seite hat sich meine Schwester in den letzten Wochen so verändert, dass ich keinen Grund mehr sehe, vor ihr zu flüchten. Auf der anderen Seite möchte ich diese Chance nutzen, um zu mir selbst zu finden. Wahrscheinlich gehe ich weniger wegen des Studiums nach Rom, sondern um mir etwas zu beweisen. Ich war nie mutig oder habe mutige Entscheidung getroffen.«

»Dann solltest du diese Chance nicht vergeuden, ganz egal, was dich hier hält.«

»Du weißt genau, dass ich mir wegen uns beiden Gedanken mache, oder?« Angespannt kniff ich die Augen zusammen.

»Ja, aber wir werden es schaffen, irgendwie, solange wir daran glauben.«

Ich erwiderte nichts darauf, sondern richtete meinen Blick wieder geradeaus und konzentrierte mich auf die Umgebung. Mit meinen Zweifeln und Ängsten hatte ich mir schon so vieles in meinem Leben schlecht geredet, das wollte ich dieses Mal verhindern.

Nach einer knappen Stunde erreichten wir einen kleinen Park an der Seine, wo wir unsere Picknickdecke ausbreiteten. Überraschenderweise waren nicht viele Menschen hier, was mich zusätzlich beruhigte. Wir lehnten unsere Fahrräder gegen einen Baum und nahmen auf der Decke Platz. Ich winkelte meine Beine an und umklammerte sie, den Blick geradeaus auf das funkelnde Wasser gerichtet. Irgendwie fühlte sich das Gespräch unvollständig an, das Valentin und ich während der Fahrt hierher geführt hatten. Ich hatte längst nicht alles ausgesprochen, was mir durch den Kopf geisterte. Ein leises Seufzen entwich mir, das seine Aufmerksamkeit auf mich lenkte. Ich musste es mir von der Seele reden, ansonsten würde ich diesen Nachmittag nicht genießen können.

»Ich weiß nicht, ob ich stark genug bin, eine Fernbeziehung zu führen. Ich würde ständig darüber nachdenken, was du gerade machst und mit wem du redest. Die Sache würde sich in meinem Kopf so hochschaukeln, bis ich die Notbremse ziehe«, brach ich mein Schweigen und Valentin betrachtete mich eingehend.

»Und die Notbremse ziehen bedeutet, dass du dich trennen würdest?«

»Ja. Ich habe diesbezüglich schon schlechte Erfahrungen gemacht. Was wir beide haben, fühlt sich so vertraut an. Aber ich bin maximal noch zwei oder drei Wochen hier, je nachdem, für welchen Flug ich mich entscheide. Mein Zimmer im Studentenwohnheim ist sofort bezugsfertig. Wenn es danach ginge, könnte ich schon morgen abreisen. Ich habe Angst, dass wir am Ende feststellen, einen riesigen Fehler gemacht oder das Beste, was uns jemals passiert ist, geopfert zu haben.«

Valentin rutschte näher zu mir und griff nach meiner Hand. Sanft strich er mit dem Daumen über meine Haut und ein sanftes Kribbeln breitete sich in meinem Inneren aus. Die sanfte Berührung gab mir Sicherheit.

»Du hast keine Ahnung, wie gut ich dich verstehe. Als wir uns kennengelernt haben, wusste ich, dass du nach Rom gehst. Wäre ich klug gewesen, hätte ich mich von dir ferngehalten.« Valentin schenkte mir ein Grinsen, der letzte Satz war ein Scherz gewesen. »Ich bin mir sicher, dass wir bis zu deiner Abreise eine Lösung gefunden haben.«

Damit konnte ich leben. Valentin ging sehr pragmatisch an die Sache heran und das gefiel mir, denn im Moment konnte ich mich auf meine eigenen Gefühle nicht verlassen. Ich reagierte immer zu emotional, um eine sachliche Entscheidung zu treffen. Und genau diese war angebracht. Dieses Mal durfte ich nicht davor zurückschrecken.

»Und jetzt verschwenden wir nicht länger Gedanken daran, was irgendwann sein könnte, sondern genießen diesen Moment.«

Valentin hatte recht. Ich löste meine Hand von ihm, lehnte mich zurück und atmete tief durch. Die Sonne kitzelte meine Nase und ich schloss die Augen. Es war ein schöner Tag und ich wollte ihn mir nicht dadurch ruinieren, indem ich auf Krampf unsere Beziehung zerstörte.

»Lynn hat gefragt, ob wir am Wochenende zusammen ins Kino gehen wollen?«, fragte Valentin nach einiger Zeit.

»Ja, gern, warum nicht?«

»Sie mag dich«, schmunzelte er. »Ich bin mir sicher, dass ihr gute Freundinnen werden könnt.« Ich verdrehte die Augen. »Was?« Er runzelte die Stirn.

»Das ist wohl der schrecklichste Standardsatz, den du an dieser Stelle hättest bringen können.« Valentin verzog die Lippen zu einer Schnute und ich konnte nicht anders, als herzlich zu lachen. Das sah so albern aus.

»Von wegen Standardsatz. Das ist meine ehrliche Meinung.«

»Und wann genau sollen wir richtige Freundinnen werden? Ich kann deine Schwester schlecht ins Handgepäck packen.«

»Richtig, das ist für mich reserviert.«

»Das hättest du wohl gern.« Ich wünschte, es wäre so leicht.

Valentin fiel neben mir auf den Rücken und verschränkte die Arme hinter dem Kopf.

»Als Kind habe ich es geliebt, stundenlang auf der Wiese zu liegen und in den Himmel zu sehen«, schwelgte er in Erinnerungen und wechselte einfach das Thema.

Ich legte mich neben ihn. Er löste eine Hand von seinem Kopf und ergriff meine wieder. Behutsam verhakten sich seine Finger mit meinen.

»Hattet ihr einen Garten an eurem Haus?«

»Ja, er war zwar nicht groß, hat jedoch völlig ausgereicht. Meine Mutter liebt die Gartenarbeit und mein Vater konnte es sich nicht nehmen lassen, einen Pool aufzustellen. Die Sommer waren immer die schönsten, wenn wir die meiste Zeit draußen verbrachten, im Pool geschwommen sind, oder einfach nur auf der Wiese lagen und die Wolken beobachtet haben. Einmal haben wir sogar draußen eine Höhle gebaut und wollten darin übernachten.«

»Und habt ihr es durchgezogen?«

Ein Lächeln huschte über Valentins Lippen. »Nein, weil ein Gewitter aufzog. Wahrscheinlich hätten wir uns auch so nicht getraut. Es war eine Sache, mit unseren Eltern zelten zu gehen. Eine ganz andere, allein draußen zu schlafen.«

»Wo habt ihr gewohnt, nachdem das Haus abgebrannt ist?«

»Auf dem Zeltplatz in Jablines gibt es auch kleine Bungalows. Mein Onkel hat uns einen überlassen, bis das Geld von der Versicherung kam und meine Eltern das Haus neuaufbauen konnten. Von dem alten Haus war nichts mehr zu retten, also hat man es abgerissen. Nach etwa einem Jahr konnten wir wieder einziehen. Das neue Haus ist schön, aber ihm fehlen die Erinnerungen.« Valentin machte ein betretenes Gesicht. »Es ist besser so, das alte Haus hätte uns ständig an diesen furchtbaren Unfall erinnert. So war es für uns alle ein Neuanfang, auch wenn das Lynn zunächst nicht geholfen hat.«

Ich nickte sanft und wusste nicht, was ich darauf erwidern sollte. Ich konnte mir nicht vorstellen, wie es damals für die Geschwister gewesen sein musste. Nicht nur, dass die Narben des Unfalls niemals verschwinden würden, auch alles andere hatte sich für sie verändert.

»Habt ihr schon immer im Stadthaus gelebt?«, erkundigte sich Valentin interessiert.

»Ja, solange ich denken kann. Wir hatten nie einen Garten. Odette war für mich als Schwester überhaupt nicht greifbar, ich musste mich immer allein beschäftigen. Manchmal frage ich mich, ob wir nicht alle glücklicher gewesen wären, wenn es das Label nicht gegeben hätte. Wenn es all die Erwartungen nicht gegeben hätte.«

»Was bedeutet schon Glück? Ich hatte die schönste Kindheit, die man sich vorstellen kann, und trotzdem hat ein Unfall alles verändert. Lynn war nie wieder dieselbe. Im Grunde wundert es mich nicht, dass sie die Entscheidung traf, ihr Leben beenden zu wollen. Und trotzdem, wenn mich heute jemand fragt, wie meine Kindheit war, beschreibe ich sie als glücklich. Denn das war sie bis zum Feuer.«

»Du hast ein unfassbares Talent dafür, selbst in negativen Dingen etwas Positives zu finden. Du hast keine Ahnung, wie sehr ich das bewundere.«

»Daran musste ich lange arbeiten«, gestand Valentin. Stumm lächelnd erwiderte er meinen Blick.

»Ich habe schon immer dazu geneigt, mich ausschließlich auf das Negative zu konzentrieren. Es gibt so viele Menschen, denen es schlechter ergeht als mir. Ich muss mir keine Gedanken um Geld machen, ich habe ein Dach über dem Kopf und ich bin gesund. Es fehlt mir an nichts.«

Valentin drehte sich zu mir auf die Seite und strich mir eine Haarsträhne aus dem Gesicht. Jedes Mal, wenn er mich ansah, nahmen seine Augen dieses Funkeln an, von dem ich erstmals verstand, dass es mir galt.

»Das Geheimnis ist, alle Situationen im Leben anzunehmen. Egal, was passiert, es gibt einen Grund dafür. Du darfst nicht vergessen, dass jeder mal einen schlechten Tag hat. Wie man damit umgeht, macht den Unterschied.«

Weil ich nicht wusste, was ich darauf sagen sollte, entschied ich mich, meinen Gefühlen Taten folgen zu lassen.

Valentin ermutigte mich mit seinen Worten, gab mir das Gefühl zu ihm zu gehören.

Behutsam zog ich ihn zu mir und legte meine Lippen auf seine. Er erwiderte den Kuss zunächst schüchtern, dann immer leidenschaftlicher.

»Candy?« Valentin löste sich von mir.

»Hm?« Ich kniff die Augen zusammen, weil die Sonne mich blendete.

»Ich werde um das kämpfen, was wir haben. Ganz gleich, was passiert. Ich bin nicht bereit, uns aufzugeben.«

Ich öffnete leicht die Lippen, um etwas zu erwidern, doch das kleine Wörtchen *uns*, das in meinen Kopf nachhallte, machte mich sprachlos.

Die Angst, dass er es nicht schaffen würde, war nach wie vor in meinem Kopf präsent, doch in diesem Moment entschied ich mich bewusst dafür, ihr keine Stimme zu geben und positiv zu denken.

Vierundzwanzig

Die Sonne neigte sich dem Horizont entgegen, als wir wieder am Atelier ankamen. Ich hatte diesen Tag sehr genossen und freute mich schon auf den Kinobesuch mit Valentin und seiner Schwester am nächsten Tag. Valentin schaffte es mit Leichtigkeit, mich von der Schwere meiner Gedanken zu befreien und mich den Moment genießen zu lassen. Mit einem Lächeln auf den Lippen dachte ich an die Küsse zurück, an das funkelnde Wasser und die strahlende Sonne. Ich hatte immer geglaubt, in meinem Leben würde es keine perfekten Momente geben, aber der Nachmittag am Ufer der Seine hatte mich eines Besseren belehrt. Valentin schenkte mir Mut und Hoffnung, dass das, was uns verband, mehr war als Sommergefühle. Ich glaubte fest daran, dass unsere Beziehung stark genug sein würde, auch wenn ich nach Rom ging.

»Danke für den schönen Tag«, flüsterte ich.

»Dafür musst du dich nicht bedanken.«

»Du machst alles so leicht und du lässt mich jedes Problem vergessen.«

Er machte einen Schritt auf mich zu, strich mir eine Haarsträhne hinter die Ohren und legte seine Lippen sanft auf meine. Ich ließ mich ihm entgegen fallen, verlor mich in dem Kuss und blendete alles um mich herum aus. Wenn ich bei ihm war, war nichts anderes wichtig. In diesen Augenblicken zählten nur wir.

»Schreibst du mir noch einmal, wann wir uns morgen mit Lynn treffen?«, fragte ich, nachdem wir den Kuss gelöst hatten.

»Natürlich«, antwortete Valentin.

Wir verabschiedeten uns voneinander und er packte die beiden Fahrräder in seinen Kofferraum, um sie zurückzubringen.

Als er losfuhr, winkte er mir noch einmal zu und ich beobachtete ihn, bis er um die nächste Kreuzung bog. Ich konnte mein Glück kaum fassen und fragte mich, wann ich endlich aus diesem wunderschönen Traum aufwachen sollte.

Die Antwort kam prompt und völlig unerwartet.

»Hast du dich nie gefragt, was ein Typ wie Valentin von dir will?«

Die Stimme meiner Cousine ließ mir das Blut in den Adern gefrieren und ich traute mich nicht, mich umzudrehen. Nach ihrem Angriff bei der Spendenveranstaltung wollte ich Louna nicht mehr begegnen. Die einzige Sicherheit war, dass wir uns in der Öffentlichkeit befanden und Passanten unterwegs waren. Wenn sie mich hier angriff, würde man mir hoffentlich helfen.

Doch Louna hielt bewusst Abstand.

»Was willst du von mir?«

Ich hasste das Zittern in meiner Stimme und das Gefühl von Genugtuung in ihrem Gesicht. Sie wusste, dass ich Angst vor ihr hatte, und das würde sie in jeder Sekunde gegen mich verwenden.

»Können wir kurz reden, Candy?« Lounas versöhnlicher Tonfall irritierte mich.

»Ich wüsste nicht, worüber.« Abwehrend verschränkte ich die Arme vor der Brust, um ihr meine Ablehnung deutlich zu machen.

»Ich habe bei der Spendenveranstaltung die Kontrolle verloren. Entschuldige, ich habe einfach schwarzgesehen.«

Ich schwieg.

»Versetz dich einmal in meine Lage. Du hast mir den Mann weggenommen, den ich liebe. Das fühlt sich scheiße an.« Sie blickte zu Boden. »Ich zweifle an seinen Gefühlen, Candy. Und das nicht, weil ich dir dein Glück missgönne. Valentin benutzt dich, um bei Odette zu punkten.«

»Wenn du nur hier bist, um Lügen zu erzählen, kannst du direkt wieder gehen.« Ich wollte mich an meiner Cousine vorbeischieben, doch sie griff schnell nach meinem Arm. Schmerzhaft presste sie mein Handgelenk zusammen. »Lass mich los«, zischte ich zwischen zusammengebissenen Zähnen.

»Nein, nicht bevor du mir zugehört hast und die Wahrheit über Valentin kennst. Das bin ich dir nach allem schuldig. Kurz nachdem er bei deiner Schwester angefangen hatte, gab diese bekannt, dass sie die Stelle des zweiten Chefdesigners intern ausschreibt. Sie hat jemanden gesucht, der eng mit Nic zusammenarbeitet. Valentin hat die Chance erkannt und sich an dich herangemacht.«

Ich kniff die Augen zusammen und versuchte, zu verstehen, was meine Cousine damit andeuten wollte.

»Du kennst Valentin nicht so gut wie ich. Ihm sind andere Menschen scheißegal, wenn es um seinen Erfolg geht. Hat er dir je erzählt, dass er sein eigenes Label gründen und sich dafür erst einen Namen bei anderen Designern machen möchte. Wenn er kurz nach seiner Einstellung schon zweiter Chefdesigner bei *Medeaux* wird, stehen ihm alle Türen für sein Label offen. Er muss nur ein Jahr durchhalten, nicht länger. Ein Jahr, um bei allen wichtigen Veranstaltungen Kontakte zu knüpfen. Hat er dir erzählt, warum unsere Beziehung damals auseinandergegangen ist?«

Louna löste endlich die Hand von meinem Handgelenk und verschränkte die Arme vor der Brust.

»Nein, das interessiert mich auch nicht.«

»Sollte es aber. Er hat mich damals verlassen, weil er vor seinem Studium ein vierwöchiges Praktikum bei einem Designer in Mailand bekommen hat. Wir waren glücklich, Candy.«

»Offensichtlich nicht so glücklich, wie du geglaubt hast.«

Meine Cousine schüttelte bedrückt den Kopf. »Ich verstehe, was du an ihm findest, er hat ein unfassbares Talent dafür, mit Worten umzugehen. Er plant Überraschungen und lässt dich glauben, dass du alles für ihn bist. Er bringt dich auf den Zeltplatz und erzählt rührselige Geschichten von dem Brand in seinem Haus. Du durftest seine Schwester kennenlernen und so, wie es aussieht, habt ihr heute die Radtour an der Seine gemacht. Mit Picknick? Das habe ich zu Beginn des Sommers auch geliebt.«

Ich erstarrte. Woher wusste Louna von unseren Dates?

»Weißt du, was als Nächstes kommt, Candy? Du darfst seine Eltern kennenlernen, fühlst dich wohl und geborgen. Er nimmt dich mit zu sich nach Hause, ihr kocht zusammen und am Ende wird er dich ins Bett kriegen. Wahrscheinlich würde er sogar dieses Opfer bringen ... solange es ihm bei deiner Schwester irgendwie weiterhilft.«

Ich ballte die Hände zu Fäusten. Ich wollte Louna nicht glauben, doch eine kleine Stimme in meinem Inneren mahnte zur Vorsicht. Wollte er wirklich nur Ansehen bei meiner Schwester gewinnen? Drehte sich alles um den Job des zweiten Chefdesigners? Zog er bei mir die gleiche Masche wie bei Louna ab?

»Ich habe jahrelang nichts von Valentin gehört, bis er durch einen Zeitungsartikel mitbekommen hat, dass ich nun für das Label arbeite. Kurz danach rief er mich an und fragte, ob ich nicht Lust auf ein Date habe. Dabei bat er mich, ihm einen Job zu besorgen.«

Am liebsten wäre ich gegangen. Ich wollte so viel Abstand, wie möglich zwischen mich und meine Cousine bringen. Ich wünschte mir, dass Louna bloß Lügen erzählte. Doch ein kleiner Teil in mir war skeptisch. Warum sollte sie sich das alles ausdenken?

Sie verzog angewidert die Lippen. »Er ist sogar mit mir ins Bett gegangen, um diesen Job zu bekommen. Valentin hat alles gemacht, was ich wollte, bis er die Zusage deiner Schwester hatte. Dann war ich ihm plötzlich wieder scheißegal. Denk darüber nach, Candy.«

Mit diesen Worten ließ Louna mich stehen und verschwand.

Hatte Valentin sich nur mit mir eingelassen, um gut bei meiner Schwester dazustehen? Hatte er dafür gesorgt, dass sie versöhnlicher wurde? Ich verstand es nicht.

Ich würde keine Ruhe finden, also lief ich direkt zur nächsten Metrostation. Ich musste mit Valentin sprechen und die Sache aus dem Weg räumen. Würde er mir erklären können, was Louna behauptet hatte?

Das Ruckeln der Metro machte mich noch nervöser. Ich war vollkommen durcheinander. Mir war schwindlig und schlecht und ich betete dafür, dass Lounas Worte nur eine Intrige waren, um mich aus dem Weg zu schaffen.

Meine Beine trugen mich automatisch von der Metrostation zur WG von Valentin und seiner Schwester. Ich zögerte einen Moment vor der Haustür und überlegte, ob ich klingeln sollte. Warum war ich überhaupt hergekommen und vertraute ihm nicht?

»Candy?«

Erschrocken drehte ich mich um und schluckte schwer. Er musste die Fahrräder noch weggeschafft haben und war deswegen später an seiner Wohnung angekommen als ich.

»Was machst du denn hier? Ist alles in Ordnung?«

Ich sog Luft tief in meine Lunge. »Hast du mit Louna geschlafen, um die Stelle beim Label zu bekommen?« Meine Frage traf Valentin sichtlich unvorbereitet. Dass er nicht sofort widersprach, zeigte mir, dass etwas an der Sache dran war.

»Es … Es ging dabei nicht zwangsläufig um den Job. Ich habe mich von alten Gefühlen leiten lassen«, antwortete er sachlich. Zu sachlich für diese Situation.

»Stimmt es, dass du Louna damals wegen eines Praktikums in Mailand verlassen hast?«

Er zog die Stirn kraus.

»Unsere Beziehung war sowieso am Ende und ich wollte nicht herauszögern, was unumgänglich war. Also ja, ich habe Louna wegen eines Praktikums verlassen.«

»Und du hast dich nur bei ihr gemeldet, weil du den Job bei meiner Schwester wolltest?«

»Ja, ich hatte gehofft, dass sie mir hilft.«

Abwehrend verschränkte Valentin die Arme vor der Brust und die Kälte in seinem Gesicht ließ mir das Blut in den Adern gefrieren. »Candy, warum fragst du mich all das?«

»Verbringst du nur Zeit mit mir, um bei Odette gut dazustehen? Damit du der zweite Chefdesigner wirst?«

Valentin wich die Farbe aus dem Gesicht und ich hatte meine Antwort. Die Enttäuschung traf mich mit voller Wucht und trotzdem wollte ich ihm die Chance geben, die Sache zu erklären.

»Warum?«

»Vielleicht ist es am Anfang mein Gedanke gewesen, doch je besser ich dich kennengelernt habe, Candy, umso mehr hast du mir bedeutet. Es geht schon lange nicht mehr um diesen verdammten Job.«

»Ich glaube dir nicht, Valentin. Die Dates, die du geplant hast, hattest du sie zuvor mit Louna? Was hat noch gefehlt? Das Kennenlernen mit deinen Eltern? Das gemeinsame Kochen in der WG? Hast du gedacht, ich bin ein leichtes Opfer? Ich würde mich leicht beeinflussen lassen, weil sowieso niemand anderes Interesse an mir hat? Der beinahe Kuss im Kinderheim, war der Show oder war der echt? Der Tag am See im *Bois de Boulonge*? Die Nacht im Zelt, die Küsse, Show oder echt?«

Valentin schluckte schwer und ich war mir sicher, dass er mir nicht antworten würde, deswegen nahm ich es ihm ab. »Eigentlich will ich es nicht wissen, hoffentlich hattest du deinen Spaß und es hat dir etwas gebracht.«

Ich schob mich an ihm vorbei, stieß ihm dabei absichtlich gegen die Schulter und hastete zur Metro, in der Hoffnung möglichst schnell nach Hause zu kommen. Ich würde meiner Schwester davon erzählen und hoffte, dass sie Konsequenzen daraus zog. Ich hatte meinem dummen Herzen vertraut, dabei hatte mein Bauchgefühl mich von Anfang an gewarnt. Warum war ich nicht vorsichtiger gewesen?

Als ich in der Wohnung ankam, machte ich mich direkt auf die Suche nach Odette. Nicht, um zu petzen, was Valentin verbrochen hatte, sondern weil ich den Trost meiner großen Schwester brauchte. In den letzten Wochen hatten wir uns angenähert, sie würde bestimmt für mich da sein.

Ich fand meine Schwester in einem schicken, blauen Etuikleid im Badezimmer. Sie stand vor dem Spiegel und tuschte sich die Wimpern. Ob sie auf dem Weg zu einem Treffen mit diesem Jean-Luc war?

»Odette?«, flüsterte ich mit schwacher Stimme. Meine Schwester betrachtete mich einen Augenblick mit einem Ausdruck auf dem Gesicht, den ich nicht deuten konnte.

»Tut mir leid, Candy, ich habe jetzt leider keine Zeit. Ich bin schon viel zu spät dran.«

Ich ließ den Kopf hängen und wusste nicht, was ich darauf erwidern sollte. Sollte ich ihr trotzdem erzählen, was vorgefallen war, oder sie einfach in Ruhe lassen? Unser Verhältnis hatte sich gerade erst gebessert, ich wollte keine falsche Entscheidung treffen.

»Als Valentin mich nach Hause gebracht hat, hat …«, wagte ich es dennoch.

»Bitte, Candy, ich bin wirklich spät dran. Kannst du nicht Nic anrufen, um mit ihm zu sprechen?«

Odette zog sich ihre Lippen nach und fuhr sich mit den Fingern durch die Haare, bevor sie das Bad verließ, ohne auf mich zu achten. Ich kam nicht länger gegen die Tränen an, die sich seit dem Gespräch mit Valentin angestaut hatten. Leise suchten sie sich den Weg über meine Wangen, während ich nach wie vor im Türrahmen des Badezimmers stand. Ich hörte, wie Odette die Wohnung verließ.

Mein Herz krampfte sich schmerzhaft zusammen und mit zittrigen Fingern angelte ich mein Handy aus der Tasche. Mit tränenverschwommenem Blick suchte ich die Nummer meines besten Freundes und wählte sie. Ich musste mit irgendjemanden reden. Auch Nic hatte Valentin in den letzten Wochen gut genug kennengelernt, um ihn einschätzen zu können. Vermutlich hatte mein bester Freund sogar mehr Zeit mit ihm verbracht als ich selbst.

Der Freizeichenton erklang und ich wartete ab. Mein Herz schlug immer schneller, meine Finger krampften sich um mein Smartphone. Wie hatte ich nur so naiv sein können? Ich hatte von Anfang an gespürt, dass Valentin mir wehtun würde. Und trotzdem hatte ich nicht auf mein Gefühl gehört.

Nic nahm den Anruf nicht entgegen, also versuchte ich es bei Stefanie. Als sich bei ihr nur die Mailbox meldete, schrieb ich eine Nachricht in unseren Gruppenchat.

Valentin hat mich die ganze Zeit benutzt, um bei Odette besser dazustehen. Ich muss reden, bitte ruft mich zurück oder kommt vorbei.

Entmutigt ließ ich das Handy nach unten sinken und verschwand in meinem Zimmer. Verzweifelt fiel ich auf das Bett, schlug die Arme vor mein Gesicht, schluchzte laut auf und heulte los.

Ich wusste nicht, wie lange ich so da lag, doch das Klingeln an der Tür riss mich aus meiner Trance. Wie in Zeitlupe stand ich auf, verließ mein Zimmer und wankte in den Flur. Hoffnungsvoll öffnete ich die Tür und wünschte mir, meine Schwester zu sehen, die in der letzten Sekunde bemerkt hatte, wie schlecht es mir ging. Oder einen meiner Freunde. Als ich Louna entdeckte, wollte ich die Tür aus Reflex sofort wieder zuschlagen. Aber meine Cousine war schneller und stellte einen Fuß dazwischen.

»Candy, warte.« Louna zog ihren Fuß zurück und ich sah sie abwartend an.

»Hast du nicht schon genug Schaden angerichtet?«, fragte ich matt und machte mir keine Mühe, die Tränen zu verbergen.

»Genau aus dem Grund bin ich hier. Ich habe mich schlecht gefühlt, weil ich nicht in Ruhe mit dir darüber gesprochen habe. Anstatt dich bei der Spendengala anzugreifen, hätte ich dir die Wahrheit über Valentin erzählen sollen. Aber ich habe auch erst zu spät begriffen, wie er tickt.«

»Als ob es das besser gemacht hätte.«

»Was ist jetzt, lässt du mich rein? Ich war in den letzten Jahren nicht immer fair zu dir, deswegen lass uns endlich über alles reden.«

Ich wusste nicht, warum ich zur Seite trat und meine Cousine hineinließ. Vielleicht weil ich alleine war oder weil Louna mir zum ersten Mal die Wahrheit gesagt hatte. Ich ging ins Wohnzimmer und setzte mich auf die Couch. Ich kontrollierte mein Handy, doch weder Stefanie noch Nic hatten sich gemeldet.

»Hast du mit Valentin gesprochen? Ich habe dich gehen sehen und deswegen gewartet.«

Obwohl ich stark sein wollte, suchten sich die Tränen erneut ihren Weg über meine Wangen. »Ja, und er hat alles zugegeben. Obwohl seine Gefühle angeblich echt waren.«

»Glaubst du ihm das?«

»Selbst wenn es stimmt, ist es mir egal. Ich bin nicht mehr so lange in Paris, als dass es etwas ändern würde.«

»Dann steht deine Entscheidung fest, dass du nach Rom gehst?«

Ich nickte. »Ja, was hält mich hier denn noch?«

Louna machte ein verständnisvolles Gesicht.

»Du siehst echt fertig aus. Soll ich uns einen Tee kochen?«

»Ich möchte nichts, danke.«

»Du weißt doch, was Mamie immer sagt: Eine gute Tasse Tee löst alle Probleme.«

Ich ließ mich von Louna umstimmen und sie ging in die Küche, um das Teewasser aufzusetzen. Währenddessen kuschelte ich mich in eine Decke, ich fühlte mich so schwach und verloren.

Louna stellte zwei Teetassen auf den Tisch und setzte sich ebenfalls auf die Couch.

»Wo ist Odette? Mit ihr sollte ich auch sprechen.«

»Ich habe keine Ahnung. Sie sah aus, als würde sie zu einem Date gehen.«

»Dann ist sie eine Weile weg?«

»Wahrscheinlich.«

Meine Cousine senkte den Blick. »Wenn ich so darüber nachdenke, was ich in den vergangenen Jahren alles zu dir gesagt habe, schäme ich mich furchtbar. Wenn ich dich weniger als Konkurrentin, sondern als Freundin gesehen hätte ...«

Mir entwich ein Seufzen. »Ich habe nie verstanden, warum du mich so verabscheut hast. Ich habe nie etwas getan, was dir hätte schaden können. Und die Sache mit Valentin ... Als wir uns kennenlernten, wusste ich nicht, dass ihr eine Vergangenheit habt. Wenn du mir von Anfang an gesagt hättest, was zwischen euch vorgefallen ist, dann hätte ich ihn niemals so nah an mich herangelassen.«

»Das hätte ich tun sollen, anstatt dich immer wieder dumm anzumachen. Das tut mir so leid.«

Louna griff nach ihrem Tee und nippte daran. Ich tat es ihr gleich. Der Tee hatte eine herbe Kräuternote. Ich konnte Kräutertee nicht ausstehen, doch ich sagte nichts, weil ich Louna nicht kränken wollte.

»Danke, dass du dich bei mir entschuldigst. Ich weiß die Geste sehr zu schätzen.«

»Ich wollte es aus der Welt schaffen. Keine Ahnung, was ich mir dabei gedacht habe, zur Presse zu gehen und diese Geschichte so zu verdrehen. Ich habe mit dem Gedanken gespielt, es klarzustellen, aber meine Eltern und auch Odette haben mir davon abgeraten. Deine Schwester meinte, es wäre besser, nichts zu sagen, weil sie die Richtigstellung bereits weitergegeben hat. Trotzdem hätte ich mich dazu äußern sollen.«

Ich nickte zustimmend und leerte die Teetasse. Plötzlich breitete sich ein seltsames Gefühl in mir aus, das ich nicht zuordnen konnte.

Ich stellte die Tasse zurück auf den Tisch, sie rutschte mir aus der Hand. Krachend fiel sie auf das Holz und ich wandte den Blick in Richtung meiner Cousine. Lounas Gesicht wirkte verschwommen, mein Herzschlag beschleunigte sich.

»Candy? Ist alles in Ordnung?« Ihre Stimme klang verzerrt und weit weg. Ich blinzelte angestrengt.

Als ich hilfesuchend zu Louna blickte, war sie bereits aufgestanden und suchte etwas in ihrer Handtasche.

»Was zum ...«

»Bleib lieber liegen, Candy.« Meine Cousine kam auf mich zu und drückte mich auf die Couch. Sie hatte mir irgendetwas in den Tee gemischt, irgendetwas, was die Verbindung zu meinem Körper unterbrach. Ich versuchte, mich auf einen Punkt zu konzentrieren, doch ich hatte das Gefühl, langsam abzudriften.

Ich hörte das Rascheln einer Verpackung und kniff die Augen angestrengt zusammen. Louna entfernte mehrere Tabletten, während ich wie gelähmt auf der Couch lag. Ich war ihr schutzlos ausgeliefert.

Sie zog eine Flasche aus ihrer Tasche, irgendeine durchsichtige Flüssigkeit.

»Louna, du musst das nicht tun«, sagte ich matt und erschöpft. Ich hatte das Gefühl, gleich das Bewusstsein zu verlieren und fühlte mich so unendlich hilflos.

»Ach nein? Muss ich das nicht? Ich habe dich gewarnt, Candy, wenn du die Finger nicht von Valentin lässt, mache ich dir dein Leben zur Hölle. Und da dein Leben bereits die Hölle ist, können wir es auch gleich beenden.«

Mein Herz raste, was zum Teufel hatte sie vor?

»Was du über Valentin erzählt hast ... Waren das alles nur Lügen?«

Sie zuckte mit den Schultern. »Vielleicht nicht alles, aber die Sache mit den Dates. Oder die Tatsache, dass er nun wegen des Jobs mit mir geschlafen hat. Ich denke, das hatte er auch gemacht, weil er Bock drauf hatte.« Louna kam auf mich zu, setzte sich auf mich und klemmte meine Arme mit ihren Beinen ein.

»Warum?«, krächzte ich.

»Weil du mir im Weg bist, Candy. Ich weiß, dass du in Odettes Testament stehst. Wenn du erst tot bist, bleibe nur noch ich übrig.«

»Du willst das Label?« Tränen rannen aus meinen Augen.

»Das, und Odette und dein Zimmer in dieser Wohnung. Du hast keine Ahnung, was für ein Glück du hast. Du verdienst dieses Leben nicht.«

Sie hielt mir die Nase zu, und ich presste die Lippen fest aufeinander. Was auch immer sie mir in den Tee getan hatte, machte mich wehrlos. Nach Luft schnappend öffnete ich den Mund und sie warf eine Tablette nach der anderen hinein. Ich weigerte mich, sie zu schlucken, als sie plötzlich nach der Flasche griff. Abwechselnd flößte sie mir den Inhalt ein und hielt mir den Mund zu, damit ich es nicht ausspucken konnte. Der Alkohol brannte sich meine Kehle hinab. Louna machte weiter, solange bis die Tabletten und die Flasche leer waren.

»Sehr brav, Candy.«

Nachdem sie sich versichert hatte, dass ich wirklich alles geschluckt hatte, kletterte sie von mir herunter und griff nach meinem Handy. Mein Kopf sackte benommen zu Seite, alles wirkte verzerrt. Sie legte das Handy wieder weg, verteilte die Blister auf dem Tisch, ließ die leere Flasche achtlos auf den Teppich fallen und räumte die Teetassen weg. Mir war speiübel und trotzdem fühlte ich mich seltsam leicht. Noch einmal kam meine Cousine zu mir, strich mir die Haare aus dem Gesicht und beugte sich ganz dicht an mein Ohr.

»Schlaf gut, süße Candy.«

Alles um mich herum verschwamm und das Letzte, was ich sah, war das selbstgefällige und siegessichere Grinsen meiner Cousine, bevor meine Welt schwarz wurde.

Es fühlte sich leicht an, zu sterben, viel leichter als für ein Leben zu kämpfen, in das man nie gepasst hatte. Und in diesem Moment verstand ich, warum Lynn damals diese Entscheidung getroffen hatte.

Fünfundzwanzig

Immer, wenn ich das Gefühl hatte, zu erwachen, wurde ich wieder in diese unwirkliche Welt gezogen, in der ich sein konnte, wer ich wollte. Ich konnte leben, wo ich wollte, am Strand oder in einer anderen Stadt. Ich konnte den ganzen Tag machen, wonach mir der Sinn stand. Auf einer Wiese liegen, den Vögeln lauschen. Im Meer schwimmen, shoppen gehen. Die Welt passte sich all meinen Bedürfnissen an und ich fühlte mich unendlich wohl. Die meiste Zeit war ich in dieser Welt allein, aber wenn ich mir Gesellschaft wünschte, erschien sie sofort. Ich stellte mir vor, wie ich Nic mein neues Auftreten präsentierte und wie beeindruckt er war. Oder wie ich mit Odette einen Mädelsnachmittag verbrachte. Manchmal tauchten sogar die Mädchen aus der Schule auf. Ich ließ sie dabei so lächerlich aussehen, dass sie sich wahrscheinlich selbst gemobbt hätten. Diese Welt war das Paradies und ein kleiner Teil von mir wünschte sich, für immer hierzubleiben.

Der andere, größere Teil in mir, hatte noch nicht mit meinem Leben abgeschlossen. Ich blinzelte, würde ein weiteres Mal erwachen. Nie konnte ich sagen, in welcher Welt. Doch dieses Mal fühlte es sich anders an. Grelles Licht blendete mich, ein sanfter Ton und Stimmen erklangen. Ich hörte sonst nie Stimmen.

»Wenn Nic sie nicht gefunden hätte ...« Meine Schwester schluchzte leise. »Er war im Atelier und hatte nicht mitbekommen, dass sie ihn angerufen hat. Zum Glück hat er ihre Nachricht sofort bemerkt und ist mit dem Zweitschlüssel in die Wohnung. Ich mache mir solche Vorwürfe, weil ich gegangen bin, obwohl sie mit mir reden wollte.«

»Dich trifft keine Schuld.« Ich versuchte vergeblich, die Stimme zuzuordnen. »Ich hätte es nicht hinnehmen sollen, sondern versuchen, die Sache zu erklären. Wenn jemand Schuld daran trägt, dann ja wohl ich.«

»Valentin, es ist völlig egal, wer von uns beiden sich die Schuld zuschiebt, Candy hat versucht, sich umzubringen.«

Ich wollte schreien, dass ich wach war und sie hören konnte, doch mein Körper reagierte nicht. Noch immer war ich so unendlich schwach und hatte keine Erinnerung daran, was passiert war, nachdem ich Valentin zur Rede gestellt hatte.

Als ich das nächste Mal zu mir kam, befand ich mich wieder in dieser wunderschönen Welt. Ich wusste nicht, wo sie war, geschweige denn, warum es sie gab. Aber ich war mir sicher, dass sie mir helfen konnte. Sie würde mir zeigen, was an diesem Abend geschehen war. Ich lief über eine blühende Wiese und blickte über einen See, er würde mir die Wahrheit zeigen. Meine Füße berührten das Wasser und ich ging immer tiefer. Tauchte unter. Ein Strudel verschluckte mich und trug mich direkt an den mir fehlenden Abend.

Wie eine Fremde beobachtete ich die Szene, sah, wie meine Cousine und ich Tee tranken und wie die Tasse plötzlich auf den Tisch fiel. Sie löste die Tabletten aus der Verpackung, setzte sich auf mich und flößte sie mir mit einer Flasche Wodka ein. Anschließend ließ sie jede Spur verschwinden.

Als Nic mich im Wohnzimmer fand, zog er mich ins Badezimmer und wollte mich zwingen, mich zu übergeben. Ich war kaum bei mir, und Nic hatte keinen Erfolg. Er rief den Notarzt und als das Sirenengeheul erklang, trug der Strudel mich zurück an die Wasseroberfläche.

Ich hatte nicht versucht, mich umzubringen, es war meine Cousine gewesen. Ich kniff die Augen fest zusammen und wollte aus dieser Welt aufwachen. Ich wollte meiner Schwester sagen, dass es nicht ihre Schuld war und Valentin in den Arm nehmen. Louna hatte sich die meisten Sachen, die ihn betrafen, nur ausgedacht und unser Streit war völlig unnötig gewesen. Ich hatte ihm nicht geglaubt und ihn von mich gestoßen, dennoch wollte ich ihm sagen, wie wichtig er mir war.

Die wunderschöne Welt um mich brach zusammen und ich blinzelte angestrengt. Der Kampf, aufzuwachen, war schwer, doch ich gab nicht auf. In diesem Moment entschied ich mich bewusst für das Leben, mit dem ich noch lange nicht fertig war. Zu viele Sachen warteten auf mich und Louna musste endlich zur Rechenschaft gezogen werden. Sie hatte versucht, mich umzubringen, schon zum zweiten Mal. Ihre Entschuldigung war nichts als eine Lüge gewesen und ich war darauf hereingefallen. Endlich gelang es mir, die Augen aufzuschlagen, als ich das glückliche Schluchzen meiner Schwester hörte.

»Candy, hey ...« Ich spürte, wie Odette mir über den Kopf strich, und genoss das sanfte Gefühl. Sie hatte keine Ahnung, wie sehr sie mir damit half, in diese Welt zurückzufinden. »Mein Gott, ich bin so froh, dass du wach bist.«

»Ich ...« Meine Stimme war viel zu schwach, als dass ich hätte irgendetwas sagen können. Mein Hals kratzte, meine Lippen waren trocken. Meine Schwester reichte mir ein Glas Wasser, das ich gierig austrank.

»Wie geht es dir? Nein, warte, du musst nicht reden, es ist okay. Ich hole einen Arzt, in Ordnung?«

Ich nickte schwach.

Nachdem der Arzt mich durchgecheckt hatte, wurde ein Psychologe in mein Zimmer geschickt. Natürlich, immerhin glaubten alle an einen Suizidversuch.

Der Mann mit der großen runden Brille setzte sich auf einen Stuhl neben mein Bett und sah mich abwartend an.

»Ich bin Dr. Picien. Wie geht es Ihnen, Candy? Ist es in Ordnung, wenn ich Sie so nenne?«

»Ist okay«, antwortete ich wenig gesprächig.

»Können Sie sich an das erinnern, was vorgefallen ist?«

»Ich ... Ich habe nicht versucht, mich umzubringen«, brachte ich zu meiner Verteidigung hervor.

»Sie glauben gar nicht, wie viele Patienten mir das erzählen.«

Ich seufzte leise. »Natürlich.«

»Was ist Ihrer Meinung nach dann passiert?« Skeptisch betrachtete mich Dr. Picien über den Rand der Brille und ich wurde das Gefühl nicht los, dass er sich über mich lustig machte.

»Meine Cousine hat irgendetwas in den Tee gemischt. Ich konnte mich plötzlich nicht mehr bewegen. Dann hat sie mir die Schlaftabletten eingeflößt, zusammen mit dem Wodka. Sie saß auf mir und hat mir immer wieder die Nase zugehalten, ich hatte keine andere Chance, als zu schlucken.«

Ein merkwürdiger Gesichtsausdruck huschte über das Gesicht des Psychologen, beinahe so, als würde er abwägen, ob meine Geschichte ausgedacht war. Das hörte er wahrscheinlich nicht so oft.

»Warum sollte Ihre Cousine das machen?«

»Fragen Sie das am besten meine Schwester. Könnten Sie sie bitte dazu holen?«

Dr. Picien würde mir nicht glauben, aber wenn Odette bestätigte, dass Louna mich bereits angegriffen hatte, nahm er mir die Wahrheit vielleicht ab. »Das ist nicht üblich ...«

»Bitte holen Sie meine Schwester dazu.«

Widerwillig stand er auf und bat Odette erneut in das Zimmer. Sofort ließ sie sich zu mir aufs Bett sinken und zog mich in die Arme.

Odette bestätigte meine Geschichte und erklärte, was bei der Spendenveranstaltung vorgefallen war. Sie versicherte ihm, direkt unseren Sicherheitsmann anzurufen und nach den Aufnahmen der Überwachungskamera zu fragen. Diese müssten aufgezeichnet haben, wie Louna das Haus betrat und wann sie es wieder verlassen hatte.

Dr. Picien gab sich zunächst damit zufrieden und ließ uns kurz darauf allein. Odette wandte sich mir zur.

»Du wolltest nicht …?« Sie konnte es nicht einmal aussprechen.

Ich schüttelte den Kopf. »Nein, natürlich nicht. Ich habe keinen Grund, sterben zu wollen.«

Erneut zog meine Schwester mich in ihre Arme und küsste meinen Haaransatz. »Es tut mir so leid, dass ich an diesem Abend nicht zugehört habe. Wenn ich gewusst hätte …«

»Niemand konnte wissen, was Louna plant. Sie stand plötzlich vor der Tür, hat sich entschuldigt und wollte über alles reden. Ich dachte, dass sie ihre Worte ernst meint.«

»Ich hätte in deiner Situation nicht anders reagiert. Wir müssen daraus unsere Konsequenzen ziehen, Candy. Du musst sie anzeigen.«

Ich brachte ein schwaches Seufzen hervor. »Wir haben keine Beweise dafür, unsere Wohnung ist nicht kameraüberwacht und es gab keine Zeugen. Es würde Aussage gegen Aussage stehen.«

»Der Angriff bei der Spendenveranstaltung ist aufgezeichnet worden. Ich werde mit ihren Eltern sprechen. Louna braucht auf jeden Fall psychologische Hilfe.«

»Denkst du sie werden irgendetwas tun?«

»Darauf kannst du dich verlassen. Mach dir darum keine Sorgen, ich werde alles regeln. Das ist das Mindeste, was ich an dieser Stelle tun kann.«

Ich klammerte mich fest an meine Schwester, es war ein so schönes Gefühl, dass sie für mich einstand. Erschöpft schloss ich die Augen und genoss die Nähe.

»Danke«, hauchte ich.

»Du solltest dich jetzt etwas ausruhen. Soll ich Valentin anrufen? Möchtest du heute Besuch von ihm haben?«

Ich schüttelte erschöpft den Kopf. »Nein, lieber morgen. Ich möchte etwas schlafen.«

Ein verständnisvoller Ausdruck huschte über das Gesicht meiner Schwester und sie hauchte mir einen letzten Kuss auf die Stirn.

»Dann werde ich mich jetzt auf den Weg machen und einige Dinge regeln. Ich komme dich morgen wieder besuchen und bringe Valentin mit, okay?«

»In Ordnung«, erwiderte ich.

Kaum hatte meine Schwester das Zimmer verlassen, suchten sich die Tränen ihren Weg über meine Wangen. Es waren Tränen der Erleichterung, weil Lounas Plan schiefgegangen war und ich eine weitere Chance bekommen hatte, meinem Leben eine neue Richtung zu geben.

Noch vor meiner Schwester tauchte die Polizei im Krankenhaus auf. Nachdem Odette und ich von dem behandelnden Arzt erfahren hatten, dass K.O.-Tropfen in meinem Blut nachgewiesen werden konnten, hatte meine Schwester den Vorfall zur Anzeige gebracht. Die Polizisten befragten mich nicht nur über die Spendenveranstaltung, sondern auch über das, was in unserer Wohnung vorgefallen war. Tatsächlich war Louna auf den Überwachungsaufnahmen zu sehen. Zwanzig Minuten, bevor Nic mich fand, betrat sie das Haus und ging wieder, kurz bevor er die Wohnungstür öffnete.

Nachdem die Polizisten mein Zimmer verlassen hatten, blickte ich aus dem Fenster, durch das die wärmende Sonne schien. Für den Hauch eines Moments schloss ich die Augen und realisierte, dass mein gesamtes Leben noch vor mir lag.

Von einem auf den anderen Tag hätte ich sterben können. Doch das war nicht passiert. Ich war noch hier und mir lagen alle Möglichkeiten offen.

So viele Dinge hatte ich zuvor nicht getan, weil meine Angst mich gebremst hatte.

Ich war beispielsweise nie in Clubs tanzen gegangen, aus Angst mich zu blamieren. Ich hatte mit meinen Freunden nie einen Tag im Freibad verbracht.

Ich war nie in eine Boutique spaziert und hatte mir ein luftiges Sommerkleid gekauft.

So viele Dinge hatte ich mir verboten, weil ich mich davor fürchtete, was andere Leute denken könnten. Dabei spielte das überhaupt keine Rolle. Dieses Denken durfte meine Handlungen nicht länger bestimmen und mich ausbremsen.

Es war ein Geschenk, dass ich lebte. Ich hatte eine zweite Chance bekommen, frei zu sein, und ich wollte sie nutzen.

Am frühen Nachmittag klopfte es an meiner Tür und Valentin betrat unsicher den Raum. Als ich seinen Blick einfing, beschleunigte sich mein Herzschlag. Ich hatte seit gestern viel über das nachgedacht, was geschehen war. Obwohl Louna bei einigen Punkten gelogen hatte, war dennoch ein kleiner Funke Wahrheit dabei gewesen, den Valentin selbst bestätigt hatte. Er war mir anfangs nur nähergekommen, weil er den Job des zweiten Chefdesigners haben wollte. Das genügte mir, um die Beziehung vorerst zu beenden. Daran änderte Lounas zweiter Angriff auch nichts.

»Hey, darf ich reinkommen?«, fragte Valentin.

»Natürlich.«

Er schloss die Tür hinter sich und setzte sich auf die breite Fensterbank. »Wie geht es dir?«

Ich atmete geräuschvoll aus und zuckte zeitgleich mit den Schultern. »Wie soll es mir schon gehen?«

Valentin senkte den Blick. »Ich wünschte, ich hätte es verhindern können. Wenn ich dir an diesem Abend gefolgt wäre, hätte ich vielleicht ...«

»Ich hätte sie nicht in die Wohnung lassen dürfen.«

»Odette hat mir bereits erzählt, was geschehen ist. «

Schweigen breitete sich zwischen uns aus und ich senkte den Blick auf die Decke. »Es tut mir leid, dass ich dich sofort beschuldigt und die Sache nicht hinterfragt habe. Ich hätte Lounas Lügen nicht glauben dürfen.«

»Ich bin nicht stolz darauf, dass ich dich für den Job ausnutzen wollte. Also ... bin ich wohl derjenige, der sich entschuldigen sollte.«

Valentin stand auf und setzte sich zu mir aufs Bett. Er legte meine Hand in seine und mein Herz schlug doppelt so schnell. Noch immer reagierte ich auf ihn, doch nach allem, was passiert war, fühlte es sich nicht mehr so gut an.

»Ich muss dich etwas fragen, Valentin.«

Er machte den Anschein, als hätte er damit gerechnet.

»Warum bist du damals im Park gewesen? War es dein Ziel, dass ich dich bemerke?«

»Ja«, gestand er zaghaft. »Von Louna habe ich zufällig aufgeschnappt, dass du oft Zeit dort verbringst. Ich war neugierig und wollte erst einmal herausfinden, wer du eigentlich bist – immerhin haben wir uns zuvor nie gesehen. Aber je länger ich gewartet habe, umso mehr Zweifel kamen mir. Als ich fluchte, galt das mir selbst, weil ich mich für den Plan verabscheut habe. Und dann habe ich dich bemerkt. Ich wusste instinktiv, dass du es warst.« Er atmete aus und verstärkte den Griff um meine Hand. »Anfangs glaubte ich wirklich, leichtes Spiel zu haben. Aber schon nach der Sache im Kinderheim verfolgte ich meinen Plan nicht länger. Ich wollte dich um deinetwillen kennenlernen und nicht, um Chancen bei Odette zu haben.«

Der reuevolle Ausdruck auf Valentins Gesicht ließ keinen Zweifel an seinen Worten. Ich glaubte ihm, auch wenn es unsere Beziehung zueinander beeinflusste.

»Wie soll es jetzt weitergehen?«, wollte er wissen.

Ich löste meine Hand von seiner. »Es ist besser, wenn wir eine Pause machen«, brachte ich leise hervor, weil ich nicht darüber hinwegsehen konnte, was er getan hatte. Ich brauchte mehr Zeit, um darüber nachzudenken.

»Du bedeutest mir so viel, Candy, und wenn du mich beweisen lässt, dass ich es ernst meine ... Ich werde dir nie wieder wehtun und dafür kämpfen, dass wir eine Zukunft haben.«

»Ich glaube dir, wirklich. Aber ich muss erst lernen, dir wieder zu vertrauen. Es tut mir leid, Valentin«, hauchte ich.

»Das muss es nicht«, erwiderte er und suchte meinen Blick. »Das habe ich mir selbst zuzuschreiben. Ich weiß, dass dieser Satz in solchen Situationen lächerlich erscheint, doch ich möchte die Freundschaft zu dir nicht gefährden.«

Dieses Gespräch hatte nicht den Ausgang genommen, den er sich erhofft hatte, schließlich musste er in unserer Beziehung das ständige Auf und Ab meiner Gefühle ertragen. Doch nach allem, was passiert war, musste ich nun in erster Linie an mich selbst denken.

Ein gequältes Lächeln kam über meine Lippen. »Ich denke, Freunde bleiben, ist okay.« Valentin schienen meine Worte zu überraschen. »Ich brauche einen Neuanfang, Valentin ... allein.«

»Ich verstehe dich, Candy. Deswegen versuche ich nicht, dich umzustimmen. Vielleicht war es noch nicht unsere Zeit.«

Valentin stand auf, beugte sich zu mir und hauchte einen Kuss auf meine Stirn.

»Ich liebe dich, Candy«, brachte er fast tonlos hervor.

Mein Herz wurde schwer. Warum sagte er diesen Satz ausgerechnet jetzt? Wieso hatte er es nicht für sich behalten können? Und warum brannte mein Herz so sehr, als würde es lichterloh in Flammen stehen?

Sechsundzwanzig

Ich war froh, als ich das Krankenhaus wieder verlassen konnte. Odette holte mich ab, doch sie fuhr nicht nach Hause, sondern parkte vor dem *Jardin de la Nouvelle.* Skeptisch betrachtete ich sie von der Seite, konnte in ihrem Gesicht jedoch nicht lesen, was sie vorhatte. Kommentarlos stieg sie aus und wartete darauf, dass ich ihr folgte.

»Was machen wir hier?«, fragte ich.

»Ich habe dir versprochen, dass ich dir die Wahrheit sage, bevor du nach Rom gehst. Ich möchte es nicht länger herauszögern.«

»Also hast du dir gedacht, du bringst mich zu meinem Lieblingsplatz, damit es nicht so schlimm wird?« Meine Frage war als Scherz gemeint, doch meine Schwester lachte nicht. Stattdessen blieb sie mitten auf dem Weg stehen und wandte sich mir zu.

»Hast du schon mal daran gedacht, dass der Park nicht nur dein Lieblingsort ist?«

Mit skeptischem Blick und vor der Brust verschränkten Armen musterte ich Odette. »Sondern auch deiner? Ich habe dich noch nie hier gesehen und ich war verdammt oft hier.«

»Als ich etwa in deinem Alter war. Jetzt fehlt mir leider die Zeit hierherzukommen, was nicht bedeutet, dass dieser Platz mir egal ist.«

»Warum hast du das nie erzählt? Ich meine, du hast gewusst, wohin ich gehe. Warum bist du nie mitgekommen?«

Meine Schwester zuckte mit den Schultern. »Vielleicht, weil dieser Ort mich immer an das Geheimnis erinnert, dass ich so viele Jahre lang verbogen habe. Ehrlich gesagt, hatte ich darauf gehofft, dass du es eines Tages selbst herausfindest.«

Nun verstand ich gar nichts mehr. Ich hatte überall nach Hinweisen gesucht, aber ich wäre niemals auf den Gedanken gekommen, dass sich der Entscheidende in diesem Park versteckte.

Meine Schwester setzte ihren Weg fort und steuerte die Steintreppe an.

»Sag bitte nicht, du hast auch immer hier gesessen?«

»Erwischt«, schmunzelte Odette. »Wahrscheinlich sind wir uns ähnlicher, als du gedacht hast.«

Meine Schwester nahm auf der Treppe Platz und ich setzte mich neben sie. Ihr Blick ging starr geradeaus, offensichtlich überlegte sie, wie sie am besten anfangen sollte. Anschließend beugte Odette sich nach vorn und zog am Band des Medaillons, das ich vor einigen Wochen selbst gefunden hatte. Sie öffnete das Schmuckstück und betrachtete das Bild. Ein trauriges Lächeln erschien auf ihren Lippen.

»Lag es damals schon in der Mauer?«

Meine Schwester schüttelte den Kopf. »Nein«, flüsterte sie. »Ich habe es dort platziert, es gehört mir.«

Nun war meine Neugierde geweckt. »Du hast es versteckt? Warum?«

»Weil das der einzige Beweis war. Ich weiß, dass du nach Hinweisen gesucht hast. Jedoch hast du sie an den falschen Orten vermutet.«

Ich nahm Odette das Medaillon aus der Hand und betrachtete das Bild noch einmal. Eine junge Frau hielt ein Baby, sie wirkte glücklich genauso wie das Kind. Ich hatte von Anfang an diese Vertrautheit gespürt, doch jetzt verstand ich, wen dieses Bild zeigte.

»Sind das wir beide?«

Ganz sanft nickte meine Schwester.

»Und was soll das große Geheimnis sein? Dass du mich in Wirklichkeit doch geliebt hast? Das hast du mir bereits gesagt.«

»Nein, Candy, das ist es nicht. Ich weiß, dass du die E-Mail an Jean-Luc gelesen hast.«

»Und ich bin mir ziemlich sicher, dass du dich mit ihm getroffen hast, an dem Abend als Louna …«

»Ja, das habe ich. Ich war an diesem Tag unendlich nervös, deswegen habe ich dich so angefahren und das tut mir furchtbar leid. Mir sind die Nerven durchgegangen.«

Was hatte das mit ihrem Geheimnis zu tun? Nichts davon ergab Sinn.

»Wie hängt all das zusammen?«

»Mit dir Candy … alles ist durch dich verbunden. Ich … bin …« Odette holte tief Luft und legte den Kopf in den Nacken. Noch nie in meinem Leben hatte ich meine Schwester so unsicher erlebt.

»Du bist was?«

»Ich bin nicht deine Schwester, Candy. Ich bin deine Mutter … und Jean-Luc ist dein Vater.«

Mein gesamter Körper erstarrte und ich versuchte, diese Information zu verarbeiten. Wieso sollten meine Großeltern sich als meine Eltern ausgeben, wenn Odette in Wirklichkeit meine Mutter war? Welchen Grund sollten sie gehabt haben, dieses Spiel mitzuspielen? Mir wurde flau im Magen.

Mein Blick wanderte zu dem geöffneten Medaillon in Odettes Hand. Die junge Frau war im Krankenhaus, das war mir zuvor nicht aufgefallen. Ihr Bauch zeigte noch eine kleine Wölbung. Zudem hatte sie die Haare meiner Schwester und auch die Gesichtszüge waren beinahe identisch. Tränen sammelten sich in meinen Augen. War das ein schlechter Traum, aus dem ich bald aufwachen würde?

Ich hatte mit allem gerechnet, aber nicht damit. Am liebsten wäre ich aufgestanden und geflüchtet.

»Es tut mir so leid, dass ich dich all die Jahre belogen habe, und ich schäme mich dafür, wie ich dich behandelt habe. Jean-Luc und ich wurden während der Schulzeit ein Paar, wir waren etwa eineinhalb Jahre zusammen, als ich feststellte, dass ich schwanger bin. Damals war ich sechzehn. Ich habe so lange wie möglich hinausgezögert, meinen Eltern davon zu erzählen. Die Pläne für mich waren gemacht. Ich sollte das Label übernehmen, musste meinen Schulabschluss machen und danach studieren. Meine Mutter fand es eher zufällig heraus. Zu meiner Überraschung war sie nicht schockiert, sie war sogar sehr verständnisvoll und hat mir immer wieder gesagt, dass wir das hinbekommen. Ich war mit dieser Situation damals so überfordert und dadurch, dass wir in der Öffentlichkeit standen, wussten wir, dass die Geschichte von der Presse zerfetzt werden würde. Das wollten meine Eltern mir und vor allem auch dir ersparen. Ich weiß nicht, wer den Vorschlag machte, dass Maman so tun sollte, als wäre sie selbst schwanger. Wir zogen dieses Spiel durch und irgendwann fühlte es sich für mich so an, als würde ich ein Kind für meine Eltern bekommen. Ich war emotional am Ende und ich hasste es, dass ich niemanden die Wahrheit sagen konnte. Meine Eltern haben mich von der Schule genommen und ich musste mit Jean-Luc Schluss machen, um die Lüge aufrecht zu erhalten. Ich habe meinen Abschluss nach deiner Geburt an einer anderen Schule gemacht, wo mich niemand kannte. Meine Mutter hat dich strahlend in die Kamera gehalten, während ich für Mathe gelernt habe. Ohne dass ich Einfluss darauf hatte, warst du plötzlich nicht mehr meine Tochter, sondern meine Schwester. Und das alles nur, damit die Presse sich nicht das Maul darüber zerreißt. Ich hatte dich zwar ständig in meiner Nähe, aber ich bekam nie die Chance, eine emotionale Bindung zu dir aufzubauen. Nicht so, wie ich es mir gewünscht hätte.«

Im Augenwinkel bemerkte ich, wie Odette sich Tränen von den Wangen wischte. Ich hatte sie noch nie so offen über ihre Gefühle sprechen gehört.

»Ich weiß, ich sollte dankbar sein, dass meine Eltern mir geholfen haben, aber was wir beide verpasst haben, das kann mir niemand wiedergeben. Mit den Jahren habe ich Frust und innere Wut entwickelt. Ich war so sauer, weil du dich immer weiter von mir zurückgezogen hast und ich glaube, ich wollte dich mit den Sticheleien aus der Reserve locken. Wusstest du, dass Maman dich mit an die Côte d'Azur nehmen wollte? Ich habe dafür gekämpft – zum ersten Mal in meinem Leben – dass du bei mir bleibst.«

Odette holte tief Luft und auch ich hatte mit den Tränen zu kämpfen. Auf der einen Seite war ich so unendlich enttäuscht, dass ich all die Jahre belogen worden war. Auf der anderen Seite verstand ich meine Schwester zum ersten Mal in meinem Leben. Sie war nicht so perfekt, wie sie immer vorgegeben hatte. Ihre Kälte kam daher, dass sie mir nie Liebe schenken durfte. Jahrelang musste sie ihre wahren Gefühle verstecken, damit niemand Verdacht schöpfte. So wie ich alles immer stumm ertragen hatte, hatte sie sich ein anderes Ventil gesucht und mich schikaniert.

»Als du nach Rom gehen wolltest, wusste ich, dass ich dich für immer verliere, wenn ich nicht endlich um dich kämpfe. Ich habe in meinem Leben, was dich angeht, wirklich alles falsch gemacht und ich hoffe sehr, dass es noch nicht zu spät ist, um es wiedergutzumachen.«

Hoffnungsvoll betrachtete mich Odette von der Seite, doch das Blut rauschte laut durch meine Ohren und meine Gedanken waren völlig durcheinandergeraten.

»Candy, bitte sag irgendetwas.«

Ich senkte den Blick und umklammerte das Medaillon fest. »Ich werde Zeit brauchen, um das zu verarbeiten«, brachte ich mit schwacher Stimme hervor.

»Das verstehe ich und du bekommst alle Zeit der Welt.«

Ich hatte seit Langem das Gefühl gehabt, dass irgendetwas nicht stimmte, dass irgendetwas nicht passte. Aber diese Nachricht brachte meine bisherige Welt zum Einsturz. Der Drang, endlich aus Paris wegzukommen, wurde übermächtig. Ich wusste, dass ich nicht davor weglaufen konnte, dass Odette meine Mutter war. Ich musste lediglich Abstand zwischen uns bringen, um herauszufinden, was das überhaupt bedeutete.

»Ihr habt mich zweiundzwanzig Jahre lang belogen«, fuhr ich dennoch fort. Wenn Odette endlich offen und ehrlich zu mir war, sollte ich es auch versuchen. »Mein gesamtes Leben hatte ich das Gefühl, dass ich nicht in diese Familie passe. Ich habe mich gefragt, warum du immer bevorzugt worden bist und wieso ich gegen meine perfekte Schwester nicht ankomme. Egal, was ich gemacht habe, es war nie so viel wert, wie das, was du gemacht hast.«

»Ich war immer stolz auf dich, Candy. Aber ich wusste nicht, wie ich es dir zeigen soll, ohne mich zu verraten.« Odette lächelte verunsichert. Sicher war sie erleichtert, dass ich nicht wütend geworden war und sie angeschrien hatte. In Wirklichkeit hatte ich dafür keine Kraft, weil ihre Enthüllung mir den Boden unter den Füßen weggerissen hatte.

Am nächsten Tag hatte sich die Nachricht etwas gesetzt. Ich wusste dennoch nicht, wie ich damit umgehen sollte, geschweige denn, was das für Odette und mich bedeutete. Ich konnte sie nicht plötzlich wie meine Mutter sehen, sie war zweiundzwanzig Jahre meine große Schwester gewesen, die sich nicht für mich interessiert hatte.

Gefühlt hatte ich den Tag damit verbracht, auf meinem Bett zu sitzen und aus dem Fenster zu starren, ohne einen Schritt weiterzukommen. Ich musste jemandem davon erzählen und mich ablenken. Also wählte ich Stefanies Nummer. Sie war die Einzige, der ich diese Nachricht vorerst anvertrauen wollte. Obwohl ich Nic und Valentin ebenfalls vertraute, wollte ich keinen Klatsch über Odette verbreiten, weil beide ihre Angestellten waren.

»Candy?«, nahm sie meinen Anruf entgegen und ich atmete erleichtert aus.

»Hey, können wir uns treffen?«

»Natürlich, was ist denn los?« Stefanie klang alarmiert. Seitdem sie mich gemeinsam mit Nic im Krankenhaus besucht hatte, war ihre Sorge um mich übermächtig geworden. »Geht es dir gut?«

»Ich weiß nicht ... ja ... es geht um Odette. Können wir uns treffen?«

»Natürlich, ich bin zu Hause.«

»Ich ... Ich dachte, wir könnten vielleicht einen Kaffee trinken gehen?«

»Natürlich. In der Nähe meiner Wohnung hat ein neues Café eröffnet. Komm vorbei und dann gehen wir gemeinsam hin.«

Ich verabschiedete mich von Steff und machte mich wenige Minuten später auf den Weg. Meine Freundin wartete bereits vor ihrem Mietshaus und begrüßte mich mit einer Umarmung.

»Du siehst müde aus. Wie geht es dir?«, fragte sie mich fürsorglich.

»Es geht«, sagte ich wahrheitsgemäß und wir liefen durch die schmalen Gassen von Montmartre. Touristen und Einheimische kreuzten unseren Weg, unterhielten sich lachend und genossen das warme Sommerwetter.

»Ist etwas passiert?«

Ich blieb stehen, holte tief Luft und entschied mich, die Bombe ohne Vorwarnung platzen zu lassen. »Odette ist meine Mutter.«

Steffs Augen weiteten sich erschrocken und ich setzte mich wieder in Bewegung. Während des kurzen Weges zum Kaffee erzählte ich davon, wie Odette mich aus dem Krankenhaus abgeholt hatte und mit mir in den *Jardin de la Nou-*

velle gefahren war. Ich ließ keine Information aus, sprach über Jean-Luc und das Medaillon und darüber, warum die Sache geheim geblieben war.

»Ich fasse es nicht«, stieß Stefanie aus, als wir das Café erreichten und den letzten freien Außenplatz ergatterten. »An deiner Stelle wäre ich durchgedreht.«

Ich schüttelte den Kopf. »Ich muss darüber nachdenken, was das für mich bedeutet.«

»Verständlich. Ich bin jederzeit für dich da, wenn du darüber sprechen möchtest.« Meine Freundin legte mir eine Hand auf die Schulter und ich lächelte dankbar. »Und jetzt machen wir uns einen schönen Nachmittag, damit du auf andere Gedanken kommst.«

»Gute Idee«, erwiderte ich und griff nach der Speisekarte.

Als ich die Seite mit dem Kuchen- und Gebäckangebot erreichte, wollte ich instinktiv weiterblättern, doch eine leise Stimme erinnerte mich daran, dass ich mir selbst ein Versprechen gegeben hatte. Ich wollte mich nicht mehr zurücknehmen, aus Angst, was die Leute dachten. Das Leben war wertvoll und das war vielleicht einer der letzten Momente, die ich mit meiner besten Freundin vor dem Auslandssemester teilen würde.

»Was darf ich euch bringen?«, fragte eine Kellnerin und holte mich aus meinen Gedanken. Entschieden sah ich sie an.

»Ich möchte bitte einen großen Milchkaffee und einen Pfirsichcupcake.«

Sie schrieb meine Bestellung auf.

»Ich nehme das gleiche.«

Nachdem die Bedienung unseren Tisch verlassen hatte, wandte sich meine Freundin an mich.

»Du isst einen Cupcake«, bemerkte sie und ich nickte entschlossen.

»Ja und danach möchte ich mir ein Sommerkleid für Rom kaufen.«

Ich straffte die Schultern und sog das freie Gefühl, das mich eingenommen hatte, vollständig in mich auf. Es fühlte sich gut an und überraschenderweise machte es mir überhaupt keine Angst.

Siebenundzwanzig

Zwei Wochen war es her, seit Odette mir die Wahrheit gesagt hatte. Wie versprochen gab sie mir Zeit und sprach mich nicht darauf an. Stattdessen bereiteten wir meine Abreise nach Rom vor, machten letzte Besorgungen, packten meinen Koffer und gingen die Unterlagen der Universität noch einmal durch.

Ab und zu traf ich mich mit Nic, tat in seiner Gegenwart aber so, als wäre ich nur wegen meines Umzugs nach Rom nervös. Ich erzählte ihm nichts von Odettes Geheimnis und wusste auch nicht, wann der richtige Zeitpunkt dafür war.

Dafür näherten Stefanie und ich uns wieder an. Dass ich mit ihr über Odette sprechen konnte, verband uns auf eine neue Weise.

Stefanie und Nic luden mich am Abend vor meiner Abreise ins *La Nuit Noire* ein, nur wir drei und unsere Lieblingscocktails. Wir schwelgten in Erinnerungen und ich versicherte den beiden, dass die nächsten sechs Monate wie im Flug vergehen würden.

Am nächsten Morgen weckte mich der Duft von frischem Kaffee. Als ich die Augen blinzelnd öffnete, entdeckte ich Odette, die mit einem Tablett in der Hand in der Tür stand.

»Guten Morgen«, begrüßte sie mich und kam ins Zimmer.

»Morgen«, murmelte ich noch sichtlich verschlafen. Sie reichte mir das Tablett und setzte sich schließlich neben mich. Irritiert betrachtete ich die beiden Kaffeetassen, das frische Obst und die mit Konfitüre bestrichenen Croissants.

Odette klappte die Füße des Frühstückstabletts aus und ich stellte es zwischen uns.

»Wenn ich früher vor einer Prüfung oder etwas anderem nervös war, hat Maman mir immer Frühstück ans Bett gebracht. Wir haben dann gemeinsam gegessen und sie hat versucht, mich auf andere Gedanken zu bringen.«

»Das klingt schön«, erwiderte ich.

Odette griff nach ihrer Kaffeetasse und nippte daran. »Hast du gut geschlafen?«

»Ja, auch wenn ich eine Weile gebraucht habe, um zur Ruhe zu kommen.«

»Und war der Abend mit Stefanie und Nic schön?«

Ich trank einen Schluck von meinem Kaffee und nickte, während ich den Teller mit dem Croissant nahm.

»Es hat gutgetan, mit den beiden Zeit zu verbringen.« Ich biss in das Croissant.

»Begleiten sie uns später zum Flughafen?«

»Nein«, antwortete ich, nachdem ich heruntergeschluckt hatte. »Stefanie muss arbeiten und Nic hat einen Zahnarzttermin. Aber das ist okay, wir haben uns gestern Abend verabschiedet.«

Schweigend aßen wir unser Frühstück und tranken den Kaffee aus. Odette stellte das Tablett zur Seite und lehnte sich entspannt zurück. »Das ist eine ziemlich bequeme Art, in den Tag zu starten.«

»Es wundert mich, dass du überhaupt gefrühstückt hast«, konnte ich mir eine kleine Spitze nicht verkneifen, entschärfte sie jedoch durch ein Lächeln.

»Ich lerne gerade, mit meinen Routinen zu brechen«, erwiderte sie zwinkernd. »Und wo wir gerade dabei sind: Ich habe noch eine Kleinigkeit für dich. Gib mir zwei Sekunden.«

Odette marschierte mit dem Tablett aus dem Zimmer und ich nutzte die Zeit, um aufzustehen.

»Überraschung!«, verkündete sie und legte drei Stapel Kleidung auf das Bett, die sie liebevoll mit Stoffband zusammengeschnürt hatte.

»Was ist das?«, fragte ich irritiert.

»Das sind drei Outfits, die Nic, Valentin und ich für dich genäht haben. Wir haben in den letzten zwei Wochen an nichts anderem gearbeitet.«

Odette deutete auf einen Stapel aus weißen und pastellfarbenen Stoffen. »Das ist ein Outfit für die Uni.« Der zweite Stapel war in dunklen Tönen gehalten. »Das kannst du tragen, wenn du ausgehst. Es ist ein kleines Schwarzes, das du schick und lässig kombinieren kannst.« Der letzte Stapel war in Erdtönen gehalten. »Die Sachen kannst du tragen, wenn du Rom erkundest.«

»Das ist ... Danke, Odette.« Sprachlos fiel ich ihr in die Arme. »Kann ich es anprobieren?«

Odette schüttelte den Kopf. »Erst in Rom. Ich möchte, dass du mir Bilder von den Outfits schickst.«

Euphorisch nickte ich und umarmte sie noch einmal, um meine Freude auszudrücken. Es bedeutete mir viel, dass sie extra für mich Kleidung entworfen hatte.

»Ich packe es ein. Geh du dich in der Zwischenzeit fertig machen. Wir müssen bald los.« Liebevoll scheuchte Odette mich aus meinem Zimmer. In der Tür hielt ich inne und drehte mich noch einmal zu ihr.

»Danke«, sagte ich lächelnd und sie erwiderte es.

Zwei Stunden später stand ich gemeinsam mit Odette am Flughafen und wusste, dass nun der Moment gekommen war, in dem wir uns verabschieden mussten. Unsicher sah ich sie an, hatte keine Ahnung, wie es in Zukunft weitergehen sollte.

Der Morgen war schön gewesen und ich wünschte mir, dass wir daran anknüpfen konnten, wenn ich zurück war.

»Ich hoffe, du findest in Rom, was du suchst.« Odette trat auf mich zu und strich mir gedankenverloren über die Wange. Es war offensichtlich, dass sie sich nichts mehr wünschte, als dass ich in Paris blieb und meine Meinung im letzten Augenblick änderte. Doch das fühlte sich aus tiefstem Herzen falsch an.

Der Abstand und die Zeit allein würden mir guttun. Ich würde zum ersten Mal seit Jahren frei atmen können. Natürlich begleitete mich noch immer die Angst. Die Angst davor, dass alles schiefgehen und ich meine Entscheidung am Ende bereuen würde. Aber wie sollte ich das herausfinden, wenn ich es nicht riskierte?

»Sei mir nicht böse, dass ich so schnell abreise. Es liegt nicht an dir, sondern an der Situation in Paris. Die Anzeige gegen Louna stresst mich. Genauso wie die Sache mit Valentin.«

Ich versuchte, meine Entscheidung zu erklären, dabei war ich mir sicher, dass Odette sich denken konnte, warum ich so überstürzt handelte.

»Du vermisst Valentin, oder?«

Seufzend sah ich mich in der Flughafenhalle um. Menschen liefen umher, blickten auf die Anzeigetafeln oder befanden sich wie ich auf den Weg in ein neues Leben.

»Ja, das tue ich. Doch die Entscheidung, die ich getroffen habe, ist die richtige. Unsere Beziehung wurde auf einer Lüge aufgebaut. Außerdem meinte er, dass wir Freunde bleiben, aber er hat sich kein einziges Mal gemeldet.«

Odette sah mich fragend an und ich erinnerte mich, dass ich ihr nicht erzählt hatte, was zwischen Valentin und mir wirklich vorgefallen war. Sie wusste nicht, dass er mir nur nähergekommen war, weil er die Stelle des zweiten Chefdesigners haben wollte.

»Vielleicht erzähle ich es dir irgendwann.«

»War es so schlimm, dass du ihm nicht verzeihen kannst?« Sie wirkte sichtlich besorgt und irgendetwas in ihrem Blick gab mir Rätsel auf. Hatte sie schon wieder ein Geheimnis vor mir?

»Nein, aber es braucht Zeit. Genauso wie die Sache zwischen uns beiden.« Mein Flug wurde ein letztes Mal aufgerufen und ich seufzte leise. »Ich melde mich bei dir, sobald ich gelandet bin. Und wenn du möchtest, können wir heute Abend telefonieren.«

»Darüber würde ich mich sehr freuen.« Unsicher trat ich auf Odette zu und schloss sie in die Arme. Sie umklammerte mich fest.

»Ich hab dich lieb, Kleines.«

Weil ich nicht wusste, was ich darauf erwidern sollte, löste ich mich von ihr und lächelte. Dann nahm ich mein Koffer und machte mich auf den Weg.

Ich war aufgeregt, als ich den Platz am Fenster einnahm und auf das Rollfeld blickte. Jetzt war es zu spät, ich konnte mich nicht mehr umentscheiden. Meine Gedanken schweiften noch einmal zu Valentin. Obwohl ich ihn am Tag zuvor im Atelier gesehen hatte, fiel unser Abschied recht unterkühlt aus.

Traurigkeit klammerte sich um mein Herz und ich fragte mich, was wohl gewesen wäre, hätte Louna mir nicht die Wahrheit gesagt. Würde Valentin dann hier neben mir sitzen, hätte er mich begleitet? Oder hätten sich unsere Wege trotzdem getrennt?

Im Augenwinkel bemerkte ich einen Schatten und kurz darauf setzte sich jemand auf den Platz neben mich. Ich hielt den Blick weiterhin starr aus dem Fenster gerichtet. Ich hatte keine Lust auf Small Talk mit irgendwelchen Fremden.

»*Salut* und was führt dich nach Rom?«, wollte mein Sitznachbar wissen.

Ich wandte den Kopf zur Seite, weil ich nicht unhöflich sein wollte, und fror in meiner Bewegung ein. Blaue Augen ruhten auf mir und für einen kurzen Moment wusste ich nicht, was ich sagen sollte. Mein Sitznachbar streckte mir die Hand entgegen.

»Hey, ich bin übrigens Valentin.«

Noch immer war ich völlig erstarrt und die Worte verließen nur schwer meinen Mund.

»Freut mich, dich kennenzulernen, ich bin Candy.« Ich ergriff seine Hand und spielte das Spiel mit. »Ich werde für ein Semester in Rom studieren. Und was führt dich in die Stadt?«

Valentin lächelte und ließ meine Hand langsam los. »Die Liebe.«

Ich öffnete den Mund leicht und glaubte nicht, was ich hörte. »Du hast gekündigt?«

Er nickte. »Ich habe in den letzten Wochen schmerzlich gelernt, was es bedeutet, falsche Prioritäten zu setzen. Ich habe Odette die Wahrheit erzählt. Anfangs war sie sehr wütend und wollte mich einen Kopf kürzer machen, weil ich dir wehgetan habe.«

»Das klingt nach meiner ...« Ich stockte. Bisher hatte ich es immer vermieden, sie Mutter zu nennen.

»Was ist los?« Valentin hatte sofort bemerkt, dass etwas im Raum stand.

»Erinnerst du dich an das Geheimnis, das Odette von mir hatte?«

»Natürlich, wie könnte ich das vergessen?« Er lachte leise.

»Es hat sich herausgestellt, dass sie nicht meine Schwester ist. Sondern meine Mutter«, flüsterte ich ohne Emotion in der Stimme. Valentins Augen weiteten sich und er wirkte überrascht.

In Kurzform erzählte ich, wie es dazu gekommen war, und er hörte mir aufmerksam zu.

»Verstehe ich das richtig, du fliegst nach Rom, obwohl ihr die Sache nicht geklärt habt?« Aus seinem Mund klang das wie ein Vorwurf, beinahe so, als hätte ich die falsche Entscheidung getroffen.

»Ich möchte ein paar Wochen für mich sein und in Ruhe darüber nachdenken. Außerdem ist es ja nicht so, dass ich sie völlig aus meinem Leben streiche. Wir haben meine Reise gemeinsam vorbereitet und Zeit miteinander verbracht. Ich habe ihr versprochen, dass wir regelmäßig telefonieren und ich sie auf dem Laufenden halte, was bei mir passiert. Ich denke, so ist es für uns beide am besten. Vielleicht können Odette und ich nach meinem Auslandssemester einen Neuanfang wagen.«

»Ja, möglicherweise ist Abstand genau das, was ihr braucht, um zu erkennen, was ihr aneinander habt.«

Ich senkte den Blick auf meine Hände und fragte mich, ob das für Valentin und mich nicht auch besser gewesen wäre. Doch auf der anderen Seite konnte ich das wilde Schlagen meines Herzens nicht ignorieren. Dass er jetzt neben mir saß, bedeutete mir alles und zeigte mir, dass ihm die Sache mit mir wirklich ernst war.

»Was wirst du in Rom machen? Ich werde durch die Kurse nicht ständig Zeit haben.«

»Ich nehme eine Auszeit, sammle Inspirationen und werde Rom auf mich wirken lassen.«

»Und Lynn? Hat sie jemanden für die WG? Die Miete ist für sie allein doch bestimmt zu hoch.«

Valentin nickte energisch.

»Tatsächlich hat sie seit etwa einem Jahr einen Freund. Die beiden versuchen ein Zusammenleben auf Zeit.« Vielversprechend zog er die Augenbrauen nach oben.

»Und das ist für dich als großer Bruder okay?« Ich konnte mir ein Grinsen nicht verkneifen.

»Ich habe Maurice in den letzten Monaten auf Herz und Nieren geprüft. Er ist cool.«

Ich merkte, wie meine Sorgen wegen der Reise sich immer mehr in Luft auflösten.

»Es ist schön, dich hierzuhaben«, hauchte ich und fasste den Mut, seine Hand zu ergreifen. Mit einem zufriedenen Ausdruck auf dem Gesicht verhakte er seine Finger in meinen.

Der Taxifahrer setzte mich vor dem Wohnheim ab, nachdem ich mich von Valentin verabschiedet hatte. Odette hatte ihm geholfen und auf die Schnelle eine kleine Wohnung organisiert, die nicht weit vom Wohnheim entfernt lag.

»Ich hole dich heute Abend ab«, hatte Valentin gesagt, bevor ich aus dem Taxi gestiegen war.

»Ich freue mich darauf.«

Tatsächlich konnte ich es kaum erwarten, ihn heute Abend wiederzusehen und mit ihm durch die Stadt zu spazieren.

Ich betrat das Wohnheim, das aufgrund der Semesterferien wie ausgestorben wirkte, und machte mich auf die Suche nach meinem Zimmer. Ich ging die Treppe nach oben in den zweiten Stock und hielt nach dem Zimmer mit der Nummer 222 Ausschau.

Kurz darauf wurde ich fündig, steckte den Schlüssel, den ich zuvor bei der Wohnheimsleitung besorgt hatte, ins Schloss und öffnete die Tür. Zu meiner Überraschung war das Zweibettzimmer nicht leer. An einem der beiden Schreibtische saß ein Mädchen in meinem Alter mit langen schwarzen Haaren. Neugierig blickte sie in meine Richtung und stand lächelnd auf.

In den letzten Tagen hatte ich mir oft Gedanken darüber gemacht, wie das Treffen mit meiner Mitbewohnerin wohl ablaufen würde. Obwohl ich Fortschritte gemacht hatte, bereitete es mir immer noch Sorge, neue Leute kennenzulernen. Trotzdem zog ich die Mundwinkel nach oben und erinnerte mich daran, dass mir nichts Schlimmes passieren konnte.

»Hey, du musst Candice sein, richtig?« Überschwänglich umarmte sie mich. »Ich bin Felicia, meine Freunde nennen mich Feli.«

Felis Unvoreingenommenheit überraschte mich und sofort breitete sich ein Gefühl in mir aus, willkommen zu sein. Meine letzten Sorgen fielen von mir ab.

»Freut mich, dich kennenzulernen. Meine Freunde nennen mich Candy«, grinste ich breit. »Eigentlich hatte ich damit gerechnet, dass du nicht hier bist. Die meisten Studenten sind über die Semesterferien zuhause.«

Feli nickte. »Ja, das stimmt, das Wohnheim ist wie ausgestorben. Nachts ist das total gruselig. Aber ich fahre nie nach Hause.«

Ich fragte mich nach dem Grund, doch weil ich nicht unhöflich erscheinen wollte, hakte ich nicht weiter nach.

»Und sieh es positiv, so kann ich dir bereits den Campus zeigen, bevor das neue Semester losgeht.«

»Darüber würde ich mich freuen.«

»Jetzt willst du dich sicher erst einmal einleben und in Ruhe umsehen. Ich muss noch in die Bibliothek und etwas arbeiten. Wir sehen uns bestimmt später.«

Feli schenkte mir ein letztes Lächeln, schnappte ihren Rucksack und ging aus dem Zimmer, ohne dass ich etwas erwidern konnte.

Weil ich noch etwas Zeit hatte, bevor ich mich mit Valentin treffen wollte, nahm ich mir die Outfits vor, die Odette mir vor meiner Abreise geschenkt hatte. Nacheinander löste ich das Schleifenband und breite die Pakete auf dem Bett aus.

Das Outfit für die Uni bestand aus einer weißen Hose, einer apricotfarbenen Bluse und einer dunkelblauen Strickjacke.

Das kleine Schwarze war knielang und an der Taille mit einer Raffung versehen. Mit einem Blazer und Pumps würde es elegant aussehen. Mit einer Jeansjacke und Sneaker lässig.

Das dritte Outfit bestand aus einer beigen Hose mit Blumenmuster und einem hellbraunen Shirt mit Kragen.

Stumm betrachtete ich die Kleidung und wurde das vertraute Gefühl nicht los. Hatte ich die Sachen schon einmal irgendwo gesehen?

Mein Blick wanderte zurück zum Koffer und erst jetzt entdeckte ich den Brief, der unter einem Roman hervorlugte. Ich faltete ihn auseinander und überflog die wenigen Worte.

Erkennst du deine Designs?
Als du im Krankenhaus gewesen bist, habe ich mir deine Zeichnungen angesehen und sie mit ins Atelier genommen. Sie waren alle sehr vielversprechend. Die drei Outfits, die ich mir an dir am besten vorstellen konnte, liegen jetzt vor dir.
Du wirst unglaublich darin aussehen!

Odette
PS: Vergiss nicht, mir Bilder zu schicken!

Gerührt betrachtete ich die Kleidungsstücke und platzte vor Glück. Hinter diesem Geschenk steckte so viel mehr als die reine Geste. Es war eine versteckte Botschaft, die so viel sagte wie: In Paris wird immer ein Platz an meiner Seite für dich sein.

Ich wischte mir Freudentränen aus den Augenwinkeln, schnappte mir die Hose mit Blümchenmuster und die hellbraune Bluse und machte mich im Bad für das Treffen mit Valentin fertig.

Mein Herz schlug ins Unermessliche, als ich wenig später vor dem Wohnheim auf ihn wartete. Ich wusste nicht, was dieser Abend uns bringen würde, doch ich würde mir selbst keinen Druck machen, indem ich mir den Kopf darüber zerbrach.

»Ciao bella«, begrüßte er mich und streckte mir die Hand entgegen, um mein neues Outfit zu betrachten. »Wow, du siehst umwerfend aus.«

Er drehte mich einmal um die eigene Achse und ich es ließ es lachend geschehen.

»Danke – auch dafür, dass du Odette bei den Outfits geholfen hast.«

Er machte eine abwinkende Handbewegung, als wäre nichts dabei. »Das habe ich gern gemacht.«

Zu Fuß machten wir uns auf den Weg und spazierten durch die kleinen Gassen in Richtung des Trevi-Brunnens.

»Und wie ist das Wohnheimzimmer? Konntest du deine Mitbewohnerin schon kennenlernen?«

»Das Zimmer viel größer, als ich angenommen hatte. Und meine Mitbewohnerin ist nett, ich habe das Gefühl, dass wir uns gut verstehen werden.«

Während wir in eine schmale Gasse bogen und uns gutgelaunte Italiener entgegenkamen, die wild mit den Händen gestikulierten und lachten, realisierte ich zum ersten Mal, dass ich in Rom angekommen war. Doch jetzt, wo ich endlich hier war, fühlte es sich viel besser an, als ich es mir je hätte vorstellen können.

»Und wie ist deine Wohnung?«

»Ich denke, sie wird ihren Zweck während meiner Zeit erfüllen. Es ist natürlich kein Vergleich zu meinem WG-Zimmer, aber ich werde es mir gemütlich machen.«

Ich schenkte Valentin ein Lächeln und freute mich auf die gemeinsame Zeit mit ihm in Rom.

Nach fünfzehn Minuten Fußweg erreichten wir den Trevi-Brunnen. Ich hatte ihn so oft auf Bildern gesehen, doch live davorzustehen, löste ein unbeschreibliches Gefühl aus. Es dämmerte bereits und die Lichter am Brunnen ließen das klare Wasser sanft funkeln. Auf dem Boden des Beckens lagen unzählige Münzen, von denen jede einen Wunsch mit sich trug. Ich hatte mir immer vorgestellt, eines Tages selbst eine hineinzuwerfen.

»Sollen wir uns einen Moment auf den Rand setzen?«

Ich nickte und folgte Valentin zum Brunnenrand, auf dem wir Platz nahmen. Es waren nicht viele Menschen unterwegs, nur vereinzelt einige Pärchen, die den romantischen Spätsommerabend nutzten.

»Wann hast du dich entschieden, nach Rom zu gehen?«, erkundigte ich mich.

»An dem Abend, bevor ich dich im Krankenhaus besuchen kam. Ich musste noch einmal ins Atelier, weil ich eine Zeichnung vergessen hatte, die ich noch überarbeiten wollte. Ich fand Odette alleine in ihrem Büro, sie hat geweint. Das war das Menschlichste und Ehrlichste, was ich von ihr je erlebt habe. Erst hat sie mich angeschrien und mir die Schuld gegeben, dass du dir plötzlich das Leben nehmen willst. Ich habe ihr dann alles erzählt und mir schreckliche Vorwürfe gemacht. Ihr war klar, dass du so schnell wie möglich nach Rom reisen würdest, sobald du die Wahrheit kennst. Und ich entschied mich, dich zu begleiten. Als ich ihr das sagte, kam es mir vor, als würde eine Last von ihr abfallen.«

»Ich glaube, dass Odette sich in Wirklichkeit viel öfter Gedanken um mich gemacht hat, als es für mich den Anschein hatte. Wir haben zweiundzwanzig verdammte Jahre verschenkt, die uns niemand wiedergeben wird.«

Valentin nickte verständnisvoll, doch in seinem Blick steckte noch etwas anderes. »Ihr habt viele Jahre vor euch, in denen ihr es besser machen könnt. Ihr dürft euch nicht darauf konzentrieren, was einmal war, sondern auf das, was sein kann.«

Nachdenklich schweifte mein Blick über das Wasser und fixierte eine Münze. »Manchmal denke ich darüber nach, was ist, wenn es mir in Rom so gut gefällt, dass ich nicht nach Paris zurückgehen möchte.«

Valentin griff nach meiner Hand und mein Herz machte einen nervösen Sprung. Ich hatte Mühe, mich nicht in seinen blauen Augen zu verlieren.

»Selbst das ist okay. Es ist dein Leben, Candy, und du alleine entscheidest darüber. Du hast dir in all den Jahren Gedanken darüber gemacht, was die anderen über dich denken, so sehr, dass du dich selbst verloren hast. Jetzt ist es an der Zeit, dich wiederzufinden.«

Ich ließ Valentins Worte auf mich wirken und wusste, dass in jedem einzelnen Wahrheit steckte. Ich wollte den anderen gefallen und hatte mich dabei immer weiter zurückgezogen.

»Ich möchte jetzt eine Münze werfen.«

Ich stand auf und angelte ein Geldstück aus meiner Hosentasche, das ich extra für diesen Moment eingesteckt hatte. »Kannst du währenddessen ein Foto von mir machen? Odette möchte Bilder von mir in den Outfits.«

»Natürlich.« Valentin zückte sein Handy. »Bereit?«

»Ja.«

Ich stellte mich mit dem Rücken zum Brunnen und umklammerte die Münze fest. Für einen Augenblick schloss ich die Augen.

Ich wünsche mir, endlich Candy zu sein.

Schwungvoll warf ich die Münze über die Schulter und hörte das leichte Platschen, mit dem sie ins Wasser eintauchte. Auch Valentin warf mit geschlossenen Augen eine Münze über die Schulter, nachdem er das Foto von mir gemacht hatte.

Lächelnd streckte Valentin mir seine Hand entgegen und ich ergriff sie. »Ich habe ein gutes Gefühl, dass die Wünsche in Erfüllung gehen«, schmunzelte er.

»Ich auch.«

Achtundzwanzig

Es fiel mir überraschend leicht, mich in Rom einzuleben. Ich telefonierte oft mit Odette. Mit Nic und Stefanie traf ich mich jetzt am Wochenende zum Facetimen.

Valentin und ich erkundeten die Stadt oft gemeinsam, doch er gab mir auch den nötigen Freiraum, den ich mir von dem Auslandssemester versprochen hatte. Es fühlte sich gut an, etwas für mich selbst zu tun und dabei nicht daran zu denken, was irgendjemand von mir erwartete. Während Valentin an einigen Modeskizzen arbeitete, weil ihn die Inspiration gepackt hatte, spazierte ich den gesamten Vormittag durch die kleinen Gassen Roms, sah mir die Sehenswürdigkeiten an und beobachtete die Menschen. Manchmal unternahm ich auch etwas mit Felicia. Wir gingen gemeinsam einen Kaffee trinken und sie zeigte mir den Campus.

Bisher hatte ich keinen Grund gehabt, meine Entscheidung zu bereuen, und je besser ich Rom kennenlernte, umso wohler fühlte ich mich. Das Auslandssemester war keine Ausrede gewesen, sondern der Wunsch, mich von meinem alten Leben zu befreien.

Es gab nur eine Sache, die mich nach wie vor sehr nachdenklich machte. Obwohl ich oft mit Odette sprach, bereitete mir die ungeklärte Situation zwischen uns Bauchschmerzen. Ich hatte auch meine Großeltern, von denen ich zweiundzwanzig Jahre lang dachte, sie wären meine Eltern, noch nicht angerufen. Auf der einen Seite war ich wütend, weil sie mir nie die Wahrheit gesagt hatte. Auf der anderen Seite wollte ich ihr keine Vorwürfe machen.

Ich saß alleine in einem kleinen Café, als ich aus einem Impuls heraus die Nummer meiner Großmutter wählte. Der Freizeichenton erklang und es dauerte nicht lange, bis sie meinen Anruf entgegennahm.

»Candy, wie schön von dir zu hören. Wie ist Rom? Geht es dir gut?«

»Hi, Rom ist toll, danke. Ich habe noch knapp drei Wochen Semesterferien und würde euch gern besuchen kommen. Wäre es möglich, dass ihr Odette auch anruft und sie einladet? Wir sollten uns endlich alle zusammensetzen und über die Sache sprechen.«

Für einen kurzen Moment erwiderte meine Großmutter nichts. »Bist du dir sicher, Candy?«

»Sehr sicher.«

»In Ordnung, dann rufe ich Odette später an.«

»Danke.«

Ich war froh darüber, dass meine Großmutter bereitwillig zustimmte, und legte mit dem Gefühl auf, dass wir auch die letzten Probleme gemeinsam aus dem Weg schaffen konnten.

Am Abend machte ich mich auf den Weg zu Valentins Wohnung. Unterwegs kaufte ich ein paar Sachen ein, damit wir zusammen kochen konnten. Ich wollte ihn in meinen Plan einweihen und fragen, ob er mich zu meinen Großeltern begleiten würde.

Valentin öffnete mir freudestrahlend die Tür und ich betrat sein kleines Apartment. Es war schlicht und nur mit dem Nötigsten eingerichtet. Nun verstand ich, was er damit meinte, dass es seinen Zweck über die Zeit erfüllen würde. Gemeinsam gingen wir zur Küchenzeile, die in das Wohnzimmer integriert war. Ich packte die Einkäufe aus und Valentin betrachtete mich skeptisch.

»Was genau sollen wir damit kochen?«

»Selbst gemachte Pasta natürlich.« Ich grinste breit.

»Hast du dir das gut überlegt? Ich habe absolut keine Ahnung, wie man das macht.«

»Gut, dann sind wir schon zwei.«

Obwohl ich mich genau an die Rezeptanweisung hielt, zogen wir am Ende eine undefinierbare Masse aus dem Topf, die Spaghetti sein sollte.

»Ich bin nicht sicher, ob ich das essen will.« Valentin verzog angewidert das Gesicht.

»Ehrlich gesagt, ich auch nicht.« Seufzend lehnte ich mich gegen die Arbeitsplatte, die voller Mehl und Teigreste war.

»Ich bin dafür, dass wir den italienischen Lieferdienst testen.«

Resigniert stimmte ich zu.

Nachdem wir die Küche aufgeräumt hatten, setzten wir uns auf die Couch. Valentin durchforstete das Internet nach einem guten Pizzalieferanten und wurde auch schnell fündig.

»Ich habe heute mit meinen Eltern ... Großeltern, meine ich, telefoniert. Davor habe ich mich bis jetzt erfolgreich gedrückt. Aber ich möchte die Sache ein für alle Mal aus der Welt geschafft haben, bevor das Studium beginnt. Ich bin niemanden böse. Ich meine, wie sollen wir einen Neuanfang wagen, wenn so viele ungesagte Dinge im Raum stehen«, offenbarte ich Valentin meine Gedanken.

»Das bedeutet also, du wirst noch einmal nach Frankreich reisen, bevor das Semester beginnt?« Kaum merklich zog Valentin die Augenbrauen nach oben. Die Überraschung stand ihm ins Gesicht geschrieben.

»Ja, voraussichtlich nächsten Donnerstag und am Sonntag oder Montag wieder zurück. Das ist auch der Grund, warum ich hier bin. Ich wollte dich fragen, ob du mich begleiten möchtest? Ich würde mich sehr freuen.«

»Nichts lieber als das.«

Dankbar lächelte ich ihm zu und hoffte inständig, dass mein Plan aufgehen und nicht in einem völligen Gefühlschaos enden würde.

Kaum, dass wir am folgenden Donnerstag ins Taxi am Flughafen in Nizza gestiegen waren, packte mich die Aufregung. Das Anwesen meiner Großeltern lag außerhalb vom Stadtkern. Odette würde erst am nächsten Tag nachkommen, was bedeutete, dass ich erst in Ruhe mit meinen Großeltern sprechen konnte. Ich war gespannt darauf, ihre Seite der Geschichte zu hören.

Valentin griff nach meiner Hand, um mir meine Anspannung zu nehmen. In der letzten Zeit beschränkten wir uns auf diese kleinen Annäherungen und trotzdem zauberten sie mir jedes Mal ein Lächeln auf die Lippen.

Der Taxifahrer parkte vor der Villa meiner Großeltern. »Ich bin so gern hier«, murmelte ich, nachdem ich ausgestiegen war und das Anwesen betrachtete. Die Villa aus hellem Naturstein fügte sich trotz ihrer modernen Architektur perfekt in die Landschaft ein.

Ich schnappte meinen Koffer und steuerte auf die Haustür zu. Gerade als ich klingeln wollte, öffnete meine Großmutter. Ich hatte sie so lange nicht mehr gesehen – das letzte Mal zu Odettes Geburtstag im Frühjahr, als sie uns in Paris besuchen kamen.

»*Salut, ma petite*«, begrüßte sie mich überschwänglich und streckte die Arme nach mir aus. Ich umarmte sie und sie küsste mich auf die Wangen, bevor ich mich wieder von ihr löste.

»Darf ich dir Valentin vorstellen? Er ist ein guter Freund von mir und hat einige Zeit für Odette gearbeitet.«

»*Bonjour*, Valentin.« Auch ihn begrüßte sie mit Küsschen auf die Wangen. »Odette hat bereits von dir erzählt, du bist der talentierte Designer, den sie kürzlich eingestellt hat.«

»Richtig, es freut mich sehr, Sie kennenzulernen, Madame Medeaux.«

»Kommt doch rein.«

Wir stellten die Koffer in den Flur und folgten meiner Großmutter in den Garten, in dem Großvater an einem Tisch saß und durch eine Zeitschrift blätterte.

Als er uns entdeckte, begrüßte er uns und ich stellte ihm Valentin ebenfalls vor. Natürlich wusste auch er längst, wer er war. »Großartige Designs für die Herbst-/Winterkollektion, meine Tochter hat einige Ihrer Entwürfe geschickt«, lobte er ihn und klopfte ihm auf die Schulter.

»Danke, Monsieur Medeaux«, antwortete Valentin höflich, ohne auf das Thema einzugehen. Ich war mir nicht sicher, ob meine Großeltern wussten, dass er den Job für mich gekündigt hatte.

In der Zwischenzeit brachte meine Großmutter eine Kanne Kaffee und vier Tassen aus der Küche und stellte sie auf den Gartentisch. Sie reichte uns jeweils eine, bevor sie Platz nahm und mich stumm musterte.

»Was ist los?«, fragte ich geradeheraus.

Sie zuckte mit den Schultern. »Ich wundere mich nur, dass du überhaupt noch mit uns redest. Was wir dir all die Jahre verschwiegen haben, ist durch nichts zu entschuldigen.«

Mein Großvater las weiterhin starr die Zeitschrift, als ginge ihn das alles nichts an. Er war schon immer distanzierter gewesen. Wir hatten nie eine richtige Bindung aufbauen können. In diesem Punkt war er Odette ähnlich, wohingegen meine Großmutter zumindest ab und zu versucht hatte, zu mir durchzudringen.

»Aber es bringt mir nichts, euch irgendwelche Vorhaltungen zu machen. Natürlich bin ich wütend, doch vor allem enttäuscht. Ich habe es bereits zu Odette gesagt, ich hatte immer das Gefühl, nie richtig dazuzugehören.« Seufzend betrachtete ich den Kaffee. »Ich weiß nicht einmal, wie ich euch jetzt nennen soll.«

Meine Großmutter atmete geräuschvoll aus. »Ich habe angenommen, dass du dich in unserem Leben nicht wohlfühlst. Dir war das Label immer zu viel, genauso wie die Veranstaltungen. Du hast dein eigenes Ding gemacht, dich zurückgezogen. Ich hatte ständig Angst, dass du eines Tages nach Hause kommst und die ganzen Fakten auf den Tisch haust. Da war so ein Gefühl, dass du dich dann endgültig von uns abwendest.« Sie holte tief Luft und griff über den Tisch nach meiner Hand. »Ich kann dir nur immer wieder sagen, wie leid es uns tut. Wir haben damals so entschieden, weil es das Beste für dich und Odette gewesen ist. Wir wollten euch vor den Negativschlagzeilen beschützen und dafür Sorge tragen, dass ihr eines Tages eure Träume leben könnt.«

Sie drückte meine Hand fest und ich schenkte ihr ein trauriges Lächeln. Auf der einen Seite verstand ich sie und ihre Beweggründe waren eindeutig. Sie hatten immer nur das Beste für Odette und mich gewollt.

»Es kam mir oft vor, als wäre ich einfach zu viel. Ich dachte, ihr stoßt mich wegen meines Gewichtes von euch.«

»Du warst nie zu viel, Candy.« Tränen glitzerten in den Augen meiner Großmutter und sie wischte sie hastig mit dem Handrücken weg. »Und dein Gewicht hat nie eine Rolle für uns gespielt. Wir lieben dich, egal, wie du aussiehst. Odette hat mir erzählt, dass du gern mehr in das Label eingebunden gewesen wärst. Das ist meine Schuld, ich wollte, dass du, im Gegensatz zu deiner Mutter, freier aufwächst. Als unser einziges Kind war es ihre Pflicht, das Geschäft irgendwann zu übernehmen. Sie hat das von Anfang an gewusst und sie wollte es auch nicht anders. Sie liebt Mode, die Veranstaltungen und den Glamour.«

Ein Lächeln erschien auf den Lippen meines Großvaters und zum ersten Mal, seit Beginn dieses Gesprächs, legte er die Zeitschrift beiseite. »Oh ja, erinnerst du dich noch, als sie mit vier Jahren durch den Schneiderraum tanzte, in diesem albernen selbst zusammengestellten Outfit und mit dieser extrem langen Perlenkette?«

Meine Großmutter konnte sich ein Lachen nicht verkneifen. »Dieses Bild werde ich niemals vergessen.« Sie wandte sich mir wieder zu. »Du bist noch jung, Candy, du kannst die Abläufe noch lernen und ich bin mir sicher, dass Odette sie dir zeigt, wenn du sie darum bittest.«

»Vielleicht eines Tages«, murmelte ich und zuckte mit den Schultern. Ich ließ an der Stelle aus, dass wir bereits darüber gesprochen hatten.

Nach dem Abendessen bat ich Valentin darum, mich zu einem Spaziergang zu begleiten. Es war ein lauer Spätsommerabend, die Sonne versank hinter dem Horizont. Die letzten Vögel sangen ihr Lied und Grillen zirpten an den mit Gras bewachsenen Wegesrändern.

»Das Gespräch mit deinen Großeltern ist gut verlaufen«, bemerkte Valentin, um die Stille zu durchbrechen.

»Ja, glücklicherweise. Ich hoffe, dass die Stimmung so entspannt bleibt, wenn Odette morgen anreist.«

»Hast du Angst, dass es Streit zwischen euch gibt?«

»Nein, höchstens zwischen ihr und ihren Eltern. Sie hat den beiden nie erzählt, was sie damals empfunden hat. Und ich bin mir sicher, dass das zu Problemen führen wird.« Ich ließ meinen Blick über die Umgebung schweifen und betrachtete die Häuser, die in weitem Abstand zueinanderstanden. Anders als in Paris, war hier nicht dicht an dicht gebaut worden. Man fühlte sich nicht eingeengt, sondern herrlich frei.

»Selbst wenn es zu Problemen kommt, musst du dir klarmachen, dass es nichts mit dir zu tun hat. Das ist eine Sache zwischen Odette und deinen Großeltern, die sie auch alleine klären sollten.«

»Du hast recht.«

Ich blieb stehen und packte Valentins Handgelenk. Langsam wandte er sich mir zu und betrachtete mich fragend. Unsicher machte ich einen Schritt auf ihn zu und legte die Arme um ihn. Er ließ es geschehen und strich mit seinen Fingerspitzen über meinen Rücken.

»Danke, dass du mitgekommen bist. Wenn ich daran denke, dass ich mit all diesen Gedanken allein gewesen wäre und sie niemandem hätte erzählen können … Ich wär wahrscheinlich verrückt geworden.« Ich löste mich von ihm und lief langsam weiter. »In Rom war es leicht, zu vergessen, dass so viel Ungeklärtes im Raum steht.«

»Man merkt, dass dir die Stadt guttut.«

»Ich mache mir weniger Gedanken und nehme vieles so, wie es kommt. Das klappt nicht immer, aber ich sehe es schon als Fortschritt an, dass ich mich nicht mehr täglich für mein Aussehen verurteile. Es sind kleine Schritte, aber sie machen mir Hoffnung.«

Valentin legte einen Arm um mich und löste damit ein Kribbeln in meinem Inneren aus. Erneut blieb ich stehen und er ließ den Arm langsam sinken.

»Es ist nicht nur die Stadt, die mir guttut. Dass du bei mir bist, macht vieles einfacher.«

»Du kannst jederzeit auf mich zählen. Was zwischen uns passiert ist, ändert nichts an meinen Gefühlen für dich. Auch wenn ich sie momentan nur auf rein freundschaftlicher Ebene haben darf.«

Valentin bedeutete mir so viel, jedoch hatte meine Familie momentan Vorrang. Wenn das geklärt war, konnten wir immer noch schauen, wohin das mit uns führte. Seit Paris umkreisten wir uns wie zwei Sterne, die weder miteinander noch ohne einander konnten. Wir waren eine Einheit geworden.

»Ich kann dir deine Gefühle nicht vorschreiben«, erinnerte ich ihn grinsend. »Und nur, weil ich aktuell keinen

Kopf dafür habe, bedeutet das nicht, dass du mir egal bist. Ich habe dich gerne in meiner Nähe.«

Ein sanftes Lächeln huschte über Valentins Lippen und er strich mir behutsam eine Haarsträhne aus dem Gesicht, bevor er seine Hand auf meiner Wange ablegte. Vorsichtig beugte er sich zu mir und ich fragte mich, was er vorhatte. Wenn er mich jetzt küsste ... Doch er hauchte lediglich einen sanften Kuss auf meine Stirn.

»Ich werde warten, bis du bereit bist.«

Neunundzwanzig

Odette reiste am späten Nachmittag des nächsten Tages an und ich öffnete ihr die Tür. Ich war nervös, wieder auf sie zu treffen, und obwohl wir in der letzten Zeit viel telefoniert hatten, wusste ich dennoch nicht, wie ich mit ihr umgehen sollte. Irgendetwas in ihrem Gesichtsausdruck wirkte angespannt und ich konnte nicht deuten, woran das lag.

»Hallo«, sagte ich dennoch lächelnd.

»War dieses Treffen wirklich nötig?«, begrüßte sie mich unterkühlt, ja beinahe distanziert.

Damit hatte ich nicht gerechnet.

»Wir müssen uns alle an einen Tisch setzen und darüber sprechen. Hast du den beiden je erzählt, wie du dich in den letzten Jahren gefühlt hast?«

Odette verschränkte abwehrend die Arme vor der Brust. »Manche Sachen können ungeklärt bleiben und meiner Meinung nach ist das eine davon. Man schluckt sie herunter und gut ist.«

Instinktiv wich ich ein Schritt zurück und verstand nicht, woher diese Kälte plötzlich kam. Ich erinnerte mich an Valentins Worte. Es lag nicht an mir, die Probleme zwischen Odette und meinen Großeltern zu klären. Trotzdem wollte ich nicht einfach aufgeben. »Wenn du das für unnötig hältst, warum bist du gekommen?«

»Ich bin wegen dir hier, weil es wahrscheinlich die einzige Chance ist, noch einmal Zeit mit dir zu verbringen, bevor dein Semester anfängt.«

Ich holte tief Luft. »Ich meinte es nur gut, aber die Entscheidung, ob du die Sache klären willst, liegt natürlich bei dir. Wir können uns auch einfach ein paar schöne Tage machen.«

Odettes Blick wurde sofort weicher, als hätte sie realisiert, dass ihre Worte mich getroffen hatten. »Es tut mir leid, Candy, ich wollte nicht so schnippisch klingen. In den letzten Jahren hat sich auch bei mir viel angestaut. Es ist ein heikles Thema.«

»Ich hätte dich anrufen und mit dir darüber sprechen sollen.«

»Es ist, wie es ist, wir machen jetzt das Beste daraus.« Sie machte einen Schritt nach vorn und schloss mich endlich in die Arme.

»Wo sind die anderen?«, fragte Odette, als sie sich wieder von mir löste.

»Im Garten.« Ich verharrte einen Moment, während Odette schon in Richtung Terrassentür steuerte. Ich war mir nicht sicher, ob sie das Gespräch mit ihren Eltern suchen würde. Doch ich würde sie nicht dazu drängen.

Stattdessen wollte ich mich lieber darauf konzentrieren, Zeit mit meiner Mutter zu verbringen. Wir mussten selbst noch einige Dinge besprechen.

Nach einem langen Bad am späten Abend ging ich zurück in mein Zimmer, kuschelte mich in die Decke und schaltete den Fernseher an. Gedankenverloren blieb ich bei einem alten Liebesfilm hängen. Valentin war noch bei meiner Familie geblieben, als ich sagte, ich würde mir ein Bad gönnen.

Insgeheim hoffte ich, dass er jeden Moment zu mir kommen würde. Kurz spielte ich mit dem Gedanken, den Fernseher auszuschalten und selbst noch einmal in den Garten zu gehen.

Doch ich hatte meiner Familie bereits eine Gute Nacht gewünscht. Ich schloss die Augen und holte tief Luft. Der ruhige Moment hatte mir nach der zunächst verhaltenen Begrüßung mit Odette neue Kraft geschenkt.

Auch wenn ich in den letzten Wochen viele Fortschritte gemacht hatte, ertappte ich mich manchmal dabei, wie ich wieder in den Strudel aus negativen Gedanken abdriftete. Nach Odettes Ankunft war das der Fall gewesen. Doch ich hatte auch gelernt, dass ich dann etwas für mich selbst tun musste, um mich zu beruhigen und die Situation anzunehmen.

Das Bad hatte mir gutgetan und meine Sorgen fast vollständig verklingen lassen. Nun war da nur noch Entspannung.

Gerade, als ich den Fernseher ausschalten wollte, blinkte mein Handy auf und ich griff danach. Valentin hatte mir eine Nachricht geschickt.

Bist du noch in der Badewanne?

Im gleichen Moment klopfte es an meiner Tür und er streckte den Kopf ins Zimmer.

»Warum schreibst du mir, wenn du mir keine Chance lässt, zu antworten?«, fragte ich mit einem Grinsen auf den Lippen und legte mein Handy auf den Nachtschrank.

Er zuckte mit den Schultern, schlüpfte aus seinen Schuhen und legte sich neben mich ins Bett. Der Mondschein, der durch das Fenster fiel, erhellte sein Gesicht.

»Wie ist die Stimmung?«

In meiner Gegenwart hatten Odette und meine Großeltern sich alle Mühe gegeben, damit wir ein paar harmonische Stunden verbrachten. Ob sie das gegenüber Valentin aufrechterhalten hatten?

»Es gab keinen Streit, falls du das wissen willst. Noch nicht zumindest.«

»Das heißt?«

»Kurz bevor ich hergekommen bin, hat deine Schwester das Gespräch zu ihren Eltern gesucht. Deine Großmutter war still, dein Großvater hat nur vom Label gesprochen und wollte ihr klarmachen, dass die Sache niemals an die Öffentlichkeit kommen darf.«

»Hat Odette gesagt, dass sie es öffentlich machen möchte?«

Valentin zuckte mit den Schultern. »Das kann ich dir nicht sagen. Es kam mir taktlos vor, zu bleiben.«

Ich seufzte leise. Bisher hatte ich nicht daran gedacht, diese Sache öffentlich zu machen. Ich war mir nicht sicher, ob ich das wollte. Außerdem kannte ich Odettes Meinung dazu nicht. Ob es sie verletzte, mich niemandem als ihrer Tochter vorstellen zu können, sondern nur als die kleine Schwester?

Die Reaktion meines Großvaters war typisch. Es ging ihm nur ums Geschäft. Dass eine Nachricht wie diese negative Schlagzeilen bedeuten würde, war offensichtlich. Warum wurde nicht einmal im Sinne des Menschen gehandelt, dessen Gefühle auf dem Spiel standen? In diesem Fall ging es um Odettes Gefühle, die sie jahrelang vor allen verstecken musste.

Valentin rutschte näher zu mir und zog mich in seine Arme. Sein Griff war so fest, dass mir überhaupt nichts anderes übrigblieb, als meinen Kopf in die Kuhle zwischen seinem Hals und seiner Schulter zu legen.

Mittlerweile gaben mir seine Berührungen Sicherheit und ich liebte das sanfte Kribbeln, das immer durch meinen Körper zog, wenn er meine Nähe suchte.

Ich klammerte mich fester an ihn, schloss die Augen und wollte diesen Moment genießen.

Valentin war wie ein Engel, immer zur Stelle, wenn man ihn brauchte.

Am nächsten Morgen ging es mir etwas besser. Wir konnten die angespannte Stimmung zwar auflösen, doch das plötzlich im Raum stand, öffentlich zu machen, dass Odette meine Mutter war, machte mich nervös.

Nach einem sehr schweigsamen Frühstück mit meinen Großeltern fragte Odette mich, ob ich sie in den Garten begleiten würde. Sie hatte sich eine Decke unter den Arm geklemmt. Wir liefen über das weitläufige Grundstück und sie breitete die Decke unter einem Baum aus, auf die wir uns schließlich setzten.

Ich winkelte die Beine an und umklammerte sie, während mein Blick geradeaus ging und ich nicht wusste, was ich sagen sollte.

»Es tut mir leid, dass ich gestern so mit dir umgegangen bin. Die Situation ist nicht leicht für mich, Candy. Zwischen meinen Eltern und mir ist genauso viel vorgefallen wie zwischen uns beiden. Es wird Zeit benötigen. Aber ich möchte dir zuliebe versuchen, einiges davon zu klären.«

»Ich wollte dich damit nicht überrumpeln, ich dachte nur, es belastet dich.«

»Hat Valentin dir erzählt, was gestern Abend passiert ist?«

»Wenn es darum geht, ob wir es öffentlich machen, dass du meine Mutter bist, ja, er hat es angedeutet.« Neugierig betrachtete ich sie von der Seite. »Möchtest du das denn?«

Ratlos zuckte Odette mit den Schultern. »Ich weiß es nicht. Was ist deine Meinung dazu?«

»Ich denke, diese Entscheidung sollte allein bei dir liegen. Ich unterstütze dich, egal, wie sie ausfällt. Valentin hat erzählt, dass Papie wie immer im Sinne des Labels denkt. Wenn du deine Entscheidung triffst, solltest du dabei nicht an das Label denken, sondern ganz allein an dich. Ich glaube nicht, dass es nur negative Auswirkungen hätte. Natürlich, die Anfangszeit wird schwer und wir werden uns alle rechtfertigen müssen. Aber am Ende kann es auch ein Vorteil sein.«

Odette nickte, ohne etwas zu sagen. Sie hing ihren Gedanken nach und versuchte, diese zu ordnen. »Jetzt lass uns nicht länger darüber sprechen. Wie läuft es mit Valentin?«

Ich zuckte mit den Schultern, als hätte ich keine genaue Antwort dafür. »Wir unternehmen viel, alles auf rein freundschaftlicher Basis. Ich möchte nichts überstürzen und mir die Zeit nehmen, ihn noch besser kennenzulernen. Wir lassen uns überraschen, wo das hinführt.«

Odette hüllte sich einen Augenblick in Schweigen.

»Wie hat Jean-Luc auf die Nachricht reagiert, dass er mein Vater ist?«

Ich wusste nicht, warum ich diese Frage jetzt stellte. Dass ich ihn bisher noch nicht kennengelernt hatte, ließ auf nichts Gutes schließen.

Odettes Blick ruhte auf einem Punkt in der Ferne.

»Er war geschockt und wütend, weil ich es ihm verheimlicht habe. Er wollte zudem Zeit und die gebe ich ihm. Jean-Luc war schon immer ein sehr nachdenklicher Charakter – das hast du von ihm. Sobald er die Nachricht verarbeitet hat, ist er bestimmt bereit, dich kennenzulernen. Ihr werdet euch gut verstehen.«

»Er ist dir sehr wichtig, oder?«

Ein trauriges Lächeln umspielte Odettes Lippen. »Abgesehen davon, dass ich nicht um dich gekämpft habe, bereue ich am meisten, dass ich die Beziehung zu ihm beenden musste. Das klingt total kitschig, aber ich hatte immer das Gefühl, dass er mein Seelenverwandter ist.«

»Dann solltest du ihm das zeigen.«

Ein leises Seufzen erfüllte die Umgebung. »Ich weiß nicht, ob er das will. Vielleicht hatte das Schicksal immer einen anderen Plan für uns, vielleicht haben wir nie zusammengehört und ich habe mir das nur eingebildet. Ich weiß nicht mal, ob er eine Familie hat.«

Da ich merkte, dass meiner Schwester das Thema sehr naheging, beendete ich es. Doch ich hatte bereits einen Plan geschmiedet. Ich musste an ihr Handy kommen und meinen leiblichen Vater anrufen. Wenn er nur ein bisschen war wie ich, wartete er auf ein Zeichen. Und wenn ich diejenige war, die es ihm geben konnte, würde ich auf die Bedenken meiner Mutter keine Rücksicht nehmen. Ich war mir sicher, dass sie sich eine zweite Chance mit ihm wünschte.

»Wie läuft es in Paris? Wie geht es Nic?«

»Es ist alles beim Alten, nur du fehlst. Die Wohnung ist furchtbar leer und manchmal fällt mir die Decke auf den Kopf. Ich habe mich früher nie viel mit dir beschäftigt, zu wissen, dass du in der Nähe warst, hat genügt. Nic und ich haben uns in den letzten Wochen ein bisschen besser kennengelernt und ich verstehe langsam, warum du ihn so sehr magst. Er hat mir eure Stammbar gezeigt, netter Laden, gute Cocktails.«

Ich war überrascht zu hören, dass Odette sich so gut mit meinem besten Freund verstand. Tatsächlich war es immer so gewesen, dass Nic eine gewisse Ablehnung ihr gegenüber verspürt hatte.

»Und ich habe ihn in unser kleines Geheimnis eingeweiht.«

»Du hast was?«, fragte ich überrascht.

Sie lachte leise. »Ich nahm an, du hast es ihm erzählt. Ich habe mich verplappert und dann bin ich aus der Sache nicht mehr herausgekommen. Aber ich habe ihm verboten, dich darauf anzusprechen, bis ich es dir erzählt habe.«

»Dass er tatsächlich den Mund gehalten hat, wundert mich.« Das sah meinem besten Freund überhaupt nicht ähnlich.

»Hast du in der letzten Zeit etwas von Louna gehört?«

Odette schüttelte den Kopf. »Nein, sie ist untergetaucht und ihre Eltern melden sich auch nicht. Darüber bin ich, ehrlich gesagt, nicht böse. Die Anzeige läuft nach wie vor. Leider sind die Behörden nicht die schnellsten.«

Ich nickte. »Ja, vielleicht ist es besser, wenn unsere Wege sich trennen. Ich komme damit klar, solange ich ihr nicht begegnen muss.«

Meine Mutter nickte. »Es gibt noch etwas, das ich dir sagen muss«, begann sie nach einem Moment der Stille und ich betrachtete sie fragend von der Seite. »Ich habe eher zufällig eine Mentaltrainerin kennengelernt, der ich unsere Geschichte erzählt habe. Sie war sich sicher, dass sie uns helfen kann, und hat mir erklärt, wie sie vorgeht und welche Bereiche sie aufarbeitet. Sie hilft Menschen dabei, zu sich selbst zu finden und Blockaden zu lösen, die zum Beispiel durch Mobbing oder andere Schicksalsschläge entstanden sind. Sie hat ihre Praxis in Paris, aber sie könnte die Sitzungen online mit dir abhalten. Diese bestehen nicht nur aus Therapiegesprächen, sondern auch aus mentalen Trainings, Meditation und Audioübungen.«

Es überraschte mich, dass meine Schwester diesen Weg gehen wollte. Gleichzeitig erinnerte ich mich daran, dass es keine Schwäche war, Hilfe anzunehmen. Es hatte sowohl Valentin als auch Lynn nach dem Brand in ihrem Elternhaus geholfen.

»Ich kann dir ihre Handynummer geben, damit sie dir alles selbst erklären kann.«

»Ich werde in Ruhe darüber nachdenken, okay?«

»Weil es sich für mich wie der richtige Weg anfühlt, muss es nicht dein Weg sein. Ich werde dich zu nichts drängen, was du nicht willst. Ich dachte nur, es wäre schön, wenn wir das zusammen machen könnten. Sollen wir zurück zu den anderen gehen?«

»Ich komme gleich nach. Könnte ich mir kurz dein Handy ausleihen? Ich möchte Nic anrufen, aber mit der italienischen SIM-Karte in meinem Telefon wird das zu teuer.«

Lächelnd holte Odette ihr Smartphone aus der Hosentasche und reichte es mir. »Natürlich.« Sie stand auf und ging zurück zum Haus und den anderen.

Ich wartete einen Moment, bis sie weg war, und öffnete ihre Telefonkontakte, in der Hoffnung, die Nummer von Jean-Luc zu entdecken. Ich dachte nicht lange darüber nach und wählte sie einfach. Mit jedem Freizeichenton schlug mein Herz schneller. Ich würde zum ersten Mal in meinem Leben mit meinem leiblichen Vater sprechen.

»Odette?«, meldete sich eine tiefe Männerstimme.

»Nein«, erwiderte ich und schluckte die Anspannung herunter. »Hier ist Candy.«

Am anderen Ende der Leitung wurde es still.

»Du fragst dich sicher, warum ich anrufe?« Ich holte tief Luft und sprach mir Mut zu.

»Ist irgendetwas mit Odette passiert?« Die Sorge in der Stimme meines leiblichen Vaters ließ mich aufhorchen.

»Nein, es geht ihr gut.«

Plötzlich bereute ich es, angerufen zu haben, ohne mir einen Plan zurechtgelegt zu haben.

»Ich … Ich weiß, dass die Nachricht für dich ein Schock gewesen sein muss, glaub mir, das war sie für mich ebenfalls. Aber wenn ich ihr verzeihen kann, schaffst du das auch.«

Jean-Luc sog hörbar die Luft ein und atmete schließlich lange wieder aus. »Ich hoffe, du bist mir nicht böse, weil ich mich noch nicht bei dir gemeldet habe. Die Nachricht hat mich sehr überfordert und wenn ich ehrlich bin, bricht mein gesamtes Leben gerade auseinander. Von dir zu erfahren, war das einzig Positive in den letzten Monaten … Odette meinte, du wärst jetzt in Rom? Besucht sie dich, oder wie kommst du an ihr Handy?«

»Wir besuchen meine Großeltern in Nizza.« Schweigen breitete sich zwischen uns aus, doch mir brannte noch eine Sache auf der Seele.

»Darf ich dir eine Frage stellen?«, murmelte ich.

»Frag alles, was du willst.« Ich hörte Jean-Luc leise lächeln.

»Vermisst du die Zeit mit Odette?«

Er wurde erneut still. Jean-Luc schien über meine Frage nachzudenken.

»Du musst mir nicht antworten. Wenn die Antwort Ja ist, spring über deinen Schatten. Gebt euch die Chance, einander noch einmal kennenzulernen.«

»Candy?«

»Hm?«

»Können wir uns eines Tages persönlich kennenlernen?«

»Vielleicht stehst du eines Tages überraschend vor mir. Mein Lieblingsort ist der *Jardin de la Nouvelle*, lass ihn dir von Odette zeigen«, erwiderte ich schmunzelnd. »Bis bald.« Ich legte auf und wusste, dass ich ihm absichtlich einen Grund gegeben hatte, sich bei Odette zu melden. Hoffentlich ging mein Plan auf.

Schnell löschte ich seine Nummer aus der Anrufliste und verharrte einen Moment unter dem Baum.

Stumm betrachtete ich die Sonne, die die Landschaft in strahlendes Licht tauchte. Jahrelang hatte ich mir die Regenwolken zum Vorbild genommen. Hatte mich verkrochen, bittere Tränen geweint und dem Sonnenschein keine Chance gelassen.

Doch in den letzten Wochen hatte sich so viel verändert. Valentin war wie ein wärmender Sonnenstrahl an einem Regentag in mein Leben gekommen und hatte einen wunderschönen Regenbogen in meine kleine Welt gezaubert.

Noch war dieser Regenbogen zu schwach, doch ich nahm mir fest vor, ihn in den nächsten Wochen und Monaten immer heller strahlen zu lassen.

So hell, dass selbst die Sonne neidisch wurde.

Epilog

Mein Besuch in Nizza hatte ich genutzt, um Odette einige Details über meinen leiblichen Vater zu entlocken. Sie hatte sich sogar eingestanden, dass sie ihn nach wie vor mochte. Noch am gleichen Abend hatte ihr Telefon geklingelt und er meldete sich bei ihr. Den leisen Stimmen nach zu urteilen, die durch die Wand gedrungen waren, hatten die beiden bis spät in die Nacht miteinander telefoniert.

Ich war gespannt, ob er irgendwann überraschend vor mir stehen würde. Wir hatten jedoch alle Zeit der Welt und es gab keinen Grund, etwas zu überstürzen.

Wieder in Rom angekommen, verbrachten Valentin und ich viel Zeit gemeinsam. Das Wochenende bei meinen Großeltern hatte auch uns näher zusammengerückt, trotzdem war ich noch skeptisch, was unsere Beziehung anging. Es gab so viele offene Baustellen in meinem Leben und ich hatte keine Ahnung, wo ich anfangen sollte. Aus diesem Grund entschied ich mich, die Mentaltrainerin Dr. Dubois zu kontaktieren, von der Odette erzählt hatte. In einem Videotelefonat stellte sie mir ihre Vorgehensweise vor und wir sprachen lange über die Methoden, die sie bei mir und meiner Schwester für angebracht hielt. Instinktiv wusste ich, dass diese Frau mir helfen konnte. Sie gab mir das Gefühl, bei ihr in guten Händen zu sein.

Ich hatte gerade die Onlinesitzung mit Dr. Dubois beendet, als es an der Tür meines Wohnheimzimmers klopfte. Feli war unterwegs und konnte noch nicht zurücksein. Ich strich das gelbe Sommerkleid mit den Rosen glatt, dass ich gemeinsam mit Steff in Paris gekauft hatte, und straffte die Schultern.

Kaum wurde die Tür geöffnet, grinste Valentin mich breit an. Hatte ich vergessen, dass wir verabredet waren?

»Hey, was machst du hier?«

Valentin räusperte sich und zog eigenen Strauß Rosen hinter seinem Rücken hervor. »Candy, darf ich dich zu einem Date einladen?«

Ich nahm die Blumen entgegen und roch an ihnen. Der süßliche Duft erfüllte mich mit Glück.

»Ich würde mich freuen«, erwiderte ich. »Ich stelle nur noch die Blumen ins Wasser. Muss ich mich umziehen? Was hast du geplant?«

Valentin schüttelte den Kopf. »Du siehst umwerfend aus. Das Kleid steht dir.«

Verlegen ging ich ins Bad, wo ich einen kleinen Eimer mit Wasser füllte und die Rosen hineinsteckte.

»Egal, was wir machen, wir müssen unbedingt eine Vase kaufen.«

Ich schnappte mir eine dünne Jacke und begleitete Valentin aus dem Wohnheim, das sich langsam mit Leben füllte. Vor dem Gebäude steuerte er auf zwei Fahrräder zu und ich betrachtete ihn fragend von der Seite.

»Ich dachte, wir erkunden Rom heute mal anders.«

Ich lächelte breit und schwang mich direkt auf eines der Räder. »Hast du dir eine besondere Route überlegt?«

Valentin folgte mir, als ich losfuhr. »Nein. Wir lassen uns überraschen, wo der Weg uns hinführt.«

Fast vier Stunden radelten wir durch die italienische Hauptstadt, bevor wir an einem Eiscafé hielten und uns einen Platz in der Sonne sicherten. Ich konnte mich nicht daran erinnern, wann ich das letzte Mal einen Eisbecher gegessen hatte.

»Weißt du schon, was du nimmst?«, wollte Valentin wissen und warf einen Blick von der Eiskarte nach oben.

»Ich schwanke zwischen dem Frucht- und dem Schoko-Minz-Becher.«

Noch vor ein paar Wochen wäre es für mich unvorstellbar gewesen, ohne Schamgefühl in einem Café zu sitzen und laut darüber nachzudenken, was ich essen wollte. Doch die Sicherheit, die Valentin mir gab, ließ all meine Ängste verschwinden.

»Was nimmst du?«

»Schoko-Karamell. Habe ich dir je gesagt, dass ich süchtig nach Karamell bin?«

Lachend schüttelte ich den Kopf. »Nein, aber es ist schön, neue Dinge über dich zu erfahren.« Ich richtete meine Aufmerksamkeit wieder auf die Karte und verglich die beiden Becher noch einmal miteinander. »Schoko-Minze, ja, definitiv.«

Lächelnd legten wir die Karten weg und gaben unsere Bestellung schließlich auf.

Wir genossen einfach diesen sonnigen Tag in unserer Heimat auf Zeit, machten wir Fotos von uns und unseren Eisbechern, alberten herum und entschieden uns dafür, auch zur Spanischen Treppe zu fahren.

Als wir diese erreichten, stellten wir die Fahrräder ab und schlossen sie an, dann führte Valentin mich die Treppe nach oben. Unzählige Menschen hatten sich hier versammelt, saßen auf den Stufen und genossen die wärmende Sonne an diesem Septembertag.

»Komm her, Candy.«

Skeptisch trat ich neben Valentin an den Rand der oberen Stufe.

»Bist du so mutig, etwas völlig Spontanes zu tun?«, wollte er wissen.

»Es kommt darauf an, was du damit meinst.«

»Schrei dir alles von der Seele, was du loswerden willst.«

Ich wich Valentins Blick aus, betrachtete die Menschen, die sich an diesem Ort versammelt hatten. Auch wenn ich dank Dr. Dubois an Selbstbewusstsein dazugewonnen hatte und lernte, wieder zu mir selbst zu finden und mich und meinen Körper zu lieben, glaubte ich nicht, dass ich schon so weit war.

»Nein, das werde ich nicht tun.«

»Warum nicht?« Ich wandte mich Valentin zu. Sein Gesichtsausdruck war weich und ich wusste, dass er mich nicht dazu zwingen würde.

»Man verändert sich nicht von heute auf morgen. Nur, weil mir einige Sachen bereits leichter fallen, werde ich die Aufmerksamkeit der Leute nicht absichtlich auf mich ziehen. So weit bin ich noch nicht.«

Verständnisvoll lächelte Valentin und strich meine Haarsträhne aus dem Gesicht. Mein Herz machte einen nervösen Sprung. Immer wenn wir in der letzten Zeit etwas gemeinsam unternommen hatten, war ich nachdenklich nach Hause gegangen. Er fehlte mir, nicht die Zeit mit ihm, sondern die Nähe, die Vertrautheit, die wir in Paris bereits erlebt hatten.

Aus Angst, wieder verletzt zu werden, hatte ich ihn auf Abstand gehalten, aber das wollte ich nicht mehr. Dass er mit nach Rom gekommen war, bewies mir, dass seine Gefühle für mich echt waren. Wäre es immer um seine Karriere gegangen, wäre er in Frankreich bei meiner Schwester geblieben und hätte sich einen Namen gemacht. Stattdessen hatte er sich eindeutig für mich entschieden.

Ich machte einen Schritt auf Valentin zu und holte tief Luft.

»Dennoch möchte ich etwas Mutiges tun. Glaub mir, das kostet mich mindestens genauso viel Überwindung.«

Ich griff nach seinen Händen und fing seinen verwunderten Blick ein, als ich mich auf die Zehenspitzen stellte und mich vorsichtig näherte.

»Du hast mir versprochen zu warten, doch ich möchte mich nicht mehr vor einer Beziehung fürchten. Du bedeutest mir so viel, Valentin. Du hast mein Leben hinterfragt und dafür gesorgt, dass ich mich selbst wiederfinde. Ich verdanke dir alles und ich möchte nicht mehr ohne dich sein.«

Zaghaft legte ich meine Lippen auf seine und er übernahm sofort die Führung des Kusses. Er löste seine Hände von meinen, umfasste meine Hüfte und zog mich näher zu sich.

Ich fühlte mich wie in einem wunderschönen Traum, aus dem ich nie wieder aufwachen wollte. Es mochte sein, dass unsere Beziehung durch eine Lüge entstanden war, aber nie in meinem Leben hatte sich etwas so echt angefühlt wie dieser Augenblick.

Das hier war nicht das Ende meiner Geschichte, nicht das Ende meiner Suche nach mir selbst, sondern der Anfang des Lebens, von dem ich so oft geträumt hatte.

Danksagung

Niemals hätte ich geglaubt, dass ich den Mut aufbringen würde, Teile meiner eigenen Geschichte in einem Roman zu verarbeiten. Das Manuskript zu »Shattered Smile – Wenn ich perfekt wäre« schlummerte seit 2016 in meiner Schublade, wurde von mir immer mal wieder in einem Anflug von Mut hervorgeholt und angesehen. Bevor ich es wieder weglegte.

Gefühlt war nie der richtige Moment, Candys Geschichte zu erzählen.

Wer mich kennt, weiß, dass ich mich nicht vor schwierigen Themen fürchte, doch das Thema Mobbing hat mich vor eine Herausforderung gestellt. Die Balance zwischen Fiktion und Realität zu halten, war nicht einfach. Nicht wieder in diesen negativen Strudel zu fallen und die Erinnerungen real werden zu lassen, nahezu unmöglich.

Was Candy in der Schule widerfahren ist, spiegelt eins zu eins meine Erfahrungen wider. Viele ihrer Gedanken sind meine eigenen, genauso wie die langsame Entwicklung in ein freies und positives Leben.

Ich habe lange überlegt, was ich dir an dieser Stelle mit auf den Weg geben möchte, aber mir fällt nur ein Satz ein:

Du bist nicht, was andere über dich sagen oder denken!

Es hat achtundzwanzig Jahre gedauert, bis ich das gelernt habe und auch danach leben konnte. Die Erfahrungen, die wir machen, die Wunden, die uns zugefügt werden, müssen wir nicht ein Leben lang mit uns herumtragen. Wenn wir unserer Intuition und uns selbst vertrauen, können die Wunden heilen und wir wachsen.

An dieser Stelle möchte ich auch ein paar wunderbaren Menschen danken, die mich während der Entstehung dieses Romans begleitet haben.

Danke an das Team von Piper Digital, dass ihr »Shattered Smile« eine Chance gegeben habt.

Danke an Christiane, dass du Candy einen ersten Schliff gegeben hast.

Besonderen Dank dir, Cornelia, dass du dich in die Geschichte hineingefühlt und Candy auf ein neues Level gehoben hast. Ohne dich würde ich noch immer zweifelnd am Schreibtisch sitzen und mich fürchten.

Liebe Susi, dir danke ich, dass du mir während des Entstehungsprozesses meine Unsicherheiten genommen hast. Deine Freundschaft bedeutet mir alles.

Silke, danke, dass auch du ein offenes Ohr für mich hattest, wenn ich nicht weiterwusste.

Ich danke meiner Familie, die mich bei allem unterstützt und meine schreibbedingten Launen stumm erträgt. Ich liebe euch.

Und ich danke dir, dem weltbesten Leser, dass du mich unterstützt und seit so vielen Jahren an meiner Seite stehst. Ich hoffe, Candys Geschichte macht dir Mut.

Mein letzter Dank gilt Mareike Awe und dem Team von Intumind. Ihr habt im August 2020 die Pausetaste in meinem Leben gelöst und mich gelehrt, dass jede Erfahrung eine Aufforderung ist, an sich selbst zu wachsen.

Das Leben wartet nicht bis morgen und das solltest du auch nicht.

Alles Liebe,
Sabrina